公牛山
BULL MOUNTAIN

[美] 布赖恩·帕诺威奇 著 孙灿 译

上海译文出版社

For Neicy
For Dad
致尼西
致爸爸

世事当分兴、盛、衰，但论及人，却并无其势渐颓一说。如日中天也就意味着暗夜的开始。登峰造极之时，精力也随之耗尽。全盛之后旋即黯淡，步入人生的黄昏。

——科马克·麦卡锡[1]，《血色子午线》

剑光闪过时，切不可为爱恋、虔敬的念头所动。就连想到父亲的面庞，也不能让尔等摇动半分。

——尤里乌斯·恺撒[2]

---

[1] 科马克·麦卡锡（Cormac McCarthy，1933—　），美国小说家、剧作家。代表作有《血色子午线》、《边境三部曲》、《老无所依》、《路》等。
[2] 尤里乌斯·恺撒（Julius Caesar，前100—前44），即"恺撒大帝"。罗马共和国末期杰出的军事统帅、政治家，罗马帝国的奠基者。

目　录

第一章

西岭，约翰逊峡谷
公牛山，佐治亚州
1949

1

"家。"老人自语道。

这个词在呵气成冰的呼吸中停了一停，随即消散在清晨的雾气里。赖利·伯勒斯用起这个词来，就像个技艺精湛的木匠用锤子。有时他只是一记轻敲，让某个族人往自己的思路上靠一靠；但有的时候他用起这个词来，就像抡圆了9磅重的大锤。

老人坐在一把木质摇椅中，在小屋前廊破旧起翘的松木地板上慢悠悠地前后晃动，吱嘎作响。这些年来，他的家族在公牛山各处建了好些狩猎用的临时住所，这座小屋便是其中一处。赖伊的爷爷，约翰逊·伯勒斯，亲手建了这座小屋。赖伊想象着那位伯勒斯家族的元老50年前也坐在这个同样的位置，只是不知是否也曾这般眉头深锁。一定是吧，他想。

赖伊从外套里掏出一小包焙干的烟草，在大腿上搓了个烟卷儿。打小儿他就爱来这里，看约翰逊峡谷慢慢苏醒。天色尚早，天空还是一片淤紫色。青蛙和蛐蛐儿翻涌不息的大合唱渐渐变成了急促的虫鸣和鸟啼——林子的守卫者换班了。像今天这么清冷的早晨，雾气低低地聚积在野葛的藤蔓上，就像盖着一床厚厚的白棉毯子，打从中过都看不见自己的脚。赖伊一想到别人抬头仰望的云雾，自己却能居高临下地俯视，就忍不住微笑起来。他猜想这一定就是上帝的感觉。

太阳在他的身后冉冉升起，但这个峡谷却总是最后一个被照到的地方。身处西岭的背阴处，山里的这一块儿总是比其他地方要低上约摸整整10度。差不多要到下午，让整座林子闪着微光的露水才会被阳光蒸干。只有几束微弱的光线能够穿透橡树和苏格兰松的穹盖射进来。小时候，赖伊觉得这几束晒得他身上暖洋洋的光线就像上帝的手指，从树顶伸下来，护佑着这一方水土——护佑着他和他的家。可是长大以后，他不再这么想了。那种怪力乱神的鬼话也许能骗骗满地乱窜的孩子和妇道人家，但赖伊觉得，要是真的有什么教会学校的上帝照看着这座山上的子民，这差事也就不会总是落到他的头上了。

老人静坐着，抽着烟。

2

车轮碾过砂石的吱嘎声划破了清晨的宁静。赖伊掐灭了烟卷，只见弟弟的旧福特卡车停在了车道边。库珀·伯勒斯从车里钻了出来，顺手从后窗支架上抓过自己的来复枪。库珀是赖伊同父异母的兄弟，比他小了差不多 16 岁，但站在一起却看不出差了这么多年纪。两个人都从父亲托马斯·伯勒斯那里继承了棱角分明的外貌，但公牛山上生活的艰辛却让两个人满面风霜，看起来都比自己的实际年龄老了许多。库珀从一头乱蓬蓬的红发上把帽子撸了下来，从前座上抓起一个背包。赖伊看着库珀 9 岁的儿子加雷思从副驾驶位钻了出来，绕过卡车，来到父亲身边。赖伊摇了摇头，吐出了肺里最后一丝冷烟。

库珀这是给自己找了个缓冲垫啊，这下想发火都不成了。他知道我可不会当着他娃的面打他屁股。怎么遇见正经事儿的时候不见他这么聪明啊。

赖伊迎下前廊，张开了怀抱。
"早啊，老弟……还有我的侄儿。"

库珀没有马上应声，甚至懒得掩饰满脸的瞧不起。他噘起嘴唇，把一口滑溜溜的棕色烟液啐在了赖伊脚上。

“省省吧，赖伊，动作快点。我得先填填肚子才有胃口听你的废话。”

库珀抹去粘在胡子上的一缕黏痰，赖伊气得鞋跟戳进了地里，握紧了双拳。站在一边的那个倒霉孩子见鬼去吧，是时候做个了结了。加雷思走到了两个大男人中间，试图调节一下紧张的氛围。

“你好，赖伊伯父。”

两个男人又恶狠狠地对视了几秒，赖伊收回了目光，蹲下身子跟侄子打招呼：“你好啊，小伙子。”他伸手想给孩子一个拥抱，但库珀一把把儿子拖到身后，径直走上了小木屋前廊的台阶。赖伊立在原地，垂下胳膊，两手插进外套口袋里。他又向柞树丛和枫树林凝望了一眼，再一次想到自己的祖父。想着他也曾站在这里，和此刻的赖伊做着同样的事情。望着同一片树林。骨头缝里也一样隐隐作痛。这个早上还真难熬啊。

3

“蛋得不停地搅才行。”库珀说着，从儿子手里拿过木铲子。他刮下一大块黄油，丢进咕嘟着的黄色混合物里：“搅到炒干为止，就像这样。明白不？”

“是的，先生。”加雷思接过铲子，依样搅和起来。

库珀用铸铁平底锅煎了些咸肉和培根，端到儿子和老哥面前，仿佛刚才门外那场口水大战从没发生过。兄弟之间就是这个样子。加雷思第一个开了口。

“老爸说你以前在这座山边上干掉过一只灰熊。”

“他是这么跟你说的，对吧？”赖伊看了自己兄弟一眼，他正往嘴里塞着炒蛋和煎肉。

"呃，你老爸说得不对。不是灰熊，是棕熊。"

"老爸说你一枪就结果了它。他说别人可没这么大的本事。"

"哈，这我可不敢苟同。你也能一枪干掉那家伙。"

"那你干吗不把熊头挂在屋里？多好的装饰品啊。"

赖伊本想等库珀来回答这个问题，可他只顾埋头吃饭。

"加雷思，给我听好了。那头熊？我本不想杀了它。更不想拿来当什么装饰品，或是用来夸夸其谈。我杀它只是为了过冬。在这座山上，要取任何一条性命，都得有个说得过去的理由。我们狩猎只是为了求生。只有白痴才以此为乐。那头熊让我们吃饱穿暖，挨过了好几个月。我欠它好大一个人情。你知道'我欠它的'是什么意思吗？"

"知道。"

"我的意思是，如果我只是为了往墙上挂个战利品而去猎杀生物，那就是对生命的大不敬。我们不这么干。要物尽其用。"

"熊头也有用？"

"熊头也有用。"

库珀提高了嗓门问："你听见伯伯说的话了吗，儿子？"

加雷思冲他爹点了点头："是的，先生。"

"不错，多听话，少吃亏。好了，话说得够多了。赶紧吃饭，还有活儿要干呢。"

大家谁都没再说话，静静地吃完了早饭。赖伊边吃边打量着加雷思的小脸。脸儿圆圆的，不管风吹雨打，双颊都红扑扑的，点缀着一层雀斑。他的双眼深深地凹了进去，细细长长，和他父亲一样。只有尽力睁大，才能看清眸子的颜色。这活脱脱就是库珀的眼睛。这张脸完全就是小库珀，只不过没有花白的胡子，或是坚毅的神色……也没有愤怒。赖伊记得库珀也曾经是这副模样。像是一个世纪前的什么时候。

填饱了肚子，两兄弟抓起了来复枪，伸展着寒冷早上僵硬的筋骨。库珀俯身整了整儿子头上的羊毛帽子，遮住了他的耳朵。

"注意保暖，跟紧点儿，"他说，"要是你病了，你老妈可饶不了我。"

孩子点了点头，但兴奋劲儿已经上来了，两眼紧盯着长枪。父亲让他拿点 22 口径的步枪练过手，让他适应一下后坐力，感受一下瞄准镜。但他更想试试大人用的枪。

"我能带把来复枪吗，老爸？"他边说边挠着父亲刚给自己整过的羊毛帽。

"嗯，没它你也打不了东西。"说话间，库珀从石砌的壁炉台上取下一把点 30—30 口径来复枪。枪已经有些年头了，但沉甸甸的，很结实。加雷思接过这件武器，像父亲教他的那样检查了一番。看来他学得还挺扎实。

"出发。"一声令下，三人向林子里走去。

4

冰冷的土地。山上的清晨闻起来就是这个味道。潮湿泥土的气息让空气变得无比浓重，几乎堵住了加雷思的鼻子。他想用嘴巴呼吸，但是不多一会儿，齿缝间就能舔到细碎的沙粒了。

"接着，"库珀递给儿子一条蓝色的帕子，"系在脸上，隔着这个呼吸。"

加雷思接过帕子，按吩咐做了。他们继续前进。

"我不会让你得逞的，赖伊，"库珀话锋一转，从加雷思指向了自己的兄弟，"咱先把话说清楚，别指望用你平时那套'都是为了这个家好'的鬼话来对付我。咱妈，还有那几个小屁孩儿兴许吃你这套，但你别指望糊弄我说你想干的事儿是对的。何止不对。简直就是错得不能再错。"

加雷思句句听得真切，但只能装聋作哑。

赖伊早有准备，也想好了对策。他已经把吵架的这一幕排练了一早上，坐在那把吱嘎作响的摇椅里，拿林子当观众。

"只要能让我们吃喝不愁，那这事儿就是对的，库珀。对我们来说最好的就是——"

"哦，再别鬼扯了，马上给我闭嘴，"库珀说，"我还以为你有啥新花样呐。我们在这儿过得好好的。山上没有一个人会饿死。你他妈的当然也不会。"库珀指了指赖伊的肚子。

加雷思忍不住笑出了声，但随即后脑勺上就重重地挨了父亲一巴掌。"少管闲事，小子。"加雷思只好继续装聋作哑。库珀又把注意力转回到了赖伊身上："50年了，我们家族都以这山上的林子为生。50年了，赖伊。在我看来，尊敬它——保护它——才是对我们来说最好的事情。可你却对此视而不见，真是想到就让我痛心。你真的觉得把生你养你的土地上的伐木权卖给一帮混蛋银行家是为了我们好吗？天哪，我的心都要碎了，赖伊。你他妈的到底是中了什么邪？我都快不认识你了。"

"他们出的价钱，比我们一辈子能挣到的还要多。"赖伊说。

"原来如此。"

"大爷的！库珀，听我一句。放下你的臭架子，听老哥一句。"

库珀啐了一口。

"我们的孩子，我们孩子的孩子，都能有个奔头：这能给他们一个未来。你不会真以为我们还能靠往卡罗来纳州走私玉米威士忌再活上个50年吧？"

"我们不是干得挺好的嘛。"

"你这是鼠目寸光，库珀。我们应该干得更好，而不只是'挺好'。应该越干越聪明，而不是越干越辛苦。烧酒生意往后可是越来越难做了，饮酒也已经合法化了①。光指望地下酒吧和桌球房是活不下来的。眼瞅着坐吃山空。我知道你也明白这一点。生意和以前不一样了。其他人都越变越聪明，我们还是老样子。倒霉的是我们啊。跟帕克特的这笔生意要是成了，赚的钱可是我们过去10年私酒生意的3倍。我们的孩子就有机会——"

"先等等，你口口声声'孩子、孩子'，你是有一儿半女还是怎么着？据我所知，我身边这个男娃是这座山上唯一一个姓伯勒斯的孩子。你说你准备搞来一堆机器，铲平他的山头，然后他就能过上好日子？"

"总得有人给他点儿指望吧。"

库珀停下了脚步。

"老爸，"加雷思唤了一声，拽了拽父亲的衣袖，"快看啊，老爸。"

库珀低头朝儿子手指的方向看去，随即弯下身子，捡起一个黑色的小泥块儿。他举起泥块闻了闻，又送到了儿子鼻子下面。

"闻到了吧？"

"嗯。"

"还新鲜着。离我们不远了。做好准备。"

三个人继续走着。几分钟后，谈话又开始了，但都压低了嗓子。

"赚到了钱，家族才能变得更强大，库珀。我们有了钱就能投资正经生意了。不用再像逃犯一样住在山上。你得明白这个道理。我们总不能这样过一辈子。"

"我有别的计划。"

---

① 1920年至1933年为美国的"禁酒令"时期。这十余年间，一切酒精饮料的酿制、转运和销售均不合法。由此造成的后果便是酿造与销售私酒的生意被各种黑帮团伙所把持，成为一个庞大的地下产业，类似于后来的贩毒团伙。1933年，"禁酒令"被废除。

"什么别的计划？在北坡上种豚草① 吗？"

库珀吃了一惊，没想到哥哥已经对自己的意图有所察觉，但他并没有表现出来。他只是耸了耸肩。

"是啊，"赖伊说，"你的一切想法我都心知肚明。这座山上的风吹草动我全看在眼里。我不得不这样。我还知道，你这个荒唐的想法会让我们越活越倒退。做这种生意只会招来更多的枪支、更多的执法者和更多的陌生人——比任何银行家都要坏。这就是你想要的吗？这就是你想给他的吗？"赖伊指了指加雷思。"再说了，你清了几百英亩的林子去种那破玩意儿，和把树交给帕克特去砍，有什么区别？人家还是合法的！"

"醒醒吧，赖伊。你真的相信他们会善罢甘休吗？一旦让他们插手，你真的觉得还有甩掉他们的那一天吗？"

"是的。他们答应了。"

一瞬间，所有的怒气和紧张都从库珀脸上消失了。他看了看自己的哥哥，又看了看自己的儿子。"他们答应了？"他平静地问道。

"对。"赖伊回答。

"就是说你已经跟他们碰过头了，连条款都已经讨论过了？"

"当然。"

5

接下来的 1/4 英里，他们走得很安静。他们沿着杂草丛生的小径向前，不时停下等库珀向儿子展示他们正在追踪的动物的痕迹：折断的小

---

① 豚草（ragweed），一种北美植物，所开绿色小花含大量花粉，可引起枯草热。此处借指可供提炼毒品的植物。

树枝、泥里的蹄印、更多的鹿粪渣渣。快到熊溪口上的时候，库珀才又开口跟赖伊说话，声音很低，像是耳语。

"你已经签了协议了，对吧？"

相比羞愧，此刻赖伊更多的是感到一阵轻松。终于说到点子上了。"是啊，"他说，"已经签好了。今天他们就派人把文件送来。我知道现在让你接受还有点儿困难，但是总有一天你会感谢我的。我向你保证，一定会的。"

库珀又停下了脚步。

"别停下啊，老弟，我们就快——"

"嘘，"库珀竖起一根手指放在嘴唇上。他正往哥哥身后加雷思已经注意到的地方看去。距离他们右侧不到 20 码的地方，站着一头庞大的八角叉公鹿，正从熊溪湍急的水流里饮水。水流潺潺声为三人的靠近打了掩护。库珀一边悄没声息地示意兄弟移动到上游去，一边帮着加雷思在一堆倒落腐败的松木后设置好射击点。赖伊照做了。他蹑手蹑脚地穿过林子，眼睛一刻不离那头公鹿。库珀在儿子身边趴了下来，小家伙已经用来复枪瞄准了鹿。库珀把手按在儿子肩头，提醒他注意呼吸。

"放松，儿子。准星对着它脖子下面那块结实的肌肉。毛色发白的那一块。看见我说的那儿了吗？"

"是的，先生。我看见了。"

公鹿从小溪边抬起头来，仿佛听见了说话声，朝他们这边张望过来。赖伊位于距离库珀和加雷思所在位置约 30 英尺的地方。几个人大气都不敢出一声，直到公鹿又埋首于溪水间。

"看你的了，小子。准备好了就开枪吧。"库珀把自己的来复枪也架在倒落的松木上，和儿子肩并肩。加雷思纹丝不动，做好了准备。孩子按照父亲教的那样叩响了扳机，与此同时，库珀的枪口瞄向了左侧。两发枪声在森林里回响。两声枪响，听起来却如同一声。中枪的公鹿往后一个趔趄，又往前一扑，还想和命运叫一叫板，但后腿力不能支地打起抖来，终于跌倒在地。

赖利·伯勒斯却连晃都没晃一下，就被库珀的大口径子弹穿透了脖颈，旋即闷声倒在地上，鲜血染红了身下的黏土。

<h2 style="text-align:center">6</h2>

库珀退出来复枪的弹壳，又上了一发子弹，才小心翼翼地靠近赖伊的尸体。他照着尸体的肚子猛地踢了一脚。感觉就像踢在沙袋上。确认赖伊已经彻底断了气，他放低了枪，回首看着自己的儿子。加雷思把自己的枪丢在地上，努力想搞清楚到底发生了什么。他没有哭——暂时还没有——只是一脸茫然和紧张。库珀又低头看看自己兄弟渐渐灰白的空洞面庞，呸地往上面啐了一口滑腻腻的棕色烟液。

完事儿了。

库珀把来复枪靠在树上，在加雷思身旁湿漉漉的草地上坐了下来。孩子本想拔腿逃跑，但忍住了。这个念头只是一闪而过。他索性也坐了下来，看着自己的父亲把嚼碎的烟叶子从嘴里掏出来，丢进灌木丛中。

"看看你周围，小子。"

加雷思只是盯着父亲。

"跟你说话没听见啊，加雷思。留点神。现在往周围看看。我可不会说第三遍。"

加雷思照做了。他看了看刚被自己打死倒在溪边的鹿，又把目光转向他们来时的小径。他刻意没往自己死去的伯父那边看。库珀摆弄着铝箔袋装的嚼烟。

"看见什么了？"

加雷思像是嘴巴被粉笔灰糊住了，清了两遍喉咙才发出声音。

"树，老爸。树和林子。"

"就这些？"

加雷思生怕自己说错了什么。

"是的，先生。"

"最重要的东西你都没看见。树和林子只是其中的一部分。"

加雷思的眼角泛起了泪光。

"是家啊，"库珀说，"我们的家。你从这儿看出去，目之所及——都是你的家。没有比这更重要的东西。为了保护我们的家，让我做什么都可以。就算千难万险也在所不辞。"

"这儿不也是赖伊伯父的家吗？"加雷思眯缝起眼睛，等着迎接那即将到来的一记耳光，但却没有等到。

"不再是了。"库珀说。他又伸手帮儿子理了理帽子，抹去了孩子发红皲裂的脸颊上挂着的泪水："这次我准许你哭，但是以后可不许再为这事儿哭了。听明白了吗？"

加雷思点了点头。

"真明白了？"

"是的，先生。"

"很好。把你打死的鹿裹好拖走之前，我们还有一件事要做。"库珀松开了背包上的渔夫结，掏出一把老式的军用折叠铲。

他把它递给了加雷思。

库珀·伯勒斯一边坐着嚼着烟叶，一边看着自己 9 岁的儿子挖着平生第一个墓穴。这可比干掉一头八角叉大公鹿更能学到东西。

第二章

克莱顿·伯勒斯
维莫尔山谷，佐治亚州
2015

1

唉，人不就是这么开始倒霉的么？整个星期，甚至搭上多半个周末，你要么关在办公室里理文件，要么干老婆吩咐的家务活儿，就是为了礼拜天早上能消停几个钟头。这下可好，一个电话，全完了。

我真不该接那个电话。

克莱顿把野马车停在了标着"麦克弗斯县警长专用"的车位里。下了车，他站在本该停着自己副手的车的空地上——车不在——他深深地垂下了脑袋。太阳从街对面的汽车旅馆和邮局背后缓缓升起，但他本不想这样迎接今天的日出。他现在本该浸在齐大腿深的溪水里。他慢慢地吐了一口气，带着令人不安的哨音，然后提了提耷拉下去的枪带，走进了办公室。

"早上好啊，警长。"

"咳，好不好还不一定呢，克里克特。"

克里克特是克莱顿的前台接待员。二十出头的年纪，小小的个子，美得不太明显。要是照过来的光线刚好，兴许人们还愿意多看她两眼，但是多数时候，她都扎着一根图书管理员似的鼠褐色马尾辫，简直能像变色龙一样和墙纸融为一体。她推了推鼻梁上厚重的塑料方框眼镜，关上了正在前台电脑上操作的什么东西。

"真是不好意思，让您礼拜天进办公室，警长，但是我们觉得您可能想尽快处理这件事情。"克里克特从桌子后面站起身来，递给克莱顿一个文件夹。

"没事儿，克里克特。不是你的错，"克莱顿翻了翻这摞文件，"这样一来我就不用跟七大姑八大姨一块儿去教堂了，也不坏啊。不过嘛，我本来是想去钓会儿鱼的。"

克里克特一脸正经，她向来这样。"咱们的客人在一号囚室。"她向短短的走廊打了个手势。走廊尽头是两间拘留室——一对小得只能放下一张简易床和一个不锈钢洗脸池的牢房。

"乔克托人呢？"

"等在您办公室里。"

克莱顿先是望了望走廊，又瞧了一眼自己办公室的门，盘算着究竟先搞定哪件让他头疼的事儿。最后他还是选了个熟悉的魔鬼。

2

"好吧，"警长啜了一口咖啡，"从头开始说。"

乔克托陷在警长办公桌对面的椅子里，把斯泰森毡帽推到了脑门上面。这位副警长有些消瘦，看起来像是皮包骨头，这会儿在椅子里扭来扭去的样子活像被校长叫来训话的高中生。

"好咧，"他说，"几天前的一个晚上我和朋友切斯特出去。你记得切斯特吧？跟我一起在伊拉克服役的那个。几个礼拜前他从田纳西过来，那会儿他刚退伍回老家。他头一回过来的时候我带他来办公室转悠过一圈儿。"

警长点了点头："嗯，我记得这家伙。"

"酷。总之，我俩特别喜欢捉弄对方，还跟当年在沙漠里修军用运输车的时候差不多——闹着玩儿呗，你懂的呀。反正呢，上个礼拜我买了个充气娃娃——"

警长举起了一只手："等等，就是那种性爱玩具？"

"是啊，没错。'狂爱萨莉'。那玩意儿还真不便宜，顺道儿说一句。"

"谢谢你告诉我。你究竟是在这附近什么鬼地方买到的？"

"网上买的啊，老大。我还特地申请了一个贝宝账号呢。"

"啥宝？"

副警长有些不知所措："贝……贝宝？"

警长灰绿色的眼睛显得有些呆滞，他静静坐着，摩挲着胡须。

"咳，没事儿。反正这不是重点。重点是，我本想拿这个充气娃娃逗逗切斯特的。我真该再买个打气筒，吹这东西差点儿给老子吹出动脉瘤来。"

"你说的这些和昨晚发生的事情到底有什么关系？"

"就快说到了嘛。别着急。买了这玩意儿几天之后，我把这美人儿放在了切斯特车子的副驾驶位上，趁着他还没从'双老 J'出来——那是家找乐子的店，在 I-75 公路往罗斯威尔的方向上。你知道那家店吧？"

警长又点了点头："嗯。"

"那就好。他从店里出来一上车，本想着副驾驶位上坐的是我，没想到一眼看见了'狂爱萨莉'。这家伙吓坏了，一屁股弹起来，想从车里逃出去。"

副警长等着警长哈哈大笑，但失算了。他只是茫然地盯着眼前这个年轻人，像是要看看这家伙到底能蠢到什么地步。

"这件事儿跟我们礼拜天一大早坐在办公室里有什么八竿子打不着的关系吗？我们本不该这个点在这儿待着。"他把自己的帽子也往上推了几英寸，靠在转椅上，抱起了胳膊。

"很好笑啊，"乔克托坚称，"我恨不得你也在现场。"

"求之不得。"

"总之，现在轮到切斯特整我了，这才有了昨晚发生的事情。"

公牛山　019

"终于说到点子上了。"

乔克托摘下帽子，把乌亮的头发往后拢了一拢，又把帽子低低地压回了脑门上。"昨晚我出去巡逻，车上带着切斯特，"乔克托摊开两手，掌心朝外挡在面前，像是怕又看到警长严厉的神情，"我知道你不喜欢我这么干，求你别说出来。"

警长咬着嘴唇，从鼻子里叹了口气。他也取下了帽子，露出满脑袋浓密的红棕色头发，然后把帽子搁在桌上。"接着说吧，"他说，挠了挠太阳穴两边被帽子压过的地方，第一缕白发已经悄悄露头了。

"切斯特一心要停在 56 号公路上的德士古加油站吃东西什么的。"副警长突然停下，想了想自己刚才说过的话。"知道吗，老大？我那个时候就该有所察觉的。一般他都喜欢去波拉德小吃店，因为他喜欢偷看波拉德大爷的女儿，她管收钱。她才刚满 18 岁，可我发誓她看起来绝对不止这个岁数。不知道波拉德大爷——"

"说重点，副警长。"

"哦对。总之，我当初就应该觉察到有什么不对劲儿，但我大意了。"

"真不愧是世界上最棒的警探。"

"不管咋说吧，反正我把车停在了德士古加油站，切斯特给了我几块钱，让我进去买点儿吃的，就跟我是他小三子似的。不过反正他就是这么个懒蛋，我也知道，所以我就去了。"

"当时切斯特人呢？"

"在车里啊。"

"你把切斯特一个人留在警车里？"

"我很信任他，老大，"离题千里真是乔克托的拿手好戏，"所以我才没熄火就进店里去了。"

"你把一个平民留在没熄火的警车里？"

"对啊，老大，就好像你从来没有这么干过似的。"

警长扯了扯胡须："接着说。"

"嗯，我不是说了嘛，我刚一进店，你猜怎么着，一个脑残正举着点 22 口径的小水枪打劫！我都快笑屎了，差点儿一屁股跌进屎里。我一看就知道那不是咱们这儿的，"他挑起一边眉毛看着警长，强调罪犯黑黑的肤色。"一个黑哥，估计在回亚特兰大的路上顺手捞几个快钱。"

因为"亚特兰大出黑哥"。每个人都知道。

"真是不走运啊。那个白痴。他一看见本副警长走进来就慌了神，把他那小玩具枪的枪口对准了我。我就招呼他，'哥们儿，搞什么飞机？我可是个警察。赶紧把你那破枪搁柜台上，原地呆着别动'。他准定知道该咋办，保不齐这辈子天天这么干呢。"

"你知道吗，乔克托，你自己也是个少数族裔，用起种族归纳法来却是毫不含糊啊。"

"我只有 50% 印第安血统，老大。其余部分可是 100% 如假包换的'红脖子①'。"

"加起来岂不是有 150% 了。"

"对啊。"

警长又叹了口气。他怀疑乔克托是不是真的有印第安血统。他的皮肤几乎不带什么颜色，只有特意跟你指出来才能看得到。他看起来简直就像个墨西哥人，不过随便啦。

"你举枪控制住他了吗？"

"没时间。我刚跟他说把枪放下，他就吓得直尥蹶子，往天花板上一通乱打。吊顶板直往下掉，到处都是灰，我啥也看不见。我把枪掏出

---

① 红脖子（redneck）：一般指美国南部受教育程度不高的贫困白人，因为做农活常把脖子晒红。

来了，但一枪都没打。"

"然后呢？"

"那白痴趁乱逃了。我还没反应过来，他就绕过我冲了出去。结果这家伙居然没车，只好就近跳上一辆觉得自己能开得走的。"

"就是你那辆没熄火的警车？"

"对。等我冲出去追他的时候，他娘的居然已经开出了停车场。"

"你朋友人呢？"

"切斯特？"

警长低头看着自己的大腿："对，切斯特。"

"切斯特压根儿没注意店里发生了什么，只顾着准备报复那个天杀的充气娃娃，"副警长从椅子上往前探了探身子，"你猜怎么着，切斯特那天早些时候藏了整整两大包包装花生①到德士古的制冰机后面，所以他才一心急着要去那家店。我一进店，他就过去把那两包东西统统塞进了我的警车里。"

警长办公室此刻静得就像深海一般。

警长皱起了眉头："花生？"

"不是真的花生，是包装花生。你知道，就是联邦快递用的那种破白色泡沫塑料。"

"哦，包装花生。"警长开始觉得头痛。

"对，就是。所以那个蠢蛋劫持的是一辆塞满了包装花生的警车。估计他这辈子都没这么点儿背过。他刚把那辆皇冠车加速到差不多 40 码，车子就像个雪球一样炸开了。"

警长突然忍不住咳嗽着笑出了声。他本不想笑，但还是笑了出来。乔克托也跟着笑了起来。

---

① 包装花生（packing peanuts），用于打包的泡沫塑料制品，外形类似花生。

"我可没跟你开玩笑，老大。包装花生满天飞，那个混蛋啥也看不见，结果，嘭，一头撞上了马路对面的电话线杆子。这玩意儿我连编都编不出来。这就是为什么1号看守室里关着个小黑鬼，3号警车在店里修。事情就是这样，老大。千真万确。"

"你的朋友现在在哪儿？"

"切斯特？"

这次警长只是静静地等着。

"他在我家躲着，怕得要死，生怕你要以妨碍执法之类的罪名把他关起来。他觉得最不济你也会让他赔偿车辆受损的费用。"

"嗯，你跟他说别紧张，不用担心车子。"

"谢啦，老大，我就知道你——"

"因为你会赔。"

乔克托就像个绳子没系好的动物气球，瞬间泄了气。他眯起眼睛，仔仔细细打量着警长胡子拉碴的脸，想要看出一丝嘲弄的神情。兴许他只是开玩笑。但他并不是。

"哎呀，算啦，克莱顿。那种情况也不是我能控制得了的——"

副警长的话还没说完，就被警长内线中传出的"哔"声打断了，话筒里劈劈啪啪地传来了前台克里克特怯怯的声音，两个人都支起耳朵听着。

"伯勒斯警长，有位联邦调查员要见您。"

3

警长看了看表。

"现在才8点半。"

"我知道，长官。"内线里克里克特的声音断断续续，有些失真。

"而且是星期天。"

"这个我也知道，长官。要么我让他明天再来？"

警长考虑着这么做的可能性。他也许该跳窗逃跑。

"长官？"

"算了。不用了。让他进来吧。"警长把帽子戴上，看了看自己的副手，那小子耸了耸肩。几秒钟之后，门被推开了，进来一位相貌堂堂的男子，四十来岁，也许还不到，轮廓分明，一头乌黑的短发，灰色的双眼目光凌厉。一直束着马尾辫的克里克特，此刻居然把头发放了下来，甚至摘下了自己的眼镜，在关门之前冲调查员嫣然一笑。克莱顿觉得好笑极了。乔克托则显得坐立不安。

调查员身着深蓝色西装外套，系着同色系领带，笔挺的白衬衣束在蓝色牛仔裤里。牛仔裤配领带已经充分说明了此人的来头，但是克莱顿却觉得他这么努力地入乡随俗，是个加分项。绝大多数联邦来的家伙，进克莱顿办公室的时候连名牌太阳镜都不愿摘下来。

调查员伸出手来，冲警长咧嘴一笑，露出雪白的牙齿，像个销售员。克莱顿觉得他这么一笑，特别像某部儿童影片里的卡通鲨鱼，但他还是站了起来。副警长却还坐着没动，上下打量着调查员，脸上的表情像是刚吞了一口大便。

"克莱顿·伯勒斯警长？"调查员开口问道。

"除非我戴着别人的名牌，否则那就是我本人。"警长迎上调查员的手，用同样不俗的力道握了一握。每个从这扇门进来的联邦调查员都觉得必须来一场这样的握手比赛，就跟比鸡巴长短似的。这个"G 先生①"也不例外。

---

① G 先生（G-man），射击游戏《半条命》系列重要角色之一，指代美国联邦调查局人员。

"您怎么称呼？"克莱顿收回手来，算是打了个平局。

"在下是特工西蒙·霍利。"

"能看一下您的证件吗？"

"当然。"霍利拿出了名牌，警长点了点头。乔克托也想偷瞄一眼，但是霍利故意不给他看，把证件塞回了西装口袋里。

"感谢您这么一大早就答应见我……更何况是个礼拜天。"他挤挤眼，像是暗示警长自己偷听到了他和克里克特的内线对话。他当然听到了。这个警局只有两间屋子。克莱顿觉得挤眼这个动作着实奇怪，但还是坐了下来，并且示意霍利也坐下。

"不打紧，特工西蒙·霍利。反正我也没啥要紧事。副警长也刚准备走。"

乔克托缓缓地从调查员身上收回眼光，像是揭下一块创可贴，算是会了意。"对，老大，"他往门口走去，可又突然停下脚步，转过身来，"这事儿跟我关起来的那黑小子没啥关系吧？"

克莱顿看着霍利，像是问了同样的问题。

"没关系，弗雷泽副警长，"霍利回答道，"一点儿关系也没有。"

副警长的脸灰了下来。他站在门口，脑中如电光石火般闪过所有的可疑场景，不知道是哪一幕让自己的名字上了联邦调查员的册子。霍利又像鲨鱼般咧嘴一笑。警长看着自己唯一的副手扭来扭去，像个在商店里小偷小摸被抓了个现行的孩子，多希望他能长点脑子，自己想出来原因。克莱顿觉得自己眼球后面在隐隐作痛。他抓过咖啡，又喝了一口。已经冷了。他索性推开了杯子。"你不是戴着'副警长弗雷泽'的名牌嘛。"克莱顿忍不住对乔克托开了口，真是丢死人了。霍利点头附和，噘起了嘴唇，两手指尖靠拢放在大腿上："就在你的衬衣上，副警长。"

"哦，对。"乔克托迟疑着说道，显得并不是十分信服，但也不准备纠缠了。他冲警长一点帽檐，像影子一样溜出了门外。

"世界上最好的警探。"克莱顿说。

"我猜在这种荒山野岭的地方，的确不容易找到好帮手。"

"他其实没有看起来那么锉。"

霍利看了一眼办公室的门，目光又回到了警长身上："他看起来弱爆了。"

"咳，嗯，但是对我的确忠心耿耿。不过你说得不错，这种地方，选择的确不多。"

"这话我信，警长。"

"也没啥信不信的。怎样我都无所谓。这孩子打小儿我就认识。他就像是这儿的一个家人，所以如果你不在我的办公室对他评头论足，我会非常感谢。"

"我并没有半点不敬，警长。我相信他是个不错的副手。"

克莱顿挥了挥手，像赶走一只在面前嗡嗡嘤嘤的小虫一样，结束了这段闲聊，身子往椅背上一靠："你到底是来帮我做员工评估，还是来告诉我 FBI① 想从我办公室打听点儿什么的呢？"

"其实我是 ATF②那边的。"

"哦……"

霍利身子一挺，刻意挖了克莱顿一眼。但警长似乎不为所动："少跟我装神弄鬼的，特工先生。看起来有点傻。我知道你为何而

---

① FBI，即"联邦调查局"（Federal Bureau of Investigation），是美国司法部主要执法及调查单位，也是美国联邦政府最大的反间谍机构。该局于 1908 年7 月 26 日在美国创立，总部位于美国华盛顿哥伦比亚特区。

② ATF，即"烟酒枪火及爆炸物管理局"（Bureau of Alcohol, Tobacco, Firearms and Explosives），是隶属于美国司法部的机构，负责对烟酒枪炮征税、执法和释法。该局于 1972 年 7 月 1 日在美国创立，总部位于美国华盛顿哥伦比亚特区。

来。我倒希望是因为别的什么事，但不是。从来都不是。有话直说吧。"克莱顿两只眼睛跳得头都要炸开了，他的星期天早晨简直烂到了茅坑里。

"正中下怀。真是谢谢你了。一句话，我来这儿就是为了让你哥出局。"

克莱顿又喝了一口咖啡，却忘了它已经冷掉，只得又吐回了杯子里。"原来就是这事儿让你这么起劲啊。我的意思是，原来你等不到周一就慌着忙着坐到这儿来跟我叨叨，就是因为这件事。"

"我觉得我还不至于——"

"还是我来讲吧，也替你省省力气。"克莱顿边说边从桌子抽屉里摸出一瓶阿司匹林。他往嘴里倒了两片白花花的药片，说话间干嚼了下去："每过几年，FBI 或是 ATF 的半大小子，就跟你似的，就会到我办公室来绕一圈，个个都瞪着眼睛、挺着胸脯，一心想干倒我的某个兄弟。这次你和他们唯一的不同就是，我不用问你想干倒的是我哪个兄弟了，因为去年巴克利已经被你们的人打死了。"说完这句，克莱顿停了一停，眼神变得犀利起来："顺道问一句，打死我兄弟有用吗？"

"我们跟这件事无关，警长。据我所知，那是一次州级行动。应该是佐治亚州调查局干的。"

"有啥区别？FBI、GBI^①，你们这些人在我看来都一样。"克莱顿的声音干硬得就像建筑工人的双手。

"我对您的损失深表遗憾。"

"你是该这么觉得。但是就像我说的，你们的人只是白费功夫，我实在想不出，除了让更多无辜的人卷入这场争端，你们这次还能干些什么。"

---

① GBI，即佐治亚州调查局（Georgia Bureau of Investigation）。

"你口口声声说着'你们的人'。"

"这又怎样？"

"你身为一名警长，也发过誓要捍卫法律，就像我一样。这么说来，你不也是'我们的人'吗？"

克莱顿起身径直走向水槽边柜子上的小咖啡壶，丢下马克杯重新倒满，却并没有招呼自己的客人也来一杯。要是能加上一到两指高的波本威士忌，该有多美啊。不久前这还是他早上的老习惯，有时觉得仿佛杯子里还有余香。他喝了一口咖啡，意犹未尽地回到了座位上。他往前探了探身子，今天早上头一回意识到自己有这么累，而刚才对霍利发表的那一番自由式演说，他至少已经跟 6 个不同的特工讲过了。

"听着，霍利，我跟你没有半点相似之处。我出生和长大的地方离你现在坐的地儿距离还不到 15 英里。我可不是什么一心要把这个世界从人间地狱拯救出来的超能警官，"他的声音里透出了讥讽，"我不在乎你们的世界里发生了什么，霍利调查员。我只是个小镇上的乡巴佬警长，尽我所能地保证这个山谷里的居民——这个山谷里的良民——的人身安全，让他们远离从山上传下来的无休无止的麻烦，并且远离那些喜欢舞刀弄枪、混过大学的小子，这些人只知道过来跟我们这些乡下人要狠。在我看来，你们都一样，警匪是一家，对我的辖区来说都是同样的威胁，那就是你我'截然不同'的原因。"

克莱顿往后一靠，吹了吹自己的咖啡。

"警长，麦克弗斯县屁股后头不就紧挨着黑石附近的帕森斯县吗？"

"对。"

"你们警局难道不是管辖着整个麦克弗斯县吗？"

"看来你已经知道了。"

"这么说来公牛山也在你的管辖范围之内，而不光是维莫尔山谷。也就是说山上一旦发生什么，你也脱不了干系。如果我不先过来跟你谈谈的话，将有悖于我所信仰的一切。我并没有把你当成什么乡巴佬警长，而是看作一名执法界同仁。许多人觉得你就是你哥哥的傀儡，拿来操控警方的幌子，但我不这么想。这个县里的人们投票选你是有原因的，虽然你来自那样的一个家庭，这就很能说明问题。这表示这里的人们需要你，信任你，这对我来说就够了。我可不是来往你门口的垫子上涂狗屎的。"

"我帮不了你。"这句不得不讲出来的话，克莱顿已经说烦了。

"我理解，警长先生。很抱歉我刚才那会儿说话挺混蛋的。那只不过是职业习惯。请允许我从头再来。"

真是阿司匹林也治不了的头痛啊。克莱顿摆弄着儿童安全塑料药瓶，想着究竟要吃上几片才能把坐在自己办公室里的这个头痛赶走。他巴不得霍利站起身来，指着自己的脸，随口胡扯些自以为是的废话，像是"这是你欠大家的"，还有"这个县是你深爱的"，因此必须惩恶扬善——叽叽歪歪，诸如此类。一般来说这些家伙惯用的招数就是这些，但是霍利居然稳坐不动。而且显得充满敬意。克莱顿不得不承认，至少霍利是个聪明人，懂得按照警长的规矩来，好让自己说得上话。

"我帮不了你。"克莱顿重复道。

"我没求你帮忙，警长。"

"那你想怎样，霍利调查员？"

"叫我西蒙好了。"

"有话直说吧，霍利调查员。"

"好吧，警长。我说过，我来这儿不是为了让你帮忙，但也许你的确能帮上自己一个忙，这样对咱俩都好。"

克莱顿一言未发，搔了搔自己的胡须。

"也许我该从头说起，好让你更有概念。"

"好主意。"

"我在 ATF 已经干了两年了。这两年里，我的注意力都放在一个案子上。"

"我猜是哈尔福德·伯勒斯的案子吧。"

"并不是，你哥哥是最近才上了我的册子的。不，我跟了两年的，是佛罗里达州杰克逊维尔某个机构的案子，这个机构除了其他营生之外，还给你哥哥和他的手下供应枪支——大批枪支。而且在过去几年中，他们还给你哥哥的冰毒生产运送原材料。"

克莱顿觉得脑袋里的压力一松。虽然不多，但的确好了一些。

"那里位于食物链顶端的是一位名叫威尔科姆的先生。听说过他吗？"

"没有。"

"他们低价雇了一些自称'杰克逊维尔豺狼'的摩托车手运送货物。都是些人渣，虽然脑子不笨，对主子忠心耿耿，但人渣就是人渣。他们干这行已经有些年头了。据我调查，他们和你们家做生意的时代可以追溯到 1970 年代早期，你父亲做大麻生意的时候。你知道我说的这些人是谁吗？"

"不知道。"克莱顿回答道，但听起来并不可信。

"好吧，你很幸运。认识这些人也不是什么好事。他们干的都是些十恶不赦的勾当。毒品、洗钱、枪支，无恶不作。最近我们还得到消息，他们甚至还做起了人口买卖生意，这样一来他们越做越大，也越来越有钱。你哥哥哈尔福德和他们很熟。他对他们的全盘运作了如指掌，他们对他也十分信任。"

还没等霍利道破，一切都昭然若揭了。

"你想收买他，"克莱顿几乎笑出声来，"你想让哈尔供出佛罗里达的那些小子，威尔科姆那家伙的案子也就结了。"

"正是。"霍利说道。

"拿什么作为交换？"

"有条件免罪。"

"怎样的条件？"

"他洗手不干冰毒生意。"

"想都别想，"克莱顿说，"哈尔福德不是你们平常对付的那些毒贩子。这会违背他不太正常的荣誉感。让他出卖自己看作家庭成员的人，他宁可去死。如果就像你说的一样，这些摩托车手已经和我们家族穿一条裤子那么些年了，那肯定会被哈尔福德视作家人。他绝对不会把他们供出来的。绝不。"

"好吧，如果他的荣誉感这么另类，那我们就拿其他东西当诱饵。"

"什么东西？"

"他的钱。"

"哈尔福德压根儿就不在乎钱。"

"少天真了，警长。钱是至高无上的。钱是唯一重要的。"

克莱顿摇了摇头："不，不是这样的，你们的人老赢不了，问题就在这里，霍利调查员。你们根本不知道山上的规矩。我兄弟的终极目标不是钱。从来都不是。钱只不过是我爹给他培养的生活方式的副产品。"克莱顿大大咧咧地往椅背上一靠，举起胳膊，双手十指交叉倚在脑后。他伸了伸腰，琢磨着接下来该用什么招式对付这位联邦调查员。大多数情况下，这些家伙并不在乎他说了什么。他们只是呆坐着，墨镜也懒得取下来，假装在听的样子，其实只不过想伺机插嘴，大放厥词。克莱顿放下胳膊，伸出一根食指，轻轻擦去桌上一个小相框边上的灰尘。相片是他和凯特去泰碧岛①度蜜月的时候一个陌生人给他们拍的。那是他们俩第一次，也是唯一一次去海边度假。他觉得自己并不是一见太阳就来

---

① 泰碧岛（Tybee Island），是位于美国佐治亚州查塔姆郡的一处海岛。

劲的人，但那天的天气真的棒极了。他微笑了一下，决定采取迂回战术："你结婚了吗，霍利调查员？"

"结过。又散了。"

"有女朋友吗？"

"现在算有吧，"霍利回答道，也往后靠在了椅背上，放松了闲聊，"也不知道能处几天。"

"有女朋友，挺好，是个好事，"克莱顿伸出手去，拿起了他和凯特的那张照片，"你有没有带过她，或是以前还是已婚人士的时候带着前妻，出城度几天假？从日常生活里解套，管它南北西东，找个地图上寻不见的地方，好好放松放松，陪陪对方？"克莱顿更像是在对着他和凯特的照片说话，而不是霍利。

"她们俩应该都不太喜欢这样吧，我觉得，但的确，我每年都会出逃这么几次。"

"嗯，好。我们再接着说。想象一下你最近一次度假的感觉。你装好了车，带着你的女伴，也许还有几瓶啤酒、一架相机，出发去山里一处偏僻的地方，或是去静谧的池塘、湖边……能感觉到吗？"

霍利点了点头，等着听重点。

"这就是从多数人的日常生活里脱离出来得到的一点喘息。有了这样的喘息，我们才能忍受其余时间加在自己身上的责任感带来的负担和压力。你同意吗？"

"当然同意，警长先生。每个人都需要时不时地度个假。但这——"

"听我说完，霍利调查员。想象着同样的一幕，那幅你脑海中美好的景象，想象着那就是你的日常生活。想象着那就是你工作、家庭、恋情、智慧、痛苦……这一切的基础。你的想法就变了。对那些人来说，这已经不再是逃离日常生活的喘息，而是生活本身。你一定会竭尽全力地保护它，不想失去它。"

霍利想开口，但克莱顿自顾自地说了下去。

"这片山地和以之为家的人们之间，有种微妙的共生关系。像你这样的人永远也不会完全明白，不管读了多少卷宗，或是经历了多少训练场景。这不是你们的错，只是因为你们不是这儿的人。这种关系远不是简单的自豪感或荣誉感可以概括的。自豪感是你买了一辆崭新的红色自行车，或是找到了薪水更高的工作。但在这座山上，却是另外一种东西。这种东西深入骨髓，并不是挣来或抢来的，而是与生俱来的。如果有人威胁说想把它夺走，一定会被狠狠地收拾。这是他们不可分割的一部分——我们不可分割的一部分。"克莱顿在裤子上蹭掉了手指上的灰尘，目光从照片重新回到了霍利身上。

"关键是，钱不钱的真的无所谓。这并不是我天真无知，而是因为事实就是如此。没有人可以对这片山地上的人指手画脚，跟他们说在自己家门口能干什么、不能干什么。没人可以把天赐给他们的东西带走。在他们的山头绝不可能。相信我，哈尔觉得这是他的山头。他宁可一把火烧了自己的钱，也不愿拱手让出自己的家，或是出卖自己的人。你的计划行不通。他不会背叛自己的族人。"

"连你也不会背叛？"霍利问道。

对克莱顿来说，这还真是个无解的问题。

"这么说吧，"霍利说，"美国政府正在组建一支百来号人的多部门行动小组，上至 FBI、ATF、DEA^①，下至州警察局，甚至包括国家安全局。他们知识丰富、训练有素、野心勃勃，足有能力将整座公牛山付之一炬。不是我威胁你，警长。事实就是如此。16 个冰毒加工厂的地点我们都知道，产品流往佛罗里达、亚拉巴马、南北加利福尼亚和田纳西的途径我们也了如指掌。箭在弦上了。他们刻意瞒着你，许多人

---

① DEA，即"缉毒局"（Drug Enforcement Administration）。

会死去。情况已经今非昔比了。后9-11法规让我们如虎添翼，而且免遭问责。行动本应该开始了。你兄弟巴克利临死的时候供出了哈尔福德和威尔科姆之间的勾当，从那个时候就开始酝酿了。几股势力早就对公牛山这块肥肉垂涎三尺了，恨不得立刻把它夷为平地，多一天也不想给你兄弟。"

"那是什么拦住了这些人呢？"克莱顿说。

"我。"霍利脸上鲨鱼般的笑容又回来了。"正是在下。"确定对方上钩之前，他让这句话在两人之间回荡了一会儿。"我有个更好的计划，所以才来找你，警长先生。"

"愿闻其详。"克莱顿说道。

4

"没什么能比一大堆钞票更让美国联邦执法部门垂涎欲滴了。除非，当然，有更大的一堆钞票。我在佛罗里达就有这么一件宝贝——更大的一堆钞票。我们要是拿下了那个地方，自然也就断了这儿的生路。"

"哈尔就不能再找个新的供应商吗？"

"当然，他可以找，但他想不想找？你自己也说，他自小就和佛罗里达的这些家伙打成一片。他不用经历多数'创业者'需要经历的腥风血雨、倒戈背叛。要建立那种信任并非一朝一夕的工夫，而且你父亲才刚刚把接力棒交到他的手上。你觉得他到了这把年纪，真的愿意从头来过？53岁啦，没时间再白手起家了。据我们所知他并无子嗣。我们知道目前为止还并没有年轻的后起之秀能够接替他的位置。血脉传承到他这儿，就到头了，"霍利顿了一顿，又改了口，"呃，当然，除了你之外。"

克莱顿点了点头，手指在空中绕了个圈，示意霍利继续说下去。

霍利说："他在山上几乎过着与世隔绝的生活。要是拿下了威尔科姆，哈尔福德也就要金盆洗手了。带上自己的战利品，兑现，出局。"

克莱顿犹豫了好一会儿才开口："你的意思是，要是这样，你就能放他一马？"

"没错。"霍利斩钉截铁地答道。

"这事儿能白纸黑字落实下来吗？"

"可以。"霍利说。他抱起胳膊，"公诉人"要休息一会儿了。

克莱顿将信将疑地眯起眼睛，打量着西蒙·霍利。这个男人倒是没什么架子，这一点克莱顿很欣赏。这不单单是个让他将一张嘉奖令收入囊中的好机会，至少克莱顿觉得不是这样。这是一个为这座山造福的机会，只要霍利说的不是屁话。是不是屁话，克莱顿隔着一个县那么远都能闻出来。他隐隐觉得这次会面对霍利的案子很重要，比他透露的更加重要。这位调查员虽然言语并没有什么不妥，但是却显得心烦意乱。他的膝盖微微弹动着，克莱顿能感觉到他有一丝紧张。这个案子也许是他职业生涯的里程碑，他想。"你在乎什么呢？"克莱顿问道，"如果你十拿九稳能把他捉捕归案，那为什么不干脆直接过去瓮中捉鳖？为什么还要对山上的人那么关心？"

霍利看起来有些吃惊，仿佛打心眼里受到了伤害："我为什么不能在乎呢？又不是只有你一个人把人民的安危放在心上，警长先生。虽然你说过你我截然不同，但只要你我合力一击，就能一举歼灭东海岸历史上最大的枪支毒品犯罪团伙——这个团伙祸害了整整 6 个州。不瞒你说，倘若身为灭敌功臣中的一员，感觉的确很棒。但如果我没有看错你这个人，你也的确一直活在家族阴影里，那么这件事对你来说就更不容小觑。我们能救很多人的命，很多你地界上的人命，这就是我接这个案子的原因。我觉得咱俩远比你想的要相似。"

克莱顿挠了挠连鬓胡上铁锈色的一丛，居然没有留意到头痛在悄悄溜走："而且还能给哈尔一个自由身？"

"想去哪儿就去哪儿。"

"只要我能说服他做个告密者。"

"听我说，警长，既然你已经知道了我为什么要费这么大力气管这个案子，那我也不瞒你，跟你兜个底吧——没人对这儿感兴趣。这么说并无半点不敬，但这个地方的确是整个联邦最烫手也最棘手的一个州里的一块儿硬骨头。要不是你老哥碰巧触犯了法律，而且又这么离谱，我那些同事才懒得管呢。这事儿一完，我们就撤。不多叨扰。"

克莱顿拉开了办公桌最下面的一个抽屉，那是他还没戒酒的时候偷藏好东西的地方。他从里面掏出一罐长切鼻烟，捏出一小团，塞在下嘴唇和牙龈之间，往一个空的泡沫塑料杯子里啐了一口。

"演讲很精彩。"

"多谢。来的时候我可练了一路呢。"

"所以，你穿上了礼拜天最好的一套衣服，大摇大摆地走进来，跟'大灰狼'的弟弟说你的计划就是要把'大灰狼'干掉——你还说这是'更好的计划'？"

"是啊，警长，基本上就是如此。不过平心而论，我老妈绝对不会同意我礼拜天上教堂的时候穿着牛仔裤。说实话，我也没料到你今天真的会在办公室。本来我只是来约明天和你见面的。"

克莱顿露出了笑容。

"好吧，霍利。平心而论，我当上警长是因为没有人和我抢。"

霍利笑出了声："我知道。"

警长站起身来，走到衣帽架旁，取下了自己的夹克。

"走吧，我们去吃点松饼和肉汁，边吃边聊。我都快饿死了。现在还早，去教堂做礼拜的人还没出来，乐奇餐吧还有座位。"

"听起来不错，警长。"

"叫我克莱顿吧。"

"好啊，克莱顿。你带路吧。"

克莱顿开门来到前台，只见克里克特和乔克托正想方设法偷听办公室里的对话，就差没在墙上按个玻璃杯了。

"克里克特，你能不能帮忙给凯特打个电话，跟她说今天上午我不能去她母亲家了？"

"她会不开心的。"

"我知道。所以我才让你帮忙打这个电话。乔克托，你给达比打个电话，让他过来跟你换个岗，进去看着你那个小犯人。既然我们礼拜天都在这儿上班，那就让他也辛苦一趟吧。哦，再给乐奇餐吧打个电话，让他们准备一些早餐，我带着客人过去。"

"好的长官。"

"打电话的时候，也给你和克里克特叫些外卖吧。别管多少钱。敞开肚皮吃。"

"今儿早上怎么这么大方啊，头儿？"

"大方的不是我，"克莱顿冲霍利挤了挤眼睛，"是联邦政府。"

第三章

克莱顿·伯勒斯
2015

克莱顿望着天花板。屋顶由 35 根结实的原木搭成，用的就是从卧室窗户看出去不到 20 英尺的地方长着的雪松。这座房子是他成家之前父亲和他一起搭建的，当作送给凯特的结婚礼物。那个时候父亲已经年近七十，干起活儿来却还像个二十出头的小伙子。房子建好已经快 10 年了，檩条屋顶从来没有漏过一滴水———一次也没有。克莱顿有一次住在亚特兰大一家豪华旅店的顶楼，发现房间的聚苯乙烯屋顶角落里蔓延出水渍和污点。那一幕总是在他脑中浮现。睡上一晚要 200 美元的钢筋玻璃高塔，居然还不如他和父亲用几把锤子、几根钉子造出来的房子。这只是一个小小的例子，但却印证了父亲教他的每一件事情，印证了加雷思·伯勒斯对他一点一滴的灌输。

"你需要一座真正的房子，小子，"他父亲说过，"如果你想娶这个女人，做真正的男子汉，得有一座与之相配的房子才行。"

一个真正的男子汉。

想到往事，克莱顿的嘴角撇了一撇。总是这样。加雷思不是对自己的小儿子不好，但他对这孩子的真实想法，却让一切都变了味。他觉得这个孩子不配。觉得这孩子跟他的两个哥哥——哈尔和巴克——一点儿也不像。这些事情加雷思从来没有明说，但其实也不需要。眼里都写着呢。他的双眼写满了失望，像灰扑扑的乌云。

凯特一直觉得，这座房子是公公为他们两口子做过的最好心的一件事情。但她并不知道，造房子的时候，他们父子二人从头到尾一句话都没说过。虽然小儿子是那么令人失望，但父亲还是履行了自己的义务，给孩子挡风遮雨。但那些讥笑就像挂在床上方的椽子上，每晚入睡前闪现在眼前的最后一幕永远是他对家族的背叛。造这座房子也是加雷思留住克莱顿的一个方法——这样一来他就只能扎根在公牛山了。

克莱顿把注意力从被父亲的斧子凿刻得坑坑洼洼的屋顶上转移到了自己的妻子凯特身上，这幅景象就美得多了。穿过浴室敞开的雪松拱门，能窥见凯特正在擦身子。她有自己固定的一套。在掀开浴帘之前，她会抓起一条浴巾，把身体裹好，再用只有女人才会的方法，拿一条毛巾把头发包住。然后，她会在浴缸边上坐下，往新除过毛的腿上涂柠檬草油。如果发现克莱顿正望向这边，她会刻意涂得慢一点儿。接着，仿佛魔术师的压轴表演般，两条毛巾翩然而落，取而代之的是一件老公的麦克弗斯县警局的大 T 恤。整套动作如行云流水，倘若克莱顿一个眨眼，就会错过老婆光溜溜的一瞬间，只能任由她关上灯，把一丛湿漉漉的巧克力色卷发偎依在他胸前。

凯特睡觉的时候，总是连内裤也不穿。虽然已经是 11 年的老夫老妻了，但只要想到这一点，总还让克莱顿心痒难耐。她把一条腿儿架在丈夫身上，脸颊在他胸口蹭来蹭去。这是两个人"久经考验"的入睡姿势，她在等着他的大手抚过自己的身子，但这双手并没有伸过来。"今天在妈妈家我们都很想你呢。"她说。

"嗯，不好意思啊。我总有一天要死在那小子手上。"

"乔克托？"

"对啊。"

"他人不坏，只是有点不上路子。"

"不上路子，"克莱顿回味了一下这个词，"倒也可以这么说。"

凯特把话题岔开了："你没忘了周二要陪我去医院吧？"

"啊？"

"去医院。"她重复了一遍。

"哦，对。当然。"克莱顿和她温存了一会儿，想要打消自己对"去医院"的心灰意冷。反正也不是第一次了。十年间，他们一次次的希望都变成了失望。他们两口子似乎真的没有什么父母运，而时间不等人啊。

　　她转过头来，看着他："克莱顿，你的魂儿呢？"

　　"在这儿啊，宝贝。"

　　"不，不在。你的身体在这儿，但魂儿不在。你盯着这些椽子已经快一个小时了，好像它们要塌下来似的。"

　　"也许真的会，凯特。"

　　凯特也抬头看了看椽子。

　　"你想跟我说说吗？"

　　"想是想，但我觉得你可能不会愿意听。"

　　"试试呗。"

　　克莱顿捋了捋她还没干的头发，把手放在她的脖子旁。她的肌肤总是微微发烫，比棉纱还要柔软。

　　"一个联邦调查员今天来我办公室了，想和我聊聊哈尔福德的事儿。他们想把那座山头给平了。"

　　"又来了？"她的声调变得低沉、警觉起来。一谈到克莱顿的家族就是这样。

　　"是啊，又来了。"

　　"他们想让你帮忙？"

　　"算是吧。这个人，霍利，并不需要什么信息。他们似乎一切尽在掌握中。按照他的说法，他们甚至并不想抓捕哈尔本人。"

　　"怎么说？"

　　"他们只想抓他的一个老相识。杰克逊维尔的一个人。"

　　"佛罗里达？"

"嗯，他手底下有个什么摩托帮。联邦觉得如果可以拿下杰克逊维尔的那些人，也就顺道可以把山上的冰毒生意给灭了。"

"那他们还来找你干吗？不是应该直接去佛罗里达，该干吗干吗吗？"

还没等克莱顿回答，她就自己猜到了答案。

"他们想让你哥当叛徒。"她说。

"对。他们觉得能劝他把那人供出来。只要他供出来，就没事儿了。就这么简单。"

"你觉得你哥会愿意？"

"不。不，我觉得他不会。"

"但他们还是想让你试试看，去劝劝他？"

"关键就在这儿。"

凯特翻了个身，仰天躺着，任凭克莱顿赤裸的胸口又湿又冷。"我们以前不是没试过，克莱顿。那个男人谁劝也不听。他就是个疯子。你自己也知道。"

"话是不错，除非……"

"除非怎样？"

"除非他觉得这事儿对他有好处，"克莱顿坐起身来，看着妻子，"听我说，他要的不是钱。见鬼，他从来都不缺钱。他可能在这座山上埋了无数个咖啡罐，里头藏着好几百万。如果我告诉他，他从此再也不用担惊受怕地过日子了，也许他会考虑考虑。"

"等等，"凯特也坐了起来，"你不会真的想做这件事吧？"她往后挪开身子，仔细端详着克莱顿的神情。

"呃，对。也许吧。这是我拯救他最后的机会。"

"求你别，克莱顿，你大哥就是个杀人犯，还是个毒贩子。他不需要别人来拯救。他已经罪无可恕了。"

"这不是他的错。"

"别跟我扯'他就是在这样一个家庭里长大的'这一套。都说好了不许再提了。你也是同样一个爹养大的，可你并没有卖毒药给孩子。"

　　"是你说想跟我谈谈的，对吧？"

　　"对，但我现在改主意了。"

　　"听我说，凯特。自从巴克死了以后，我虽然没见过他几次，但他看起来，我也不知道怎么说，好像有些不一样了。他开始显老了，看起来很累。我觉得巴克的死可能从某种程度上改变了他。"

　　"在巴克利的葬礼上，他威胁说要杀了你。"

　　"那是他心里难过。"

　　"难过的是你，是迈克，是大个子瓦尔。他只不过是喝醉了，而且充满恶意。"

　　"每个人难过的方式都不一样。他现在一个人在山上单干，事事亲力亲为。"

　　"你怎么知道？"

　　"我了解我大哥。他谁都不信任。"

　　"那你觉得他能信任你吗？"

　　"我毕竟是他小弟。"

　　"你觉得他在乎吗？"

　　"我想他也知道我是他在这世上唯一的血亲了，到了最后，这大概是他唯一在乎的。他还在为父亲的死自责。我也许能劝劝他，让他退隐江湖。他仍然可以住在山上，打他的猎，喝他的酒，但从此不必以逃犯自居。现在他还没意识到这也是一种选择。一旦他能够意识到，也许就能把包袱卸下来。从此以后，他再也不用担惊受怕，躲着联邦那些人。也不必担心会在想要劫持他的瘾君子手里送了命。"

　　凯特把头发胡乱在脑后束成了一个马尾："好吧，就算哈尔福德真的听信了你的童话故事——当然这是不可能的，但不妨假设他听进去了——那出卖了佛罗里达那帮恶棍，不是等于才出虎穴又入狼窝吗？在道儿上混不就是这样吗？冤冤相报，永无尽时。"

"宝贝儿，伯勒斯家族既然有能力在那么多联邦执法机构的眼皮子底下自保了一个多世纪，那我们搞定几个草莽摩托车手，应该不在话下。"

"我们？"凯特问。

"你知道我的意思。"

"不，我一点儿都不明白，克莱顿。我只知道，你打算跟已经杀了你一个哥哥的联邦那帮人穿一条裤子，试图劝说你另外一个哥哥，那个自封公牛山土皇帝的家伙，让他放弃自己苦心经营了一生的犯罪产业，然后干吗？去钓鱼？"

克莱顿躺回枕头上，揉了揉太阳穴。他想起了冰箱上面碗柜里的那瓶威士忌。今天它总是在脑海中不断浮现。想咪一口的感觉总是比真的去喝要好。他已经戒酒了，所以像今天这样和老婆说完话，还不至于要睡沙发，想着自己又犯浑了，该怎么道歉。但想起咪上一口的感觉，还是很棒。凯特像只小猎犬一样凑了过来："那些混蛋拍拍屁股滚回老巢了，可我们的生活被搅和得一团糟，你还要收拾烂摊子。你自己不是不清楚，克莱顿。巴克利死的时候，我们已经受过一次罪了。"凯特几乎叫喊了起来，她用了一点时间，让自己冷静下来："我知道你想改变山上的状况。我也想，特别是现在，但究竟是什么让你觉得这次会和上次的结果不同？"

"是今天早上和我碰面的那个调查员。叫霍利的人。他这个人有些与众不同。他跟那些以前来这里的'极速特警'不太一样，那些人觉得自己在警校成绩不错，就唬得住几个'红脖子'。但是他，我也说不上来，凯特……"克莱顿迟疑了一下，想找个合适的词。"他很真诚。"最终他说道。

"真诚。"凯特冷冷地重复了一遍。

"嗯，我打心眼儿里这么觉得。他的准备工作做得很充分，而且也找到了解决问题的好方法。这个人是可以信赖的。反正我这么觉得。如果他没骗我，那说不定真是个做好事的机会。至少我应该试试，对吧？"

没有回答。

"而且，不管我参不参加，这事儿他们总要干的。所以我去试试也不是没有道理，对吧？"这个问题他已经问了两遍，两遍都没有得到她的回答。

"凯特，对不对？"

凯特钻出了被子，坐在床边上，背对着丈夫。克莱顿想碰碰她，但终于还是没有伸出手去。

凯特开了口，但并没有把脸转过来："我爱你，克莱顿。你很清楚。我第一次见到你们就知道你来自什么样的家庭，我恨死了你那个家，但我还是爱上了你。情不自禁地爱上了你。我不想控制自己的感情。我身体里的每个细胞都在呐喊，'快收拾行囊，离开这个地方'——离开你——越远越好。但我做不到。我的心不允许我这么做。妈妈劝我别嫁给你，因为你的出身。你是他的儿子。我跟她说，妈你错了。我知道，这就是一场赌博，而且不害臊地说，有时候你的邪恶身世还会让我觉得超兴奋。哪个女孩儿不想被坏男人俘虏？所以我留了下来，成为了你的妻子。你不想过那样的日子，想要堂堂正正的人生。这是我有生以来最勇敢的决定，分分钟都会把自己吓死，但我还是做出了这个决定。"

"宝贝儿，我知道。"

"嗯，你是知道。但你不知道的是，直到今天，我还是分分钟都会被吓死。是啊，11 年了，可我还是害怕你有天晚上回家的时候告诉我，你决定去追寻你父亲的脚步，或者更糟——你再也回不了家了。如果真是那样，我会想，你是不是已经被埋在了与你家族为敌的那些人的乱坟岗上。跟你一样戴着警徽的人杀死了巴克利，我明白了。你觉得自己必须出手，防止这一切再发生在哈尔福德身上。但救不救得了一个人，你说了也不算啊。"

"宝贝……"

"听我说完，"她转过身来，面对着自己的丈夫，"我是你的妻子。我发过誓，不论顺境逆境，我都会伴你左右。这句誓言，并非儿戏。相信我，只要去招惹你那疯子大哥，那就是'逆境'。我话就说到这儿，如果你真要去，我也拦不住你。但听我一句，克莱顿·伯勒斯，不管那个破警察有多真诚，我绝对不会允许他把你拖进一个你再也爬不出来的无底洞，只是为了去帮助一个根本不想让你帮助，也不值得你帮助的人。"

"他是我哥，凯特。"

"他压根儿就是个疯子。"

"尽管如此，他还是我哥。我的家人。"

"现在我才是你的家人。我才是第一位的。你给我戴上这个戒指的时候，就是这么对我承诺的。你可别想抵赖。想都别想。听见我的话了吗，警长？"

"听见了，老婆。"

克莱顿抓过凯特的大 T 恤，一把把她拉到自己身上。他爱死了她叫他"警长"的模样。他一个翻身，把她压在身下。这样他就不用一直看着那些橡子了。

第四章

凯特·伯勒斯
2015

克莱顿那边床头柜上的电子闹钟显示现在是凌晨 2 点 15 分。数字的微光让整个房间笼罩在一片柔和的橘色中，也渗进了凯特夜不能寐的眼睑里。克莱顿通常都会在钟上盖件 T 恤什么的把光遮住，但今晚他没有，所以这鬼东西总是让凯特睡不着。她本来睡眠就不好，今晚更是无法合眼，特别是克莱顿对她扔了一记炸弹之后。她爱他，这毋庸置疑，但她从没真正理解过他。究竟什么时候你才能接受麻雀变不了凤凰的现实，然后翻篇儿？每次她的丈夫想伸出援手帮帮山上的人们，他哥哥都毫不领情。但他还是千方百计想要再试一次。这让她想起了《花生》①漫画里的一幕：露西抱着足球，让查理·布朗来踢。人人都知道，她一定会在最后关头把球拿开，让可怜的查理摔个四脚朝天。但即使查理自己也明白，可他却依然会照做，因为他就是这么单纯地相信这个世界。有一次她听说，疯子总会一遍又一遍地去做同样的事情，希望有朝一日结果会有不同。如果此言不虚，那么她丈夫就是个疯子。见鬼，也许她自己也疯了吧。毕竟让他做执法工作是她的主意。

总有那么几次，不知哪里来的一股邪劲儿悄无声息地靠近了你，就这么毫无征兆、不动声色地改变了你的一生。那个时候，她和克莱顿已经好了一年多一点，他铁了心要向她证明，向所有人证明，他和他的父亲完全是两路人。尽管如此，他好像还是找不准方向。或许这也是她最开始被他吸引的原因。说起童年生活，他总是一带而过，或是一提到就生硬地岔开话题，因此她知道，他应该是见过乃至做过一些自己并不引以为傲的事情。这改变了他，仿佛夺走了他的什么东西，让他与餐桌对面的姑娘坠入情网这件事也失去了乐趣。他总是一副自己配不上任何好东西的样子，虽然那些东西在其他人看来都很理所当然。他的内心支离破碎，而她恰好乐于修补这样的内心。当初她并不知道自己是这样的人，但现在她已经明白了。眼看着人到 40，她也认命了。她也清楚，克莱顿那个时候哪怕为自己赴汤蹈火也在所不辞。赴汤蹈火。一个年纪轻轻的 26 岁女子，却对一个男人有着这么大的影响力，是一件多么危险的事情。而这也让她暗自欢喜。

一天去完教堂后，他们在乐奇餐吧吃东西——这件事情就很能说明问题。克莱顿·伯勒斯在遇到她之前从来不会踏进教堂半步，但看看他现在，头发梳得整整齐齐，衬衫塞进裤子里，装作很舒服的样子——两个人分食着巨大的一盘猫头松饼②，配上桃子果酱和新鲜的黄油。那个时候凯特还很苗条，不怕吃这样的东西。想到这里，她不禁把手伸进被窝里，捏了捏自己的"游泳圈"，又拢了拢丰满的小肚子。

那天的小饭店里，人们都在八卦弗劳尔斯警长即将退位的事情。从凯特还是个小姑娘的时候起，山姆·弗劳尔斯就是麦克弗斯县的执法官。但据说老人家犯了些打错人、喝醉酒之类的错误，所以被迫退休了，一时间流言四起。凯特记得自己当时漫不经心地说了几句话，历历在目，仿佛就发生在昨天。可就是这几句话，改变了她和克莱顿的一生。最开始她只是开个玩笑随口说说，但克莱顿听了之后脸上浮现出的神情，仿佛是她只用一句话就解决了世界上所有的问题。她多希望自己能够冻结时间，把那番话从他的记忆里抹去啊。

"你应该去参加竞选，克莱顿。你肯定能当个好警长。"她说。自此

---

① 《花生》（*Peanuts*）漫画，一部美国报纸连环漫画，作者是查尔斯·舒尔茨（Charles M. Schulz）。漫画以小狗史努比（Snoopy）和查理·布朗（Charlie Brown）等几位小学生为主要角色，以小孩生活为题材，观察这个简单又复杂的世界。《花生》是漫画发展史上首部多角色系列漫画，从 1950 年 10 月 2 日开始发行，到 2000 年 2 月 13 日作者病逝之时为止。
② 猫头松饼（cathead biscuits），美国南部一种常见的食品，外脆内软，口感蓬松，食用时常佐以黄油和果酱。因体积巨大形似猫头而得名。

他就踏上了一条不归路。到了 11 月，两个人的床头柜上都摆上了亮闪闪的新饰品——她的是一枚朴素的钻石订婚戒指，而他的，是一枚银质的警长徽章。他当选了，没有遭遇任何挑战，觉得那就是个幸运的意外。尽管大家都在风传，那是因为选举的时候没人敢跟伯勒斯家的人唱对台戏——哪怕是个"好伯勒斯"。接下来的 10 年间，作为警察太太的她再没睡过一天安稳觉。这位警察的首要目标是赎回家族的灵魂，而这个家族已经渐渐安于失去灵魂了。这都是她的错。

凯特下床穿过房间，从地上捡起一条毛巾盖在钟上，那钟的亮光让人抓狂。她走进浴室，带着一点未消的余怒，轻轻放下马桶坐垫坐了下来，两手捧着脑袋。巴克利葬礼那次输得还不够惨吗？她想，他真的疯了吗？巴克利绝对是疯得不轻，至少凯特这么认为。他比哈尔福德还吓人。如果克莱顿是个好人，哈尔福德是个坏人，那么巴克利就是恶棍中的恶棍。所以听到巴克利在和警察的枪战中丧生，不管是她还是其他任何人，都没有一丝惊讶。巴克利是那种想也不想举枪便打的人，所以不论下场如何，都是自找的。但他仍然是克莱顿的哥哥。仍然是他的家人。克莱顿有权送他最后一程，不管哈尔福德和其他人怎么想。

对于克莱顿参加葬礼，凯特是支持的。她甚至坚持和他一起去，也劝过他别穿制服。她呻吟了一声，手从头上移到了脖子后面，按着那块紧张僵硬的肌肉。她仿佛还能看见他那天站在浴室镜子前面的样子，穿戴着浆洗笔挺的涤纶衬衣，上面还有军服特有的褶线和黄铜扣饰，生平第一次笨手笨脚地系着领带。他那顶破帽子也换成了硬边警长帽，她甚至从来不知道他还有这么一顶帽子。她站在走廊里，看着他这副模样，满脑子只有一件事——这个糟糕的决定会怎样让他送命。他自己坚称，这是对他死去的哥哥表达尊重的方式，而绝不是对哈尔福德和他的死党们比出一个大写的"去你妈的"。也许他内心深处的某些想法的确如此，但凯特明白这绝不是全部。这就是他们伯勒斯家的人要横使坏、死要面子的方式。只是他自己参不透而已。伯勒斯家的人没一个明白。没一个觉得自己有错。她也闻得到他身上的威士忌酒味，不管他往嘴里倒了多少漱口水都盖不住。她知道只要一搜柜子或是抽屉，肯定能找到一瓶——也许不止一瓶——喝光的半品脱装廉价波本威士忌。随他去吧。她总是随他去。

他们是最后一个到葬礼上的——如果那称得上是葬礼的话。表面上看起来，更像是一群人去参加斗鸡比赛。一堆蓬头垢面的男人围成一圈站着，身着脏兮兮的工装和靴子，手拿玉米威士忌酒瓶，边抽烟边进行葬礼程序。被允许来参加葬礼的几个女人个个都愁容满面，但绝不是为了逝者难过。所有人都比实际年龄看起来要老得多，疲惫不堪，像夏天里晒褪了色的干草垛。凯特对他们既怜悯又厌恶，但也不由自主地把裙子往下拽了几英寸，把裸露的腿部多遮起来一些。没必要雪上加霜了。

哈尔福德不愿意把弟弟的尸体停放在教堂里，也不允许牧师出现，所以人们只好都站在名为"焦核桃"的塘边，追忆往事，把威士忌泼洒在地里。很快，他们只需要把尸体往他父亲坟墓旁边的坑里一丢，就算完事了。

克莱顿的祖父库珀葬在约翰逊峡谷附近的一块地里，希望日后所有逝去的伯勒斯族人也都安葬于此。但他的儿子——克莱顿的父亲加雷思，却把自己埋在了这儿，"焦核桃"池塘边上。没人知道原因。他们的坟墓把凯特小时候对这里的美好记忆破坏殆尽。和傻乎乎的半大男孩子们在旧轮胎秋千上荡来荡去，捶打着他们瘦精精的小胸脯，喧闹地挥洒着青春。这儿曾经是她童年的象征，也是夏天的符号，弥足珍贵。但现在却变成了杀人犯和偷盗者的墓地。让她惊讶的是，池塘边丰茂的水草和亮绿色的苔藓却并没有枯萎腐烂，尽管这里的土地已经被邪恶的血液浸染。

克莱顿刚刚把卡车停在一排只剩了底漆的皮卡车和全地形车旁边，每一双眼睛就都聚焦在了他们身上。先是对她行注目礼，盯着她不是那么保守的小黑裙看个没完。然后又把目光转移到克莱顿身上，他穿的那套警长制服足以唤起这些人最纯粹的厌恶与憎恨。当她和克莱顿走近的时候，人群从中间分开，赫然可见哈尔福德·伯勒斯正蜷缩在一具简陋的松木棺材边，一旁是新挖的墓坑。棺材里装的人，正是被穿着和自己的丈夫同样制服的人射杀的。哈尔福德的双眼哭得又红又肿，嫁到克莱顿家这么多年以来，这还是她第一次看到他们家的大男人不是因为咳痰或是醋酸而泪盈眼眶。然而，当他看见自己的小弟时，脸上的表情又变回了她熟悉的样子，活像一块冰冷的花岗岩。那一瞬间，克莱顿压低声音跟她说了些什么，但她一句都没有听见。也许他当时是想承认这的确是一个错误的主意吧，她不确定。事后她又问了他一次，当时他到底说了些什么，但他说记不清了。在她的印象里，这是克莱顿第一次对她撒谎。她和克莱顿站过来的时候，人群要么一声不吭，要么窃窃私语、指指点点。最后还是哈尔福德替大家表达了情绪，他只说了三个字。

"你。怎。敢。"他哆哆嗦嗦地从裤袋里掏出枪，凯特觉得那一刻自己可能要当场昏过去了。她感到指尖一阵刺痛，眼前金星四射。长大成人之后，她还从来没有这么害怕过。幸好哈尔福德的人抓住了他，把他拉开了。他咆哮着冲他们骂了一串脏话，挣扎着要向克莱顿冲过来，但是感谢老天，他的人没有让他得逞。克莱顿一步都没有退缩，也没有把自己的武器掏出来，只是伸出一只手去，拦在凯特的腰前，冷静地把她往后推了一步，护在自己身后。凯特虽然惊恐万状，但还是记得他那时候看起来有多么性感。

"他也是我的兄弟，"克莱顿说，"我理应参加葬礼。"

哈尔福德朝他们啐了一口，滑腻腻的棕色痰液却有一多半儿吐到了松木棺材上。这些人里有个凯特认识，而且至少从表面上看来人还不错，克莱顿叫他"疤瘌迈克"。他一边极力控制着哈尔福德持枪的那只手，一边冲他们喊着："喂，动作快点儿，克莱顿，不然我们今儿得把你们俩都埋了！"凯特觉得他说得对，就催着他上前去。不知道过了多久，她的丈夫才对着那口已经合上的简陋松木棺材表达完自己的哀思，回到卡车上和她坐在了一起。她等得大气都不敢出。但他终于还是回来了，他们开车离开，驶离的速度比她希望的要慢一点。她回首望去，只见人们都围在哈尔福德身边。他跟跄着跌倒在地，被人们扶了起来。她看见他又流下了眼泪。也许这是他还不至于冷酷到底的证据吧，但她无心逗留探寻，只想赶快回家。她把一只手放在克莱顿腿上，刚想开口说话，却发现他也已经泪流满面。

第五章

哈尔福德·伯勒斯与克莱顿·伯勒斯
1985

"你被马蜂蜇过吗？"哈尔冷不丁地问道。说话的时候却并没有看着自己的小弟。外面漆黑一片，他只顾盯着前面的土路。一只手懒懒地在方向盘上晃荡，另一只手攥着放在大腿上的一罐施特罗①啤酒——这已经是他们离开家之后的第三罐了。

"当然被蜇过，"克莱顿说，"疼得像鬼附身一样。"

哈尔眯起眼睛，仔细打量着小弟的脸。还是张稚气未脱的娃娃脸。"呃，我觉得你可能还没被蜇过，克莱顿。如果你被蜇过，就不会说'疼得像鬼附身'了。比这可惨多了。这世上就没见过像这些狗娘养的蜇起人来那么疼的。你一辈子都忘不了的那种疼。只要被一只蜇上那么一下，眼泪唰地就会飙出来。要是你让一群马蜂蜇了，那可是连老天爷都救不了的事儿……"哈尔顿了一顿，想找个合适的词。他打了个吹号般的响嗝，甩了甩脑袋："要是让一群马蜂蜇了——兄弟，你就别想活了。"

"不，我说的是真的，"克莱顿坚称，"我是被蜇过一次。只有一只马蜂，我刚好踏在它身上，一脚把它给踩死了。不过我觉得我的脚可能会肿得像西瓜那么大。"

哈尔仰脖儿干光了啤酒，随手把空罐子甩到克莱顿脚下："你知道吗？马蜂会无缘无故地袭击你。它们和小黄蜂不一样，也不是你那次踩到的大黄蜂。"

克莱顿没再犟嘴。

"那些黄蜂是'人不犯我我不犯人'。但是娘蛋的马蜂？哪怕你只是路过一个蜂巢，那些狗杂种也会对你穷追猛打。这你知道吗？"

"嗯——不知道。"克莱顿摇了摇头。他不知道为什么大哥突然说起马蜂来，但他其实也并不在意。哈尔一直没怎么跟他好好说过话，这会儿却突然把注意力放到他身上，他还挺开心的。兄弟俩年纪差了 10 岁，中间恰好隔了一个巴克利，所以这一大一小其实并没什么相似之处。而且，哈尔平时一年到头总是忙着山上的作物，没工夫和自己的小弟瞎胡混。克莱顿理解他。生意第一。自从克莱顿满了 12 岁，老爸就开始让他也搭把手帮帮忙，不过哈尔始终没把他放在眼里。这次对话可能是哈尔跟他说话最多的一次了。克莱顿觉得这也许意味着哈尔开始把他当个真正的男人看待了——看作他的手足。想到这里，克莱顿不由得在座位上把身子挺直了一大截。

哈尔把福特皮卡车开上了一条小道，不住在附近的人，压根儿就不会留意到这条路。其实这并不能算是一条道路，只是像他们这部一样的卡车开进草丛时压出的两道辙。克莱顿摇上了车窗，免得滋长的灌木和树枝扫到脸上。哈尔也关了大灯，只开着橘色的停车指示灯。月光下，克莱顿几乎看不清路，但他的大哥却并没有因此减速。他在黑暗中呼啸而过，显得驾轻就熟。

"你还记得大块头默尔吗？"哈尔问。

"记得啊，"克莱顿紧紧抓着座椅扶手，骨节发白，"阿黛尔小姐还没去世的时候，那个肥仔来找她补过课。"

"嗯，这不重要，那个死胖子补多少课都不管用。笨得就像榆木疙瘩一样，"哈尔从两人之间的六罐装啤酒里又拿了一罐，用牙齿把拉环咬开，"总之，他笨是笨了点，但还算仗义。人不错。你让他干吗都行，绝对不会有一句怨言。"哈尔把开了罐的啤酒递给克莱顿，他赶紧兴高采烈地双手接了过来。哈尔微微一笑，又给自己开了一罐。"总之，"哈

---

① 施特罗（Stroh's），1850 年由创始人伯恩哈德·施特罗（Bernhard Stroh）在底特律创立的知名美国啤酒品牌。

尔说，"小时候我们几个经常去南岭打松鼠玩——我、巴克利、疤瘌迈克，还有大块头默尔。他那个时候就是个死胖子了。也就是在那一年，老爸给了我那支点22来复枪。那破枪现在归你了吧应该。"

克莱顿点头称是。他没告诉哈尔，他把那支枪视若珍宝，因为它曾经属于哈尔。他只是默默喝了一小口温吞啤酒，费了好大的力气才强忍住没吐出来。这味道简直跟沼泽地里的水一样。

"有一次，我们玩儿得正开心，"哈尔说，"东晃晃西晃晃，然后大块头默尔说要撒尿，就冲进了灌木丛。换了我，肯定当着大家的面儿就地解决了，但是默尔被别人盯着就尿不出来。估计是屌太小了吧。总之过了几分钟，他屁滚尿流地从树丛里钻出来，裤子还没提好，叫得撕心裂肺，跟个女鬼似的。我以前还真没听过他那副腔调。"哈尔停下来喝了口啤酒。克莱顿看着自己的兄弟，听起来他对这段回忆还挺津津乐道。

"马蜂？"克莱顿说。

"是啊，伙计。马蜂。他娘的整整一大群。他从树丛里钻出来还没跑几步就倒在了地上。屁股一定被几百只马蜂蜇了。"

"那你们几个呢？"

哈尔看了克莱顿一眼，好像他刚问了世界上最蠢的一个问题："我们当然是拼了老命地跑啦，还能怎样。我跑得那叫一个快啊，心脏都快爆炸了。直跑到约翰逊峡谷旁边的狩猎小屋才敢停下。"

"我去，"克莱顿说，"跑得真够远的。"

"是啊，远吧？"

"后来默尔怎样了？"

"他费了九牛二虎之力才从地上爬起来走回了家，但整个人已经废掉了。他被送到维莫尔山谷下面的医院住了差不多足足两个礼拜。衰人啊，差点儿送了命。过了好久我们才又见到他，但那个时候他还在插着管子排脓，两眼肿得睁都睁不开。从那以后他说话再没利索过。我们都觉得很过意不去，因为我们只顾着逃命啥的，但该死的，我们能怎么办？"

"是够惨的。"克莱顿说。

"嗯，不过第二天我们就去给兄弟报仇了。默尔进了医院，我们就又去了南岭，准备一锅端了那些王八犊子的老巢。那可是我们几兄弟的地盘。是我们混的地儿。就凭几只马蜂，可别想在那儿筑巢，乱叮乱咬我们的朋友。那地盘可是我们先占了的。你明白我说的话吗？"哈尔狠狠地盯了小弟一眼，强调着自己的问题，克莱顿就像被一桶井水兜头浇下，恍然大悟，连忙点头。原来他们说的，可不止马蜂这么简单。

"我们又大摇大摆地回到了林子里，不费吹灰之力就找到了一棵空心松树上面挂着的马蜂窝，可能那天大块头默尔就准备在那棵树下面撒尿来着。我们带了一听汽油，本想把蜂窝烧了，可那玩意儿高得实在太高，怎么都够不着，于是巴克利那个疯小子索性把汽油泼在了树上。这简直就是放火烧山嘛——真是一帮熊孩子——但我们当时谁都没想这么多。疤瘌迈克一抬手就把树点了，一眨眼工夫火苗就蹿上了天。"

"把一整棵树都点了？"

"一整棵树。我们就坐在地上，看那棵树烧。烧到马蜂窝的时候，我发誓我听见它们的惨叫了，带着哨音，像放烟火似的。听见马蜂被烧成那样，真爽。"

"然后呢？"

"老爸在屋里看到了烟，跟金博·卡特莱特两个人火烧火燎地赶了过来。我们只好中场休息，帮着灭火，在火势蔓延出去之前把火扑灭了。"

"老爸生气了吗？"这句话一出口，克莱顿就后悔了。

"我靠，克莱顿，你觉得呢？是啊，娘的，他可真气死了。那天晚上我挨的那顿板子，堪称传奇啊。巴克利也没逃过去，"他又停了下来，压低嗓门儿，"但是我跟你说啊，小弟，挨板子也值得。听见那帮混账玩意儿被烧得鬼叫，绝对值得。"

克莱顿好不容易喝光了剩下的啤酒，学着哥哥的样儿，把罐子甩到地上。哈尔停下了车，连停车指示灯也熄灭了。他抬手打开了最后一罐啤酒，三大口就灌进了肚里，酣畅淋漓地打了个悠长响亮的嗝儿。克莱顿真希望自己也能打出那样的嗝儿。

"我们得下车走路了。"哈尔说。他抓起自己的猎枪，一拉枪栓，悄无声息地下了车。克莱顿紧随其后。他觉得好像以前跟老爸来过这里，但是一片漆黑，不敢确定。这片山头上有不少蒸馏作坊，但是多数年久失修。自从大家把注意力放在北坡的作物身上，这片地方就越来越少人问津。不过还没被遗弃，只是不再是首要关注点了。

他们在林子里走了大约1/4英里，透过树丛，能看到影影绰绰的一点篝火。

"嘿，哈尔，"克莱顿说，"大块头默尔到底咋样了？好像已经好久没看见他了。他们搬到山下去了吗？"

"他死了，"哈尔说，"巴克利用一块劈柴把他打死了，丢到了一个坑里。死肥仔，居然对他的座次不满——真是贪心不足。结果就是这样。现在给我闭嘴，有正事儿要干。"

哈尔悄没声儿地在林间蹑足前行，冲着那一束火光走了过去。克莱顿照葫芦画瓢地跟了过去。越靠近火光，哈尔动作就越轻，轻到几英尺外的克莱顿都几不可闻。待到近前，克莱顿看见，火光原来是老爸的一处蒸馏作坊发出来的。那个作坊本该已经报废了，但显然并没有。他们在一丛松树旁停了下来，发现有个留着连鬓胡子的金发男人，正给巨大的铜制锅炉添火。在阴冷的树林里走了半天，此刻锅炉里冒出来的热气扑在脸上，克莱顿还觉得挺舒服。他拉了拉哈尔的衬衣想引起他的注意，哈尔俯下身来。

"只有一个锅炉开着，"克莱顿悄声说，"不算太糟，对吧？"

"的确，但这并不是我们想让它开着的那一个。"

"那，我们该怎么办？"

"够不着蜂巢的时候，你该怎么办？"

没过多一会儿，克莱顿就说出了大哥期望的答案。"点火烧树。"他说。

"很好呀，小子，"哈尔揉了揉克莱顿浓密的红发，"我觉得老爸看错你了。现在呆着别动。"哈尔"嘘"了一声，消失在了黑暗里。不到一分钟，他又出现了，这回是在金发男身后。金发男正坐在一小堆篝火旁边，翻看着黄色杂志，来复枪随意地靠在左边的树上。哈尔退后一步，举起自己的莫斯伯格枪，一枪托打在男子的太阳穴上。金发男都不知道自己被什么东西击中了。他重重地摔了下去，脸朝下跌进了泥地里。这是克莱顿长这么大见过的最酷的一幕了。他老哥帅呆了。

"克莱顿，"哈尔叫了一声，把他拉回了现实，"过来把这个猪崽子捆在铁杉树上。"

克莱顿飞快地从林间蹿了出来，他绳结一向系得很好。他相信哈尔一定知道这一点。哈尔从外套里掏出一截伞绳，扔给了克莱顿。只一眨眼工夫，克莱顿就把那个昏迷不醒的男人捆了个结结实实。哈尔把巨大的金属锅炉——旧式蒸馏器的核心部件——踢了过来，里面的炭散落在这一小片林间空地上。有些低矮的灌木被炭火引燃了，哈尔随手取了些锅炉里的高度烈酒当助燃剂，洒满了这片地方。一瞬间，这一小片灌木丛就变成了熊熊炼狱。

"天啊，哈尔！我们要怎么才能把火扑灭？"

"不用我们来扑灭，他们会来的。"他指了指被捆在树上的男子。

克莱顿一头雾水。

哈尔解释道："老爸让我们到这儿来找的那个人会看见火光，我敢保证，他很快就会过来。等到他和他的手下灭火灭得精疲力竭的时候，我们再对付他们，就好比瓮中捉鳖。多好玩儿啊。快，咱们找个地方坐下来好好看。"

"那他怎么办？"克莱顿指了指那个金发男子，逼人的热力已经让他开始苏醒过来。

"随他去，"哈尔说，"咱们走。"

"他会被活活烧死的。"

"那又怎样？"哈尔开始显得不耐烦了，"赶紧挪屁股上小路这边来，要不然我连你一块儿烧死。"

克莱顿挪不开步子。

被克莱顿的绳结死死捆住的男人完全醒了过来，火苗已经开始舔舐他的腿和脚。他前后甩动着脑袋，眼睛睁得大大的，显出狂乱的神色，想搞清楚到底发生了什么。他挣扎着想逃脱，想把腿高高地缩起来。他惨叫着让克莱顿帮忙。他苦苦哀求。可克莱顿只是死死盯着他——他被吓坏了。哈尔一把抓住克莱顿的胳膊，几乎是半拖半拽地把这孩子往他们来的路上拉。

到了安全的地方，克莱顿看着自己的大哥舒舒服服地往树墩上一靠，闭上了眼睛。那个被火活活炙烤着的男人的惨叫，渐渐变成了另外一种声音，简直不像是人发出来的，可哈尔看起来是那么容光焕发、心满意足。克莱顿永远忘不了那个声音。他怀疑哈尔到底有没有听见那声音，或许他听见的，只是一群马蜂在火中哗剥作响。

第六章

西蒙·霍利
2015

1

霍利调查员把钥匙插进锁孔里，努力回忆着自己住没住过这样的汽车旅馆。如果住过，是什么时候。这间旅馆还发钥匙给顾客，不是那种薄薄的磁条塑料门卡，而是这种真正的金属钥匙。一推开维莫尔山谷汽车旅馆6号房间的门，一股一美元店廉价香料的味道混合着陈腐的烟味扑面而来。奇怪的是，他居然觉得很舒心。平淡无奇的贝母色墙面和昏暗的黄色电灯也是。他还是习惯这样的感觉。清新的山间空气和宽敞的空间对他而言都很陌生，有点儿吓人。空旷的乡间总让他觉得随时有可能一脚踏空，被抛到外太空去。还是狭小的空间好。更在可控范围内。

霍利拉开政府发的黑色行李箱，掏出手机。去见克莱顿·伯勒斯的时候，他刻意把手机留在了房间里。这样才能心无旁骛。手机显示4小时内有多个未接来电，来自3个号码。一个号码是他女朋友克莱尔的，还有一个是政府来电，另外一个区号来自北佐治亚。不管给哪一个回电，都像是拿碎冰锥扎进他的左眼。他把手机丢在了茶几上，伸手从行李箱里掏出一瓶处方药，是一种特制的混合药剂，每片含10毫克氢可酮①和20毫克安定。他摇出几片药，就着水龙头里的自来水吞了下去。他的双手还在微微颤抖。在和警长碰面的时候，他尽力让自己的双手保持不动，但今天实在太漫长了。而且说实话，他很惊讶自己表现得如此冷静。霍利确定警长已经开始买账了。虽然为此他不得不在那间奇怪的台球室餐馆里吞掉了一年量的脂肪和碳水化合物。

他们怎么能天天吃那种狗屎玩意儿？他想。他需要活动活动，再冲个澡，但首当其冲的是先干掉三指高的旅行塑料瓶装波本威士忌，让药片快点儿开始生效。威士忌带来的灼烧感真是棒极了。他瘫坐在床边的椅子里，让这些化学品在体内变魔术。只有这样他才能忍受下面要做的事情。是时候卷起袖子给那些人回电话了。

他抓起手机，按了一个号码。桌上放着一本金边人造革封面的便携装英王钦定本《圣经》。等对方接电话的时候，霍利拿起那本东西把玩着。电话一通，他探出身去，把《圣经》丢进了垃圾桶。

2

"杰瑟普。"电话那头自报家门。

"亨利，我是西蒙。"

"西蒙，你他妈去哪儿了？你小子玩儿失踪，把周围一圈人都惹毛了。我可不喜欢他们吹胡子瞪眼的样子，你知道的。"

"我在佐治亚州。"

"好端端的你去的哪门子佐治亚州啊？"

"我来办案子。"

"你该去办的是佛罗里达州杰克逊维尔的案子。"

"就那个案子。"

电话那头沉默了下来。霍利知道，自己的搭档亨利·杰瑟普正努力把各种线索串联起来，免得问出一个愚蠢的问题。但他还是问了。

"你到底什么时候才准备告诉我，你去桃州②和威尔科姆的案子有

---

① 氢可酮（hydrocodone），一种半合成自可待因的鸦片类镇痛药，口服可以镇痛和止咳。
② 桃州（Peach State），美国佐治亚州的别称，因其水果尤其是桃子的产量居全国前列。

什么联系？我该怎么跟詹宁斯说？"

药片开始发挥作用了。霍利感到自己脖子和肩膀上的压力在慢慢减轻。

"随便你跟他怎么说，亨利。反正我是这个案子的主管调查员。据我上一次查证，ATF是个联邦机构，因此只要还在美国大陆上，我想去哪儿都可以。我正在追捕佐治亚山里的一名大毒枭，他和佛罗里达案的枪支、钱款还有威尔科姆都有着直接的关系。"

"你的确是这个案子的主管调查员，但你是和我还有联邦政府联手办案的。有些规矩你不得不从。这不是在南亚拉巴马村儿里。你对威尔科姆案特别热心，所以詹宁斯才让你负责，但你已经开始对这个牛仔哥哥满嘴跑火车了。他巴不得看到你现在这模样儿，好让你滚蛋，自己接手这个案子。"

"去他娘的。他就是套会动的西服。压根儿搞不清楚该怎么在这种地方办案。"

"他是你老板。而且他对你并不信任。你不守规矩太离谱，他搞不好会让你降级去当片儿警。我可能也会受牵连。"

"你想让我跟你说什么，亨利？我只不过在做自己分内的工作。"

"好吧，那也得照章办事。詹宁斯和其他人想听你介绍一下情况，西蒙。能不能不要总处于静默状态，当自己是个自由职业者？你不该自己过去的。我应该跟你一起去。"

"亨利，你这是杞人忧天。"

"你这是盲目自信。"

"再给我几天时间。让我看看事态发展，理出头绪以后自然会跟你通气。"

"你给克莱尔打电话了吗？"

"还没。"

"她给我打电话了，很担心你。她说你也不接她的电话。她还觉得你在佛罗里达呢。"

"苍天啊，亨利，你到底是谁？是我妈吗？等我有空会给她打电话的。"

"我不喜欢替你撒谎，西蒙。撒谎都快撒成习惯了。"

"听着，亨利。既然是我在负责这件事，你就得信任我。"

"随你怎么说吧，老搭档。只要别让我为难就行。你有了线索，就让我知道，OK？"

"好吧。谢谢你。"

"没事儿，伙计。当心那些'红脖子'。给你女人回电话。"

"知道啦。"

"不开玩笑，西蒙。你自己当心点。"

霍利挂断了电话。他又倒了一杯波本威士忌，冲未接来电里的本地号码按下了回拨键。只响了一声，一个男人就接起了电话。

"该死的，霍利，我都快吓死了。"

"我告诉过你别打我这个电话。"

"别担心，头儿，我用的是一次性手机。我给你打电话是想告诉你，我已经为这件事情凑齐了一支队伍。我们——"

"住嘴，"霍利说，"马上给我住嘴。我跟你说过别打我这个电话，可你还是打了。这就说明你连这么简单的指令都无法服从。如果你无法服从命令，我就不能用你。如果我不能用你，就得把你干掉。听见我说的话了吗？"

"是的，我听见了，但是——"

"不，赶紧住嘴。呆在我让你呆的地方，按照我的吩咐行事。要是你做不到，就取消交易。"

"收到，老大。明白了。"

"明白了？你确定？要是你还弄不明白，我只能再去找个明白人了，至于你——等被人找到的时候，你只会被捆着双手，筋断骨折地脸朝下漂在河里。都清楚了吗？"

"一清二楚。"

"很好。"

霍利啪地合上了电话，一仰脖儿，把波本威士忌灌了下去。警长之前是怎么说的来着？要想找到一个好的帮手——

"选择的确不多。"

千真万确。

搞定了两通电话，干得不错。他考虑了一会儿到底要不要给克莱尔回电，可还是放弃了。他把手机丢回了桌上，拿起了钱包。在两张叠得整整齐齐的 20 美元钞票和一张信用卡后面，放着一帧小小的照片。照片上是一个似乎刚满 20 岁的棕发女人，和一个蹒跚学步的小男孩一起坐在草丛里。霍利拿出那张照片，小心翼翼地避开破损的边角，把它放在桌上之前摆放着《圣经》的地方。在过去的每一天里，霍利都要这样盯着照片里的女人和男孩看上一会儿。

那个女人，并不是克莱尔。

第七章

库珀·伯勒斯
1950

1

"把最后几捆扎好，装到卡车上去，"库珀抹了一把前额的汗水，"需要的话可以多花几分钟，但我可不想在这太阳地里耗上一天。"收割、捆扎大麻的活儿可不轻松，占据了大半个湿答答、黏糊糊的夏季。但是库珀知道自己给出的报酬不低，而且他手下的工人也清楚，这个男人总是和他们并肩劳作、亲力亲为。尽管如此，佐治亚州夏天的炽热还是让人腰酸背痛、头晕脑涨。这天，德尔雷和欧内斯特一出太阳起就弯着腰干个不停，可似乎干到现在，一天的活儿也没有下去多少。

"真该死，库珀，我们怎么可能干得完呢。天热得像见了鬼似的。我出汗都快出脱水了。我们得歇歇。"

"我看你出的是昨晚喝进去的猫尿吧，德尔雷。这是你自己的问题。要想拿到工钱，赶紧趁着这片地还没被太阳烤完蛋，把剩下的大麻收完。"

"我不是不愿意干活儿，库珀，可是老兄，你能不能放轻松点？"

库珀把黏糊糊的绿色植物紧紧扎成一束，丢在地上，又擦了擦额上的汗水："你去年'放轻松'挣了多少钞票？"

"去年我还在南坡管蒸馏作坊呢。"

"我没问你去年干了什么，德尔雷。我问你去年挣了多少。"

"我承认你和赖伊一向待我不薄。"

库珀从脚旁捆扎好的大麻里抽出一根细细的秆子，丢进了嘴里。虽然对方只是随口提了一句他死去的哥哥，但说者无意听者有心。不过，他还是尽力让自己摆脱出来："嗯，过去的 3 个月里，我给了你去年半年的工钱。"

德尔雷撇着嘴，在心里算着这笔账。

"得啦，别跟算术过不去了，"库珀说，"我可不想在卡车装满之前把你那小脑仁儿烧坏。喝点水，少叨叨，否则我就弄来一帮女人把你换了，让你好看。"库珀抬头看着卡车，招呼自己的儿子："加雷思？"

库珀的儿子从车斗里探头往下看，他一直忙着把他们抛上来的大麻捆摞好："怎么了，老爸？"

"回大屋一趟，给这些娘儿们拿壶茶来。多加冰。"

"好的，先生。"加雷思跳下卡车，往厂房走去。

德尔雷把手里的大麻紧紧拢在一起，欧内斯特把它们捆成一束，丢给库珀，用的力气比平时大了些。库珀接过大麻捆，扬手丢进了车斗里："你想说什么，欧内斯特？有屁快放。"

欧内斯特似乎有很多话想说，但好像一直没有找到机会。他眯起眼睛往库珀身后的远处望去，库珀也转过身往后看了看。一人一骑自远方来——除了一个名叫贺拉斯·威廉姆斯的人，这座山上没有第二个人能驾驭这种西部牛仔骑马方式。此人是住在约翰逊峡谷的一个遗老。三人望着这一人一马在烈日下渐渐靠近。

"你来这儿干什么，贺拉斯？"库珀扶老人下马。

"峡谷那边有麻烦。"

"怎么了？"

"我和儿子梅尔文几天前骑马路过那儿，发现那些老蒸馏作坊里有一处还点着火。"

"哪一处？"

"离路最远的那个大作坊。以前赖伊给田纳西州供货的那个。"

库珀摘下帽子，用它拂去额头上的汗珠："我已经把那个作坊关掉了。"

"是的，先生。我们都知道。所以我才来跟你通报。"

"我还需要问那作坊是谁管的吗？"库珀虽然这么问，但他似乎早已知道了答案。德尔雷和欧内斯特竖起了耳朵。

贺拉斯咧开没牙的嘴，嘿嘿一笑："是瓦伦丁。那个特别招赖伊喜欢的黑鬼。作坊是他和他的几个亲戚在管。看起来他们想要重操旧业，走赖伊的老路啊。"这样一来，库珀就明白为什么这老人家要冒着烈日大老远骑马过来告发自己的邻居了。赖伊那帮黑人朋友从一开始就不受这儿的人待见，既然现在赖伊不在了，没有人替他们撑腰，像贺拉斯这样的老古板巴不得赶紧让他们滚蛋。

"你没跟他说不该这么做吗？"贺拉斯问。

库珀说过。赖伊的突然离世，的确解决了出卖木材的问题，但也引发了一系列如何从私酒生意转型到大麻生意的新问题。以前总是赖伊出面协助家族和山民们沟通。他和人打交道很有一套。库珀不太喜欢做这些沟通工作，但既然现在是他当头儿，也就别无选择了。阿尔伯特·瓦伦丁是诸多问题中的一个。赖伊以前曾经跟他承诺过，木材生意搞定了以后，就把一部分私酒生意交给他打理。可库珀并不愿意。"我跟那个老黑鬼说过，不准黑人在山上碰我老爸的私酒生意。哪怕这个黑人我大哥再喜欢也不行。"

"这样啊，库珀，"显然贺拉斯很高兴自己来当了这么一回报信儿的，"我倒觉得他天不怕地不怕，还在成吨地打包准备出货呢。"

库珀挠着胡须里一处发痒的地方，把大麻秆子从嘴里拽了出来。不一会儿，他用大麻秆子指着德尔雷和欧内斯特吩咐道："你们跟贺拉斯去一趟峡谷，把瓦伦丁给我带来。"德尔雷立刻丢下手中的大麻，抽出了随身尖刀。可欧内斯特却只顾把手里的大麻捆好，然后像上次一样，用力丢给了库珀。这一次，库珀抬手把大麻打翻在地。他摘下帽子，把脸冲着欧内斯特凑了过去，两人距离不过几英寸。欧内斯特是个大块头，比库珀重了大约 100 磅，可他还是忍不住往后闪了一闪。
"你有意见吗，欧内斯特？我给你机会让你放屁，但你这鸡巴态度，我
已经受够了。"

欧内斯特迎上了库珀的目光："你为什么不能把东西给他？"

"什么东西？给谁？"

"给老瓦尔那个蒸馏作坊。给他出货渠道。一切的一切。"

"我他妈凭什么？"

"因为这是赖伊的心愿。"

库珀觉得一丝带着恶意的刺痛蹿上了他的脊背，不由得抽紧了左边
的脸颊。"赖伊已经死了。"他闷声说道。

"这我们都知道。"

库珀退后一步，转身对着卡车。他感到皮下有一股热流在升腾，于
是张开鼻翼，做了一个深呼吸。德尔雷哆哆嗦嗦想说句合适的话缓解一
下气氛，但最后还是失败了，只能呆若木鸡地站着。

"赖伊对人一向很尊重。他才不会让我们在烈日下当牛做马。他也
不会因为我们想休息几分钟，就叫我们'娘儿们'。"

"闭上你的臭嘴，欧内斯特。"德尔雷说。库珀一言不发。他只是背
对他们站着，目光凝视着大屋。

"咋了，德尔雷？我该怕他不成？就因为他现在是老大？赖伊可从
不会让我们害怕。"

"你也不想想他落了个什么样的下场。"德尔雷此言一出，立刻悔不
自胜。但说出来的话，泼出去的水。库珀转过身来。

"你什么意思，德尔雷？"他说。

"见鬼，库珀，我什么意思也没有。"

库珀向两人走近了几步。德尔雷往后退了一步，欧内斯特往旁边让
了一让。

"你话里有话啊。"库珀狠狠地盯着德尔雷，光用目光就能把他击倒在地。

"我的话里能有什么话，库珀。我的意思是，哎呀，谁都知道发生了什么。"

欧内斯特又往旁边闪了一闪。德尔雷非把他俩都害死不可。跟头儿提待遇是一回事，指责他杀了自己的亲哥哥绝对又是另外一回事。赖伊死于一场狩猎事故。官方说法就是这样，你信也好不信也罢，绝不能提出质疑。至少不能当着人家的面怀疑。那天库珀和他儿子拼尽全力想救赖伊的性命，事后又伤心了好几个月。库珀坚称这就是唯一的真相。

加雷思从屋里出来，手里拿着一壶冰茶、一叠纸杯，举得高高的，递给自己的父亲。库珀接过水壶拿在手里，像擎着一把锤子。德尔雷还想最后辩解一句，可库珀已经举起玻璃水壶照着他的脑袋猛地砸了下去。水壶瞬间被砸了个粉碎，德尔雷腿一软跪倒在地。一大块银光闪闪的玻璃嵌进了他的颅骨，还有许多小玻璃碴儿，在阳光下反射出耀眼的光芒，都扎进了他的脸颊，戳穿了他的下嘴唇。看起来他的下颌骨也已经碎裂了，因为他只能大张着嘴巴，下巴晃荡着，像是和脸上其他部分脱离了开来。库珀抬起穿着靴子的脚踏在德尔雷背上，压得他脸朝下趴在了土里，随后从裤腰里拔出一把镀镍柯尔特蟒蛇左轮手枪。他没有打开保险，也没有拿枪对着任何人。只是把枪举着，让大家看到。

"到此……为止，"库珀说，"欧内斯特，你跟贺拉斯把这坨狗屎从我的山头上弄走，再也别让我看到他。"

欧内斯特这次没敢再用目光和库珀斗狠。他吓得连看库珀一眼都不敢。他抓住德尔雷的肩膀，小心地尽量不碰到他受伤的下巴，往林子边上自己的卡车拖去。地上留下了一条印记，混合着猩红的泥土、冰茶、血液和破碎的玻璃。没等他开口，加雷思就赶紧走上前去帮忙。还没走到树边，只听库珀喊了一声："欧内斯特。"

欧内斯特回头望着卡车，库珀已经开始忙着侍弄下一捆大麻了。

"在，头儿？"

"把瓦伦丁带过来以后，你可以休息半天。但你明天得带个朋友过来。我们要赶进度。"

"是的，先生。"

2

加雷思脏兮兮地走进了大屋，精疲力竭。他的双手糊满了干掉的血迹，还有玻璃粉尘。库珀接了一桶水让他洗洗干净，再回到屋外，用防水布把卡车上的货物盖好。天快黑了，加雷思的妈妈应该已经把晚饭做好了。烤鹿肉、黄油豆子，还有新摘下的羽衣甘蓝都在等着他回家，让他从一天的纷扰中暂时解脱出来。但是关于晚餐的念头就像水壶里跑出来的一股水蒸气，随着西岭方向过来的卡车响声瞬间消失得无影无踪。库珀用一块帆布把大麻捆盖严系好。加雷思走到前廊上，用毛巾擦着手，希望不用再把它们弄脏了。

"把车停那儿就行了。"库珀边说边抄起他藏在卡车座位底下的山核桃木斧头柄。前头那辆车停了下来，欧内斯特和贺拉斯走下车来，一块儿下来的还有阿尔伯特·瓦伦丁和几个替库珀种大麻的人。紧随其后的那辆卡车上下来的是瓦伦丁的妻子玛米，还有他们的小儿子——小阿尔伯特。加雷思和小阿尔伯特差不多大，夏天总是混在一起，去熊溪游泳、钓鱼，或是一块儿摘野黑莓，四处搜寻山核桃，然后请老阿尔伯特烤成派。老阿尔伯特的派是天底下最棒的。库珀非常爱吃。

"瓦尔！"前廊上的加雷思欢叫了一声。他见到小阿尔伯特高兴极了，对自己的父亲遇到的问题全然不知。小阿尔伯特向前廊跑了过去。玛米赶紧跟了过去，但双眼一刻不离库珀。库珀看了两个孩子一眼，又把注意力转移到了老阿尔伯特身上。

"我跟你是怎么说的，阿尔伯特？"库珀问。

瓦伦丁摘下帽子，两手拿着举在胸前："我知道你是怎么跟我说的，库珀先生，大人……但是，嗯，那是不对的。"

"怎么个不对法？你不听我的话，用我们家族的蒸馏作坊酿酒，还拿到山底下卖——你是说这件事不对？"

欧内斯特、贺拉斯和几个男孩子像一群乌鸦似的聚拢过来，把库珀和瓦伦丁围在中间。

"正如我告诉过你的那样，"瓦伦丁说，"蒸馏作坊是赖伊给我的。他把销售渠道也一块儿交给了我。这事儿人人都知道。你可以去问一直买我们酒的田纳西那几间桌球吧。他们向来都是和我做生意的。这是赖伊吩咐的。"

库珀高高地挑起了一边眉毛，显得很惊讶："原来你卖酒卖了这么长时间了？"

"是的，先生，这是给你的。"他冲人群里唯一的另外一名黑人点了点头，那人从裤袋里掏出一个棕色纸袋，交给了库珀。库珀一捏，知道是一摞钞票，于是连打开都没打开。

"这是什么？"

"开门生意的两成利润，"瓦伦丁说，"咱俩扯平了。"

"是吗？"库珀轻声问。

"是的，先生。"

"你觉得从我和我的家族手里偷抢扒拿，再回来扔这么几个小钱到我脸上，就是扯平了？就天下太平了？看来你跟我老哥的交情真是不浅啊。"

"可是，先生，赖伊……"

"赖伊已经死了，我吩咐过你别再在山上做私酒生意，可你还是照做不误。这既是对他的不敬，也是对我的不忠。"

瓦伦丁扭着手里的帽子，低下头去："好吧，先生。"

"现在，在我看来，只有两个选择。要么我就地把你杀了，一了百了，要么因为你是我大哥的朋友"——库珀停了一下，看了看手里那条长长的斧头柄——"你就好好挨一顿揍，滚回家去。但无论如何，酿酒生意你以后是别想碰了。"

"求你了，伯勒斯先生，求你不要伤害他。"玛米站在前廊上说。坐在她身后的加雷思和小阿尔伯特眼睛瞪得大大的。加雷思知道自己的父亲是不会伤害瓦尔的爸爸的。他只是气坏了。但库珀没有搭理她。

"闭嘴，娘儿们。"瓦伦丁呵斥了一声，挺了挺腰杆。他宽阔的肩膀几乎是库珀的两倍。"随你处置吧，先生。反正我也拦不住你。但我很清楚赖伊给了我什么，我也很清楚究竟什么才是对的。"这几句话，就已经足够了。库珀不愿再等。他挥起斧头柄，砸在瓦伦丁的下巴上。人群发出了惊呼，玛米尖声叫了起来。老人被打得几乎整整转了一个圈，然后摔在了地上。他抬起手来想遮住自己的脸，但库珀一下接一下地砸下来，敲断了瓦伦丁的手骨和指头，发出点燃篝火般的脆响。库珀用硬木头抽打着瓦伦丁的呼呼声，混合着围观人群中的大多数发出的笑声，充溢在滞塞的夜晚空气中。玛米的尖叫声一直没有停下，她想拉住库珀的胳膊。他看也没看，猛地挥手把她拨开，她还想再扑过来，可是被人群拉住了。瓦伦丁的儿子纵身扑在父亲身上，想挡住抽打，可库珀一把抓住孩子丢到了一边，像对付一捆大麻。他把斧头柄高高举起，准备好了最后一击。瓦伦丁的双眼已经肿得睁不开了，鼓成了两个紫得发亮的大包。

"老爸，住手！"加雷思边喊边挡在了父亲和被殴打的老人中间。库珀紧握着已经被血弄得滑溜溜的木头。

"给我闪开，小子。"

"不，老爸，别杀了他。他是个好人。他不会再犯错了。不会的。"

库珀仍然高举着山核桃木棒站在那儿，像个棒球手一样慢慢转动着木棒。他向围观的人群看了一眼，一张张面孔有的激动、有的惊恐。加雷思举起的双手不停地颤抖着，他想拦住自己的父亲，让他别再打那个老人。

"求你了，老爸，求你住手。"

库珀放下了那截木棒。"把他弄走。"他说。玛米和小阿尔伯特忙不迭地冲过来搀扶老人。库珀神情复杂地看着自己的儿子，半是钦佩半是厌恶："把袋子捡起来，上车。"

加雷思环顾四周，找到了地上那个装满了钱的纸袋。他把纸袋夹在腋下，钻进了父亲的卡车，坐在前排副驾驶位上。小阿尔伯特等着加雷思看他一眼，终于等到了那一刻，冲他点了点头。加雷思也点头回礼。

"欧内斯特，"库珀喊了一声，随手用卡车边上垂下来的防水布把斧头柄擦干净，"你跟着这些人回家，把剩下的钱拿走，明天上班的时候带过来。"

"遵命，先生。"欧内斯特答应着，给玛米搭了一把手，帮她扶瓦伦丁站了起来。

第八章

加雷思·伯勒斯
1958

加雷思坐在父亲旧福特卡车的副驾驶位上，搂着大腿上安妮特·亨森的腰。外面的夜空一颗星也没有，漆黑一片。他试着去数车窗外萤火虫的明暗，好控制自己 18 岁的原始冲动，但最后还是鸟鸣声起了作用。"你听见了吗？"他对着安妮特耳语道。

　　"听见什么？"她说。

　　"那只鸟。那是什么鸟？"

　　安妮特停下了在他腿上扭动的腰肢，带着奇怪的神情看着他："我什么鸟叫也没听见，加雷思。"

　　"就刚才。我以前从没听过那样的鸟叫。"

　　安妮特抓起他的一只手，按在自己胸口："你需要关注的是我，而不是什么鸟儿。"

　　"我没开玩笑，安妮特。我觉得那不是鸟。"

　　安妮特脑袋一歪，很有点儿恼火他没把全部心思都放在自己身上："你神经太紧张了吧，加雷思。"

　　他神经紧张那是一定的。他是库珀·伯勒斯的儿子。从小到大他就没有一天不紧张。要注意观察。要保持警惕。车外面那只鸟听起来不对劲儿。每晚多数时间，他都侧耳聆听着窗外夜鸟的啼叫。而刚才那声啁啾，听起来是那么陌生。不是这儿的鸟。他轻轻地用双手推开安妮特的脸，抹去车窗上的水汽。

　　"说真的，加雷思，到底怎么了？"她嘶哑着嗓子悄声问道，几乎睁不开自己的眼睛。

　　"嘘。"他说。但她还是不依不饶想要咬住他的嘴唇。这次他用了点儿力气把她推开，举起一根手指，放在她的嘴唇上。她差点儿抗议起来。她可不乐意等。她为了今晚专门跟姐姐借来的"幸福红宝石"唇膏应该让她无需等待。她本能地在卡车车座上摸索着自己的手袋，想再多涂一些。

"又来了。听见没有？"加雷思悄声说，尽量让注意力集中在车窗外的一片黑暗中。

"我只能听见你的心跳声，甜心。"

可加雷思已经无心沉浸在少男少女的梦中了。他的双手沿着她起伏的曲线滑下，把她从大腿上抱了下去。安妮特满月般的脸庞上那种失望的神情，可够加雷思记上和叨叨好多年的。他把她放到了方向盘后面："把头低下去，千万别下车，不管发生什么。"

"加雷思，我……"

"我是认真的，千万别下车。我一会儿就回来。"他轻轻打开手套箱，拿出他父亲的点 44 口径手枪。

"神呐，加雷思。你拿那玩意儿干吗？"

他没有回答，而是伸手把头上的顶灯关了，慢慢打开车门，每个动作之间都停了一停。他小心翼翼地钻出车去，站在地上，眼角余光立刻捕捉到了几个移动的黑影。他的胳膊和腿突然变得沉重起来，像是陷进了一池子糖浆里。他想尽快潜行到父亲的房前，可动作怎么都快不起来。他手汗出得厉害，每走几步手心都得在牛仔裤上蹭一蹭，还得两手来回倒腾着那把巨大的左轮枪，生怕掉到地上。从卡车到围着栏杆的门廊这段路并没有照明，但如果需要的话，他就算闭着眼睛也走得过去。他的脚步应该比他自己想象得要快，因为他刚挪到后门廊附近的一小丛灌木旁，他在卡车旁边看到的黑影就现身了，原来是两个穿着迷彩装的大活人，正从屋后往他家靠近。只见两人每隔大约 10 秒才走上一步，刻意控制着每一次脚步声，小心绕开每一条吱嘎作响的木板。加雷思的心脏在胸腔里狂跳着。两只耳朵里面的血液哗哗作响，响得只怕后门边的这两个男人也会听见。他看见两人中矮一点的那个从外套里掏出什么东西——原来是一把小小的匕首。只见他躬下身子，悄无声息地开始撬后门闩。另外一个大个子给他作掩护，手里端着的好像是一支军用突击步枪。加雷思只在杂志里和电视上见过这样的枪。他合上了眼睛，但只一瞬又睁了开来，学着老爸教他的样子用鼻孔呼吸。他举起手中的枪，吐了一口气，冲端着步枪的大个子开了火。他一枪命中那个疑似刺客的要害，大个子弹了开去，跌落在门廊上，像是脱钩的半爿牛肉。枪响让小个子男人吓得一缩，但他并没有试图站起来，甚至没敢转身，而是像泄了气的皮球，垂下了脑袋。"求你了，"他说，"听我解释。"

"早干什么去了。"说话间，加雷思往他的背上开了三枪，还有两枪，打在了橡木门板上。

要是这个想溜进加雷思家的暗杀小团伙还有其他没现身的队员，一见头儿和他的搭档双双倒毙在门廊上，也已经吓得屁滚尿流逃之夭夭了。强光灯照亮了草地，库珀一丝不挂地出现在门廊上，手持一把12号霰弹枪，枪管开道。他看见两个男人死在自家门廊上，他唯一的儿子手里举着他的枪。门廊一亮起来，加雷思才意识到满地都是鲜血，忍不住趴在栏杆上，冲着灌木呕了起来。库珀从小就知道，看见死人和自己杀人完全是两码事。他等儿子学会这一课，已经等了很久很久。至于门廊上的尸首，老伯勒斯都没多看一眼，他才不关心这些人是谁。他只当他们是被解决了的问题——被他的儿子解决了的问题。他跨过尸体和沿着木板缝隙往下渗的一摊摊鲜血，把儿子从栏杆上抓了回来。他把枪靠在木头柱子上，紧紧将儿子拥入怀中。据库珀所知，这是加雷思平生第一次亲手杀人。这也是平生第一次，加雷思看到自己的父亲流下了眼泪。他们哭作一团——父与子，在硝烟、鲜血和呕吐物中，紧紧相拥。

安妮特·亨森也差点儿哭了出来。她没听加雷思在干掉这两人之前跟她说的话。加雷思刚一下车，她就紧跟着溜了出去，在距离加雷思所站之处仅有几英尺的灌木丛里目睹了全过程。她吓得尿了裤子。当下她就决定，她一定要成为加雷思·伯勒斯太太。

第九章

安妮特·亨森·伯勒斯
1961

1

"我儿子就是在这儿干掉了那些狗娘养的。"库珀冲牧师嚷嚷着。参加婚礼的客人们发出了欢呼声和大笑声。加雷思露出了笑容。安妮特也跟着笑了笑，有些不情愿。她低下头来，透过洁白的面纱，看了看前廊上的血迹，可这更像是某种本能反应，而并非出于自豪。在此之前，这块恶心的东西她已经看了几百次。那天晚上加雷思杀掉的人中，有一个叫科迪·麦卡林的，他是德尔雷·麦卡林的儿子，为了库珀对他父亲的所作所为复仇而来。也就在那一晚，她爱上了加雷思。3个夏天之后，他们站在同一处台阶上举行婚礼。牧师看着库珀，等他允许自己继续进行下去。老人举起手中的随身酒壶。"接着来，"他说，"赶紧地。"

2

哈尔福德·杰弗逊·伯勒斯生于第二年，1962 年的春天。安妮特听山上其他几位母亲说过，一个小东西在自己的体内孕育成长是多么奇妙和幸福的体验，但她却丝毫体会不到其中的奇妙之处。她总是觉得精疲力竭。她那让公牛山上所有女人嫉妒的娇小、美丽的体型也开始扭曲、变形，让她不忍直视镜子里的自己。还有她的头发，那头像黑钻石一样光洁闪亮的秀发，居然变得像铺在马车底部盖满了马粪的稻草。胎动一点儿也不温暖、舒心，绝不是母亲和胎儿之间的纽带。只是很疼，仅此而已。疼死了。有的时候疼得会让她在床上蜷缩好几天。有那么几天，她觉得状态还凑合，想出门走走，但哪儿也去不了，连集市也不敢去，因为总会遇到些老女人想摸她的肚子，感受她腹中的幸福。多数时候，她只想歇斯底里地大叫，而且也的确叫了出来。生产的疼痛是安妮特始料未及的。她想到有一次在山下的维莫尔图书馆里看到过的一本摄影书。整本书都是阿拉斯加的照片。无边无际、白雪皑皑的山峰，天上还有五颜六色的漩涡状光芒，比她这辈子见过的任何烟火都要美丽。哈尔福德忙着在她肚子上钻洞的时候，她的思绪就高高地飘在这些山上。有时她觉得，自己可能再也回不来了。

整个伯勒斯家族，还有几乎所有其他住在公牛山上的人家，都围在安妮特旁边，想等着看一眼新生儿。加雷思忙着招呼大家，自己也喝得醉醺醺的。其实，多数人只是为了过来露个脸儿让库珀看到。他们管这叫表示尊重。更像是拍他的马屁吧，安妮特想。就连她自己的家人也不例外。

"多漂亮的小子。"安妮特的父亲边说边弯起一根手指，轻轻蹭着孩子的面颊。而她的母亲珍宁抱着孩子的样子，就仿佛这孩子是一件最精美的瓷器。

"谢谢你。"安妮特大声说。去你的，她心里说。

"咱们骄傲的爷爷在哪儿？"珍宁问。

就好像你有多在乎似的，安妮特想。你只不过是想让那个老头儿看见你抱着他的孙子，这样有朝一日如果你需要他慷慨解囊，或是拔刀相助，他更有可能伸出援手。她也不知道自己从什么时候开始变得这么尖酸刻薄。她应该开心才对。此时不开心，更待何时？

安妮特看了加雷思一眼，他正打量着满屋子的人。"我来看看能不能找到他。"他说。他在屋里穿来穿去，和这个握握手，又往那个身后看看，终于透过厨房窗户看见了库珀。他正在门口的草地上溜达。

"老爸！"加雷思喊了一嗓子，但库珀并没有答应。他正在和什么人说着话，但是加雷思并没有看到外面有谁。于是他走了出去，径直来到父亲身边，抓住了他的胳膊："爸？"

"搞什么鬼，小子！"库珀猛地抽开胳膊。

"你在外面干吗，老爸？去看看安妮特。看看孩子。"

"我才不管那些婆婆妈妈的。我们有正事要办。"

"什么正事？你究竟在说什么啊？"

库珀从手里的铜制随身酒壶里猛灌了一口。"告诉他，"他用酒壶指着林子，"告诉这个犟驴狗娘养的。"

加雷思望过去，只看到一片黑暗："告诉谁？什么？"

"告诉赖伊，"库珀说，"告诉你的犟驴伯伯赖伊。告诉他我们也是迫不得已。告诉他，我已经受够了他在老子耳朵旁边哭哭歪歪。"

加雷思对着自己家老爷子细想了片刻，又向黑暗中望去，确定那里什么也没有。他举起一只手，放在了老爷子肩头。库珀想甩开，可加雷思没有让他得逞。"那儿什么人也没有，爸。这里只有我们俩。"

"告诉他，我们也是迫不得已。告诉他啊，"库珀冲着灌木丛挥舞着酒壶，威士忌洒了满地，"他总是叽叽歪歪叽叽歪歪，又说不出个所以然。我没办法让他闭嘴，儿子。我们得让他闭嘴。"

"那儿没人，爸。赖伊伯伯已经死了。你只是一时糊涂，仅此而已。赶紧进屋吧。"这已经不是加雷思第一次看见父亲自言自语胡说八道了，但却是他第一次说出了幻想对象的名字。加雷思9岁的时候，赖伊伯伯就死在了这片林子里。他尽量让自己别去想这事儿，但库珀好像从未真正从那场事故中恢复过来，接受兄长逝去的现实。年纪越大，这件事就越是往他盔甲的裂缝里渗。加雷思几乎已经不记得那个人了。"快进屋吧，爸。这事儿我们一会儿再说。"

库珀又就着酒壶喝了一口，任凭儿子把自己领进屋。安妮特把刚出生的孩子递给他的父亲和爷爷，闻见了他们两人身上的威士忌酒味。要是她现在有力气起身跑出去，她也许真会这么做的。她闭起双眼，看见了阿拉斯加。

3

安妮特一直听别人说，公牛山是个血光遍布的地方。是啊，就连她也亲眼见过一些大开杀戒的场面，但她也凭经验知道，还有些时候，这血是一滴一滴积少成多的。加雷思第一次打她的时候，她没有跑。自从他父亲门前那个血染的夜晚起，她就爱他爱得如痴如醉，所以觉得那一巴掌更像是震惊，而非殴打。她连他为什么生气都不记得了。不过也不重要。因为她很快就发现，几杯猫尿下肚，不管是什么都会让他爆发。他肩负着家族领导者的重任，有时难免头脑发热。这一点她理解。他一定不会再犯。没想到并不是这样。第二次被他打，是当着他们两个儿子的面——哈尔福德和巴克利。当时她还怀着老三，已经 8 个月了。那晚他玉米威士忌喝多了，但他几乎每晚都是如此。年轻的时候，他呼吸中威士忌的味道让她情难自已。那总是会带来一场昏天黑地、狂风暴雨般的性爱。这曾经让她如此迷醉，只要想到就忍不住微微颤抖。而现在这种烈酒的恶臭却意味着另外一种昏天黑地。她唯有暗自祈祷这场狂风暴雨赶快从自己身上过去。有的时候会过去。有的时候却不会。他虽然从没打过孩子，但她能从他的双眼中看出他在酝酿。如果她生的是女儿而不是儿子，那小家伙们就没这么幸运了。她试图说服自己，在加雷思眼中她还是涂着"幸福红宝石"唇膏、体重不满百磅的样子，但她只不过是在自欺欺人。每生下一个儿子，她对他而言就更像是种负担，仿佛他曾经给予她的感情和尊重已经渐渐转化为一个又一个的孩子，直到有一天，什么都不会给她剩下。这种想法让她半夜惊醒，满身冷汗，心脏在胸膛里跳得像铁锤咚咚。

那天晚上，加雷思当着孩子们的面，在饭桌上反手给了她一巴掌。哈尔福德居然轻声笑了起来，又赶紧用两只手捂住嘴巴。她觉得自己可能要病了。她用餐巾拭去了鼻孔里流出来的一滴鲜血，看着它慢慢渗进布里。血滴沿着纤维蔓延开来，就像是一种癌。在这块逐渐扩大的深红色印记里，她看见了自己的一生。这一瞬间她很清楚，一旦肚子里的孩子呱呱坠地，她就完成了自己的使命，被消耗殆尽。和危险的新婚丈夫兼忠诚儿子们的缔造者激情缠绵、共话未来的日子显得那么遥远，就像褪色的记忆。那个令人激动、有权有势的男人已经不再需要她这个伙伴，视她做红颜知己的日子一去不复返。在这个全是男人的家中，她只是个麻烦的管家婆。他会教他的儿子们也这么看她。孩子们会照他的样子长大。这是条不归路。她的余生只能在恐惧中度过，眼睁睁看着孩子们被荼毒，直到有一天晚上，她一个不留神没守好规矩——那个时候加雷思就会杀了她。她确定。

4

　　1972 年 12 月 22 日，克莱顿·亚瑟·伯勒斯出生。他用的是安妮特父亲的名字。算是加雷思给她的一个小小的恩宠。全家人一起过了一个山上有史以来最热闹的圣诞节。

　　安妮特一等生产带来的创伤复原，就会离开这个家，连一句话或是一张字条都不会留下。她会消失在漆黑的夜里，仿佛从没在这里出现过。反正这本来也就是她的命运，但这一回，算是由了她自己的性子。也许她可以去阿拉斯加。没人会去找她回来。她很清楚。她只会被当作是"一个没良心的婊子，抛弃了这么好的丈夫，还撇下了 3 个可爱的孩子"。

　　"她怎么能这样？"每个人都会这么问。

　　"她怎能不这样？"这将是她的回答。

第十章

加雷思・伯勒斯
1973

1

加雷思从工装裤胸前的口袋里掏出一张名片，甩在桌子上。"告诉他们你是怎么跟我说的。"他说。

金博·卡特莱特捡起那张名片，坐回椅子上。他环顾了一圈桌旁围坐着的欧内斯特·普鲁伊特、小阿尔伯特·瓦伦丁——朋友们都叫他大个子瓦尔——还有老人家。虽然库珀在这种会议上已经不怎么发言了，但出于尊重，加雷思还是坚持让他到场。"我们碰上了一点儿麻烦，伙计们。"金博说。"这个人嘛，"他用两根手指夹着名片，"这个人可以帮助我们解决问题。昨天那种情况可不能再发生了。我们碰巧走了狗屎运，你们都很清楚。以后不会那么巧了。再有什么损失，我们可承担不起。要是'奶骨头'阿尼或是霍尔的人知道我们没有足够的火力来保护作物，他们会比昨天更嚣张，我们就输定了。"

"那我们该怎么办？"欧内斯特问。

"我们可以从这个家伙手里买到足够的枪械。"金博把名片丢回了桌上。欧内斯特伸手去拿，可被瓦尔抢先了一步。

"威尔科姆出口贸易？"他大声念了出来。

"我们需要枪，"金博说，"这个叫威尔科姆的家伙有枪。"

"你是怎么认识他的？"欧内斯特问。瓦尔把名片递给了他。

"去年我和詹妮闹别扭的时候，我在佛罗里达骑车玩了一阵子。就在我回来跟加雷思混之前。"

"骑车？"欧内斯特问。

"是啊，骑车。"

"骑什么车？"

"哈雷机车[1]。我他妈还能骑什么车？"

"发什么火嘛，"欧内斯特说，"我不知道你还喜欢那玩意儿。"

"我是喜欢。我的意思是，以前很喜欢。那个时候我刚给自己弄了一台崭崭新的'至尊滑翔经典版'。经典色系哦。不过后来詹妮逼着我卖了。"

瓦尔嗤了一声："那你过来开会詹妮批准了吗？"

"亲我的大白屁股去吧，瓦尔。"

"说重点，金博。"加雷思说。

"好吧。总之我混进了杰克逊维尔那边的一个帮派，给一个叫布拉肯·利克的人打工，挣几个外快。那人很可靠，是个好人。块头也很大，瓦尔，跟你差不多。"

瓦尔耸了耸肩膀。

"总之，我们挣了些钱，还真不少，所以我很信任他。他和这个叫威尔科姆的家伙好得像穿一条裤子，枪就是威尔科姆的——都是大家伙。"

"他是从哪儿弄来的这些枪？"瓦尔问。"加雷思费了老鼻子劲儿，好不容易才让我们避开了联邦的监控。我们绝对不能冒险行事。"

"不会的。"金博说。

"那可说不准，"瓦尔说，"好比说，如果这些武器是从军方偷来的，而且有迹可循，那要是大批地往这儿运，就等着美国政府找我们麻烦吧。"

"枪不是偷来的。"

"那枪究竟是哪儿来的？"欧内斯特问。

"这也是我一开始最担心的，"加雷思说，"金博，告诉他们。"

"是他们自己造的，"金博说，"'威尔科姆出口贸易'在佛罗里达州狭长地带、佛罗里达州中部和亚拉巴马州都有工厂。它们多数为世界各

---

① 哈雷机车，即世界著名品牌哈雷-戴维森（Harley-Davidson）摩托车。

地的商店和机车发烧友定制摩托车零件，但厂里也有些大型机械，可以造些别的东西。"

"别的东西。"瓦尔重复道。

"对，别的东西。"

"这些你是怎么知道的？"欧内斯特问。

"亲眼所见。布拉肯带我看过。我不骗你。这些人可有种了。我们的问题这不就解决了嘛。我说的可不是找亚特兰大街上那些黑人小混混买几把锉掉了序列号的二手枪——并无冒犯，瓦尔。"

瓦尔冲金博抛了个飞吻，挤了挤眼睛。

"我说的可是 50 到 100 支不会被追查到的半自动突击步枪，足够武装为我们种大麻的每一个人。我们还可以随时再多买上个几百支。还有弹药。"

"这就是你想要的吧，加雷思？"欧内斯特问道。

加雷思捋了捋胡子，望向自己的父亲："你怎么想，老爸？"

每个人都转而看着库珀。

"啊？"老人在座位上挪了挪身子。

"枪的事儿你怎么看？"

"我怎么想你都知道，孩子。"

"嗯，要不你跟我们说说？"

老人把吸氧用的透明小管子从鼻子里拔出来，挂在脖子上。他用干瘦的手指轻点桌面，指甲在硬木上敲得咔咔作响。"我会跟你们说的，但我知道说了也没用。你还是会按照自己的想法行事。"

"老爸，我只是想——"

"我们家族不需要别人的任何东西。"

"库珀，"欧内斯特说，"这次情况不同。"

库珀狠狠地盯着欧内斯特看了好久，冷冷的目光里却有着实实在在的困惑。"你他妈是谁？"他终于开了口，"你在我家干吗？"

加雷思和瓦尔不约而同地眯起眼睛，看了看老人，又看了看彼此。"他是欧内斯特啊，"加雷思说，"而且这是在我家，老爸。不是你家。"

库珀气冲冲地看着自己的儿子："你什么都知道，对吧，赖伊？用不着别人告诉你。那你干吗还要问我？"他想把管子插回鼻子里去，可怎么都办不到。他的手抖得太厉害了。他一不开心就会这样。也就是说，时时刻刻都是这样。

"金博，帮帮他。也顺便帮我一个忙，把他送回家去。"

"好，加雷思，"金博站起身来，帮库珀把氧气连上，"那这事儿怎么说？"

加雷思先看了瓦尔一眼，大块头点了点头。欧内斯特也点头。

加雷思把身子往后一仰，腮帮子里含上了一块新的嚼烟："你们让我再想想。"

2

众人离去后，加雷思拿起名片在指间反复把玩，拇指在凸起的字母上摩挲着。他父亲病了——而且很危险——但他是对的：不能让家族受到外界干扰。这事儿确实不对劲，不过干坐着也的确不是办法。他坐在那儿，把这张奶油色的名片在自己长满了老茧的手中对折、打开又对折。上面用简单的黑体字印着"威尔科姆出口贸易"，下面有个电话号码，区号是904。他注意到，这玩意儿几乎不会留下折痕。什么鬼，外太空来的纸吗，他想着。不知道这种纸会不会很贵。也不知道什么样的混蛋才会付钱用这样的纸印名片。

正是这样一种混蛋，能给他提供他想要的东西。

也正是这样一种混蛋，库珀不顾一切地要让家人远离，代价就是自已变成了疯子。

他把名片塞进了口袋里，走到电话旁，拨通了号码。响了两声之后，一个略带沙哑的女声接起了电话。没想到"混蛋"居然有这样一把声线。更像个打着讨厌的迪斯科大碟的风骚深夜DJ。

"威尔科姆出口贸易。你好？"女人的声音蘸满了蜜，加雷思恨不得约她见个面，而不是约她的老板。他定了定神，朝着咖啡罐做成的痰盂里啐出一口烟液："我找威尔科姆先生。"

"请问您是？"

"找他过来便是。"

那边沉默了好一会儿，女人的声音才又响起："先生？"

加雷思又啐了一口："听着，甜心，我的名字叫加雷思·伯勒斯。名片是一个叫詹姆斯·卡特莱特的人给我的。你也许知道，也许不知道，他还有个别名叫金博。赶紧去叫你老板接电话。"

"请稍等，伯勒斯先生。"女人说道，还是那副深夜里嘶嘶的腔调。听筒里大卫·鲍威①浅吟低唱了几秒钟《星光侠》，加雷思看了电话一眼，像是它突然变身成了一条死鱼。他想可能在洒满阳光的佛罗里达州，像威尔科姆这样的家伙就把这玩意儿当作音乐。他把听筒从耳朵旁边拿开了几英寸，直到电话又被接通。

"伯勒斯先生？"

"是我。"

"在下奥斯卡·威尔科姆。"他说话干巴巴的，还带着鼻音。这就是让加雷思等了半天的声音。孱弱、奇怪、自负。他开始想念刚才那把女声了。"卡特莱特先生说过，你可能会打电话来。"

"他跟你说了，对吧？"

---

① 大卫·鲍威（David Bowie，1947—2016），英国著名摇滚音乐家。

"我能为你做点儿什么，伯勒斯先生？"

加雷思听出这人有点儿外国口音，但很显然他已经在美国呆了很久，所以很难听出他有外国口音。也许是古巴佬，他想。佛罗里达古巴佬可多了。

"我打电话是想跟你说一声，过几天我会去拜访你。希望能跟你谈成一笔生意。"

"嗯。当然，乐意之至。"听筒里传来了话筒被蒙住的声音，加雷思觉得除了威尔科姆外，他还听见了另外一个人的声音——一个男人的声音。虽然金博已经把老爷子从房间里带走了，但他还是能感觉到桌子对面父亲紧盯着他的眼神，还有他的指甲轻叩桌面的微弱响声。

"我们家族不需要别人的任何东西。"

他摇了摇头，像是把老爷子赶开。台面上只有一种选择。他和他的父亲不一样。

"你还在吗，威尔科姆？"

"在，我在，伯勒斯先生。3 天后我有时间。恕我冒昧一猜，你会带来些东西，好让大家都不白跑一趟？"

"如果你说的是卡特莱特报的那个价钱，那你猜得没错。"

"棒极了。等你到了杰克逊维尔，再给这个号码来一个电话，茱莉都会替你安排妥当的。"

"茱莉——记下了。"

威尔科姆似乎还有什么话想说，但加雷思挂断了电话。

3

3 天后，加雷思、瓦尔和金博入住了杰克逊维尔州际公路边的一处汽车旅馆。加雷思用旅馆房间里的电话拨通了名片上的号码，从茱莉那里要来了会面的地址。金博把装着 3 万美金的迷彩花纹行李袋塞进房间里的一张单人床下，坐了下来。

"金博，你留守，"加雷思说，"一秒钟也别离开那包钞票，除了我们两个，其他任何人想进来，就让他脑袋开花。就算是你认识的人也不例外。"

金博拍了拍衬衫下面藏着的大号手枪："遵命，老弟。"

1 小时后，瓦尔和加雷思的卡车停在了一处酒吧门前。和他们的车停在一起的，还有 3 辆低调的哈雷机车。机车是全黑的——没配炫目的银边挂包，也没有光鲜的喷漆——像 3 只蹲伏着的野兽，跟马一样拴在酒吧外面的一根柱子上。这是栋只有一层的水泥建筑，除了临街墙上的一扇长方形固定窗户外围了一圈闪烁着"米勒时光①"字样的霓虹灯，没有哪一点看起来像个酒吧。平板玻璃门上用吸盘挂着个被太阳晒褪了色的"营业中"标牌。加雷思有点儿失望。他本来指望着这地方看起来像是斯特吉斯②或是《逍遥骑士》③里的一景，但是除了停在门口的几辆大家伙，这地方看起来更像是个税务律师的办公室。跟威尔科姆奇异的口音，还有他仿佛来自迈凯伦车队的跑腿儿杂役和声音热辣的女秘书比起来，这地方简直比阴沟强不了多少。

加雷思和瓦尔交换了一个"啥破地方"的眼神，跳下卡车向门口走去。加雷思伸手按在玻璃门上，但在推门之前突然停了一停。

"跟你讲，瓦尔，我不会随随便便买他们账的。我总觉得这个地方

---

① 米勒时光（Miller Time），指享用美酒的时刻，"Miller"是美国知名啤酒品牌。
② 斯特吉斯（Sturgis），是位于美国南达科他州西部黑山边上的一个小城，以每年一度全球最大的摩托车盛会（Sturgis Motorcycle Rally）闻名于世。
③ 《逍遥骑士》（*Easy Rider*），1969 年由丹尼斯·霍珀（Dennis Hopper）执导，彼得·方达（Peter Fonda）及丹尼斯·霍珀主演的一部动作片。影片讲述了一行人进行公路旅行的故事。

有点儿不对劲。"

"英雄所见略同。"

"要是有什么不测……"加雷思说。

"不会的。你可是加雷思·伯勒斯。谁他妈都干不过你。"两人都笑了起来，但笑容转瞬即逝。加雷思深吸了一口气，推开了门。

4

两人让眼睛适应了一下蓝幽幽的灯光，随后迅速打量了一下周围的客人和房间布局。在他们左手边，两个骑手在蓝带啤酒吊灯下玩着台球。一个身材单薄的酒保站在吧台后面，一把大胡子活像怀特·厄普①。这一脸的毛配上他的大牙，看起来跟海象似的。三人衣服上都缀有"杰克逊维尔豺狼"的字样。其中一个玩台球的男人看起来好像挺有能耐——身材高大，牛仔夹克下露出鼓鼓囊囊的腱子肉。而他的搭档则正好相反，看起来像是活了五十几年一顿饭都没落下过，矮墩墩的身子又软又泡，硬撅撅的灰白头发在脑后扎成一条长长的马尾。这就对上了——屋里3个人，屋外3辆车。但不知屋后、右手边的洗手间里或是酒吧后门外面还有没有其他人。加雷思估摸着后门通往厨房或是储物间。这倒是可以作为一个埋伏点，或是逃跑路线。要是出了什么岔子，加雷思照目前的情况来看，自己有五成机会可以脱身。他稍稍松了一口气，但也不敢大意。虽然以前在老家遇见过更糟的情况。

他们一出现在门口，屋里的几双眼睛就死死地盯了过来。

可以理解。虽然头戴牛仔草帽、身穿帆布夹克的加雷思看起来并不

---

① 怀特·厄普（Wyatt Earp，1848—1929），美国西部传奇执法警长。

起眼——只是一个皮肤苍白的红发小子，撑死了不过 160 磅——但瓦尔可不一样。他是个肌肉发达的农工，足有 300 磅，皮肤黑得像暗无星辰的深夜，简直就是一座穿着法兰绒衬衫的肯塔基煤山。

他们缓缓穿过房间，加雷思在吧台边坐了下来。瓦尔抱着胳膊站在他的身后，用目光和台球桌旁边的"莫伊和科尔利①"斗狠。从他们夹克衫下的突起物看，瓦尔猜测每人身上至少带着一把枪。

"能为二位效劳吗？""海象"问加雷思。

"不必多礼，给我们来两杯啤酒就成。什么牌子都行。"

"你一个人喝两杯？"

加雷思看着酒保，有些摸不着头脑："咋啦，哥们儿？"

"你倒是没什么。我们正等着你来呢。但是这小子可能得去外面等着。"

"小子？哦，你说瓦尔啊，"加雷思拇指往身后一戳，"他叫阿尔伯特·瓦伦丁，用的是他老爸的名字。有人叫他阿尔伯特，但不多。多数乡亲还是叫他瓦尔。你懂的，瓦伦丁的简称。"

"我才不管这臭小子叫啥。"

"看出来了。如果你在乎的话，就该知道叫他小子有多他妈不懂事儿。从没人敢叫他小子，可你刚才连说了两遍。劝你一句，事不过三。"

自动点唱机里播着《星期二走了》②，填补了酒保上下打量加雷思时的沉默。

"哦，当火车到站，我会再试试，/别了，家乡的女士……"

加雷思扫了一眼酒保身后的门，看有没有动静或是闪过人影。什么

---

① 莫伊和科尔利（Moe and Curly），是美国 20 世纪早中期喜剧电影短片《三个臭皮匠》（*The Three Stooges*）中三位主人公中的两位。

② 《星期二走了》（Tuesday's Gone），20 世纪 70 年代美国著名摇滚乐队林纳·史金纳（Lynyrd Skynyrd）的代表作。该乐队推动了美国南部摇滚的流行。

也没有。他们才进来两分钟，已经跟这几个家伙不对付了。他的手心有些出汗。他得继续装厉害，好镇住他们，可又不能充大爷，免得没法儿收场。"那你看，是你给我们倒酒呢，还是我自己来？"他问。

酒保眯起眼睛，俯下身子两肘支在吧台上："我说过了，如果你是头儿打电话来让我等的那个人，那我很欢迎，乐意给你倒一杯。但这是我的地盘，我有权选择伺候谁不伺候谁，只要大爷我乐意。所以，不管你是不是头儿的朋友，我都得请你让你的宠物猩猩到外头等着，或者索性回你们的什么密西西比臭泥潭去。"

"我们是从佐治亚来的。"

"讲真的，这位先生，不管你他娘的是从什么鬼地方来的，这就是这儿的规矩。"

瓦尔一直一言不发，仿佛身后的对话跟他一点儿关系都没有，这会儿终于转过身来，在加雷思旁边的高脚凳上坐下。他什么也没说，只是伸手从法兰绒衬衫口袋里掏出拳头大的一卷钞票，抽出一张百元大钞放在吧台上。瓦尔眼瞅着那个黄鼠狼酒保盯住了这张票子，表情从生气的偏执转变为好奇的偏执。

"这位爷，"瓦尔说着，把剩下的钞票塞回了衬衫口袋，"我明白这是你的地盘，不合你胃口的主儿你不伺候。"

"正是。"酒保应了声，眼睛却不离吧台上的宝贝。

"我也看得出来，你不太喜欢黑人，这，也是你的权利。但我得告诉你，说我是大猩猩，嘴巴可太毒了。我不是大猩猩，我是人。实话不瞒你说，这真有点儿伤害到我的感情了。"

酒保没吭声，但收回了盯着钞票的目光，迎向了瓦尔。

"我自己克服一下吧，"瓦尔说，"我也不是小孩子了。既然我没掉块肉，就不跟你计较了。但问题是，我朋友来这儿是为了见你们头儿的，他们挑了这么个地方碰面。所以我们一时半会儿也走不了。"

"这不是我的问题。"

"不是，先生，绝对不是。但我朋友只不过想给咱俩一人叫上一杯啤酒，安安生生地等人。我们不是来找麻烦的。只要每人一杯啤酒。仅此而已。"

酒保看了看加雷思，又望了望那张百元大钞。

"天儿还早，我找不开这么大的票子。"

"不用找了。"瓦尔说。

酒保从他一嘴大胡子后面叹息了一声："成吧，那就每人一杯啤酒。要是喝完了奥斯卡还不来，你们就回车里等着。"

"一言为定。"瓦尔说。

酒保一把卷走吧台上的票子，塞进了衬衣口袋里。他从冷柜里拿出两个冰过的啤酒杯，又打量了他们一会儿，像是在考虑什么。随后他把其中一个放了回去，伸手从吧台下面的架子上掏出了一个红色的塑料杯，得意洋洋地嗤笑着，看了瓦尔一眼，往两个杯子里倒上生啤。他把啤酒放在吧台上，玻璃杯给了加雷思，塑料杯给了瓦尔。"我可不想脏了一个干净的玻璃杯。"他咧嘴一笑。瓦尔盯着面前的塑料杯，牙关一咬。加雷思也感觉到了，赶紧把手放在瓦尔肩上，让他平静下来。

"谢了。"加雷思说道。酒保微微一笑，向吧台另一头走去。加雷思端起啤酒，喝了一口，抹去粘在胡须上的白沫。瓦尔犹豫了一下，也端起来喝了一口。台球桌边的一个骑手，那个大块头，往吧台边走来。

"没事儿吧，平基？"

"好着呢，罗德。"

"就是他？"罗德冲加雷思一偏脑袋。

"嗯，"平基说，"就是他。"

罗德用手指在吧台上打小鼓似的敲了敲，又踱回了台球桌。

"平基^①？"加雷思悄声冲瓦尔说。瓦尔耸了耸肩膀，两人又端起了酒杯。加雷思小口啜饮着，瓦尔却把酒杯一仰，两大口见了底。加雷思低头叹了口气。

平基拿起塑料杯丢进了垃圾桶。"呃，我看你们最好还是出去等着吧。"他说。瓦尔看着垃圾桶里的杯子——脸上的皮肤绷紧了。

加雷思又在胡子上抹了一把白沫，伸手从一个塑料罐子里掏出一张纸巾。"好的，平基，"他答道，举起一只手，把酒保的注意力从瓦尔身上引开，"但我能先问你一个问题吗？"

"只要他抬屁股走人就成。"

"告诉我，你放给我们听的那个要命的噪音，究竟是什么鬼玩意儿？"

平基看似吃了一惊："啥？你说这音乐？"

"就是那个，还能是哪个？"加雷思说。

平基侧耳细听了一会儿，仿佛是在确认答案。罗尼·范·赞特正在哀求让他走三步^②。

"是林纳·史金纳乐队，"平基气呼呼地说，"那可是杰克逊维尔的骄傲。世界上最伟大的南部摇滚乐队。"

加雷思嗤嗤笑着，用胳膊肘捅了捅还在低头盯着吧台桌面的瓦尔："这可不是我听过的南部音乐。怎么没有班卓琴，也没有小提琴？听起来更像是一帮想干门把手的白痴。"

"也许你听着不对味，加雷思，"瓦尔答道，可还是没有抬起头来，"或许只有叫平基的死基佬才喜欢。"

"放什么屁？"平基的脸唰地一下红了，像是被扇了一个大嘴巴子，

---

① 平基（Pinky），意为"粉红色的"。
② 罗尼·范·赞特（Ronnie Van Zant, 1948—1977），生于美国佛罗里达州杰克逊维尔，是 20 世纪 70 年代美国著名摇滚乐队林纳·史金纳的主唱。他的一首名曲就叫《让我走三步》。

"你说啥，小子？"

"这是……第三遍了。"加雷思说。

平基从吧台下面摸出一根木头球棒，可身材魁梧的瓦尔动作却敏捷得如同一条眼镜蛇。他抓住球棒，趁着平基还没撒手，猛地给他来了个头攻。平基的鼻梁应声断裂，听得加雷思也忍不住眉头一皱。平基放开路易士①球棒，趔趔趄趄地向后退去，撞上了一排酒瓶，还把其中几个撞到了地上，摔得粉碎。加雷思在座位上一个转身，枪已攥在了手中，瞄准了两个骑手，可这二人也早已举起了自己的武器。

"唉，烦人。"加雷思说。

平基捂着自己血流不止的鼻子，摇摇晃晃地从吧台后面站起身来，想集中注意力。他试着开口说话，但只能发出潮乎乎的咕哝声。

"你不喜欢黑人是吧？"瓦尔问，"那被黑人打断鼻梁怎么样？现在你有正当理由讨厌我们了。"瓦尔猛地转过身来，盯住拿枪指着自己和加雷思的两个骑手。他手中还举着那根球棒。

"把枪放下。"叫罗德的大块头说。

"想都别想，"加雷思说，"是你们的人自找的。你们先把枪放下，我们还有的谈。"

"抱歉了，兄弟。"瓦尔轻声对加雷思说。加雷思扫了他一眼，没搭腔。

"我们是两把枪，你们只有一把，"罗德说，"快把枪放下，否则我一枪崩掉你的脑袋。"

"切，"加雷思说，"我打赌至少能撂倒你们中间的一个。这场面本大爷没少经历过，小子们。你确定离这么远能一枪击中我？你看起来不大自信啊。但我绝对可以。"

"不用他出手。"平基说着，突然在他们身后拉响了霰弹枪的枪栓。

---

① 路易士（Louisville Slugger），美国知名棒球球棒品牌。

瓦尔倒抽了一口冷气，加雷思别无选择，只能放下枪作罢。就在这时，前门打开了，又进来两个人。

"搞什么鬼？"奥斯卡·威尔科姆说。

5

威尔科姆个子很小。矮矮瘦瘦，一头稀疏的沙色头发。他穿着一身深色西装，戴着金边眼镜，拿着金属包边的公文包。走在他身后的男人跟他简直是两个极端。那人身材像一棵橡树，足有 6 英尺高，光头闪闪发亮，有一双灰蓝色的眼睛。他穿着褪色的牛仔裤和扯掉了袖子的牛仔衣，两条胳膊筋肉纠结、血管偾张，从肩头到手腕纹满了花样繁复的刺青，仿佛要花一辈子才能完成。他的衣服背上也带着"杰克逊维尔豺狼"的字样，胸前口袋下面还有一块缀着"总裁"两字。

"狼崽子们，放下你们的枪。"威尔科姆命令道。

平基在肩膀上蹭了蹭大胡子上的血，但手中的猎枪并没有放低半分："奥斯卡，这些狗娘——"

"我说了，把枪放下，平克顿。"

平基犹豫片刻，放下了枪。另外两个骑手看着威尔科姆身后的大个子男人。他点了点头，于是他们也放下了枪。加雷思注意到了这一点。这个光头男绝对是威尔科姆狗场里的领头狗。虽然威尔科姆下了命令，但这些人还是需要这个大个子点头才会遵守。知道了这一点倒不是坏事。

"我猜您是伯勒斯先生？"威尔科姆说。

"正是。"加雷思答道。

威尔科姆往前走了几步，来到屋子正中央。"大家都把武器放下如何？"他说。

加雷思低头看了看手中的柯尔特手枪。"乐意之至。"他边说边把枪塞回了裤腰里。瓦尔正和威尔科姆带来的大块头互相打量，一听这话，也把手里的球棒扔在了地上。两人看起来势均力敌。这让加雷思更不舒服了。本来带着瓦尔是为了壮声势，结果"总裁"竟毫不逊色。

　　"我们本来约好了9点见面对吧？"威尔科姆问。

　　"对。是我们到早了。"加雷思说。威尔科姆把公文包放在一张桌上，进行了自我介绍，先跟加雷思握了手，又把手伸向了瓦尔。他们都和他握了握手，但瓦尔的眼神半分不离"总裁"。

　　"在下是奥斯卡·威尔科姆，这是我的合作伙伴，布拉肯·利克。"光头没和任何人握手，只是转身过去锁上了门。

　　"很高兴见到你们。"加雷思说。

　　"你怎么了，平基？"布拉肯问道。

　　瓦尔抢先一步回答："你的手下太不尊重人了。"

　　"去你妈的，死黑鬼。"平基用一块被血染透了的吧台抹布捂着脸，咆哮道。

　　瓦尔望着布拉肯："看见了吧？"

　　"所以你就要修理他？对吧？"布拉肯走近吧台，查看损坏情况，"你去别人家的时候，总把别人打得满脸是血？"

　　"如果他是个狗屎种族主义者，我会的。"瓦尔说。

　　"也许你该在我身上也试试这一招。"布拉肯向瓦尔逼近了一步，可加雷思在两人中间插了一手。"行了，"他说，随后转身对着威尔科姆道，"有问题吗？"

　　"伯勒斯先生，我恐怕需要你跟我的同事解释一下这里刚才究竟发生了什么，我们好翻过这一页。"

　　"好啊，"加雷思说，"你的那个手下，平基，看我朋友进了他的酒吧觉得很不开心，叫他'大猩猩'，还叫他'小子'，连叫了3次，要是我没记错的话。瓦尔不喜欢这一套，我也不乐意。我本来给了他机会让他友好些，但他跟泰·柯布①附体似的，拿起那根球棒就往我朋友的脑袋瓜子上挥了过来。"加雷思指着地上的路易士球棒，"我朋友只好反击自卫。"

布拉肯和瓦尔站得近到都快能亲上了。

"好吧，既然这样，那么，伯勒斯先生，我们什么问题都没有了。罗德，你跟杰里米能帮平克顿把鼻子接上吗？给他擦擦干净，再把吧台后面收拾一下。"这一次，他们还是等着布拉肯点头。他从瓦尔面前退后了几步，捡起球棒，扔给平基，3个骑手从后门出去了。布拉肯给自己倒了杯威士忌。

"我得向你道歉，伯勒斯先生。如果早知道你会带一位非白人的先生一块儿过来，我就该提前给他们些警告。"

"一看我们是从佐治亚来的，就觉得我们所有人都该披着白皮，对吧？"

威尔科姆微微一笑，举起双手耸了耸肩膀，指着他身后的卡座："请？"

"好的。"加雷思说道。瓦尔重又坐回了吧台边的位子。

小个子男人坐了下来，推了推鼻梁上的眼镜："我能为你做点儿什么？"

6

"我需要保护家族利益。我知道你能帮我。"

"说到'利益'，你指的是家族自种的大麻生意吗？"威尔科姆面不

---

① 泰·柯布（Ty Cobb, 1886—1961），美国前职业棒球员，棒球名人堂球员，也是首届棒球名人堂得票率最高的球员。

改色地说道，好像他们谈起的只不过是天气。加雷思端详着这个小个子男人的脸。"我猜金博可能有点儿太大嘴巴了。"他说。

"卡特莱特先生的确向我密切通报了不少你们家族生意的事儿，嗯。"

"说起'生意'，如果你指的是东南地区 3 000 英亩最好的大麻，那么你的确对我们做的事情所知甚多。"

"我们在佛罗里达也有货源，如果我们真想要的话。"威尔科姆说。他的声调毫无起伏——显得不感兴趣，无动于衷。

"我不是来卖货的，"加雷思说，"但如果真要卖，谁也卖不过我。不仅价格上竞争不过我，而且谁也没有我家底这么干净。我打赌这儿的古巴佬得成天带着货东躲西藏避开那些联邦机构吧？我说得对不？你可以问问我，我们家族是如何稳稳当当地种了二十多年，却一次都没招来过那些联邦机构的。"

"好吧，这我倒是真感兴趣。你们究竟是怎么避开联邦机构的？这么大一片地，要躲开 DEA 的直升飞机可不容易。"

"因地制宜。"加雷思咧嘴一笑。

"因地制宜。"威尔科姆重复道。

"没错。你看，我父亲就是靠会在林子里藏东西才让我们发家的。过去我们得全年无休地开着蒸馏作坊，才能成为产酒大户。损失其中任何一处都不行。哪怕一处。我们果然一处都没有失守。其中，重中之重就是对当地地形的把握。我父亲尤其精于此道。以至于我们不费吹灰之力，就能比弗吉尼亚的任何一家私酒厂商卖得都多。"

"和一般的威士忌蒸馏器比起来，3 000 英亩地想掩人耳目，恐怕要难一些吧？"

"的确，但是我父亲，那个狡猾的机灵鬼，发现我们那座山的北坡有些位置地形非常独特。他把林子修整成一条条带状，从天上往下看的时候就产生了一些视线盲区。这样我们哪怕天天在地里干活也没事，还能对着头顶上飞过的联邦直升机挥手呢。那些蠢蛋没一个比我爸聪明的。"

威尔科姆看起来当真受到了震撼:"真是太令人骄傲了。那你们都怎么跟承包商解释自己在干什么呢?怎么拿到许可的?"

加雷思搔了搔胡须,坐回了卡座:"承包商?我们没有承包商。我们就6个人,包括我在内。神呐,当年我还只是个毛头小子。我们垦荒、排渠、种地,一切都按照我老爸用一根铅笔和一把滑尺设计出来的方案行事。"

"佩服啊佩服,伯勒斯先生。"

"谁能不佩服呢。"

"那产品加工呢?"

"全由我打小儿就认识的一帮人内部完成。种植、加工、晾晒、捆扎、包装,全凭我们自己完成。没有半点外界帮助。"

"但你现在来我这儿,想要寻求外界帮助。"

"没错,我来了。"

威尔科姆又推了推眼镜:"嗯,我不知道咱俩共同的朋友跟你透露了多少,但是如果你只是想把货卖到佛罗里达来,那就太不好意思了,我让你跑了这么远的路,却只能告诉你,这我办不到。"

加雷思又抓了抓胡子:"那我也会很不好意思的。不过很幸运,就像我刚才告诉你的,我不是来寻找销售渠道的。我是来买东西的。我们想要枪。"

威尔科姆笑了:"这我倒是帮得上忙。"他弯腰拿起身边的公文包,放在桌面上,用拇指轻转小小的开关,密码锁应声开启。他打开包盖转了个方向,将公文包对着加雷思,好让他仔细看看里面装的东西。加雷思伸手拿出镶嵌其中的AR-15突击步枪可拆卸部件,在手上翻来覆去地端详了一阵,把它们拼在了一起。"嗯,要是你还能多搞几把这家伙,那的确能帮上我的忙。"

"你能买得起多少，我就能搞得到多少，我的朋友。但这玩意儿可不便宜。"

加雷思露出了笑容。

"布拉肯，给我和伯勒斯先生来两指尊美醇①威士忌。"

大个子男人看起来不太高兴，但还是从架子上取下了那瓶爱尔兰威士忌，倒了两杯，端过来放在桌上。

领头狗也终究不过是条走狗罢了，加雷思想，推开了面前的玻璃杯。

"把我的换成埃文·威廉姆斯②波本威士忌，'总裁先生'，别忘了给我的朋友也来上一杯。"

布拉肯看了威尔科姆一眼，见他点了点头，便走回吧台，回来的时候把一瓶伊万波本威士忌和一个杯子放在桌上。

"自己倒。"

"多谢了，布拉——肯。"加雷思说道，夸张地念着对方的名字。他倒了三指高的威士忌，一口闷了下去。一直坐着没出声的瓦尔回头看了自己的朋友一眼，喉咙里发出的声音，响得大家都听得到。

"我没事，瓦尔。"加雷思说。他又倒了一杯干了下去，仿佛喝的不是威士忌，而是苹果汁。见此情景，威尔科姆和布拉肯迅速交换了一个好奇的眼神。倒到第 3 杯的时候，他搁在桌上没动。布拉肯在威尔科姆边上的位子坐了下来。

"布拉——肯，"加雷思又这么念了一遍，"这究竟是什么鸡巴名字？"大块头没吱声。加雷思把枪放在公文包上，懒得再把零件拆开，

---

① 尊美醇（Jameson），爱尔兰著名威士忌品牌，于 1780 年由约翰·詹姆逊（John Jameson）在爱尔兰都柏林创立。

② 埃文·威廉姆斯（Evan Williams），美国著名波本威士忌品牌，于 1783 年由埃文·威廉姆斯在美国肯塔基州路易斯维尔创立。

就这么滑向了桌子另一头的威尔科姆。"这你自己造的？"他冲枪努了努嘴巴。

"我猜咱们共同的朋友有点儿——你怎么说的来着？——大嘴巴了，"小个子说道，"这枪我有很多，知道这一点就够了。"

"哈，我倒不反对我手底下的人向我密切通报各种情况来着。这么说来……枪是你造的？"

"没错。"威尔科姆答道。

"不是偷来的？"

"不是赃物。"威尔科姆一脸受了侮辱的表情。他飞快地把公文包往布拉肯那边一推，布拉肯拿起枪拆解开，又嵌回了包里，然后把包锁好，搁在了自己脚边。

"摩托车零部件，对吧？"加雷思琢磨着，"你就是这么跟'地狱天使①'搞上的？"

布拉肯有些坐不住了，想要开口说话，却被威尔科姆按住了手臂，提醒他不该插嘴。"伯勒斯先生，我相信你比很多人都清楚'尊重'的概念，就像你吧台那位朋友早些时候对平克顿做的那样。我刚才挺你是因为我相信你和你搭档的行为是正当的，但你现在竟然对我和我视为一家的人出言不逊。家庭对你来说是不是很重要？"

加雷思没吭声，威尔科姆也没打算等他回答。"我的父亲——上帝保佑他安息——还有坐在这儿的利克先生，1965 年成立了这个俱乐部，从那以后，'杰克逊维尔豺狼'就成为了让你上门来的生意的创造者和传承者，是不可或缺的一部分。他们都是铮铮好汉，应当对他们以礼相待。这你没意见吧？"

---

① 地狱天使（Hells Angels），为全球性摩托车帮会组织，成员大多骑哈雷摩托，被美国司法部认定为有组织犯罪团伙。

加雷思喝干了杯中酒，在徐徐下咽之前让酒液在口中回荡了片刻。"好吧，"他说，"先给我来 200 支。"

　　"没问题。我需要 25 000 美元订金，交货的时候再付 25 000。"

　　"一言为定。"

　　"我猜你把钱带来了？"

　　加雷思笑了笑："差不多吧。我需要的话随时能到手。"

　　布拉肯把手伸进了夹克衫里。瓦尔注意到了这一点，紧张起来，随时准备出手。"放松点儿。"布拉肯说，慢慢掏出了一盒皱皱巴巴的好彩①烟。他晃出一支，把盒子放在桌上。加雷思拿了一支，等着布拉肯给他点火。但他没有。

　　"高速公路旁边有个仓库，我一般都在那儿交易。卡特莱特先生知道仓库的位置。他也来了吧？"

　　"就在附近。"加雷思说。

　　"明早带钱去那儿跟利克先生碰面，你家里遇到的糟心事儿就算解决了。"

　　布拉肯站起身来，威尔科姆溜出了卡座。他先冲加雷思又冲瓦尔点了点头，抻了抻西装上的褶子，走了出去，把公文包留在了桌上。

　　"八点半准时见。"布拉肯说。

　　"不见不散。"

　　加雷思对瓦尔示意了一下，两人跟着威尔科姆走出了酒吧。

---

① 好彩（Lucky Strikes），英美烟草公司旗下的美国香烟品牌。

第十一章

加雷思·伯勒斯
1973

1

汽车旅馆的房间就像个又冷又脏的盒子。之前有一次去亨茨维尔办事的时候，加雷思也住过这样的房间，两个房间看起来毫无分别。在他看来，除了门上没有铁栏杆之外，这房间和牢房看起来一模一样。梳妆台旁边的墙上挂着一面全身镜，他一丝不挂地站在镜子前面，手里拿着一瓶威士忌，注视着镜中的自己，仔仔细细，认真打量。他很少这样静下来审视生活在自己身上留下的印记。他的身体依然紧绷，没有一丝多余的赘肉，就像一名拳击手。多年在农场里的辛勤劳作，让他练出一身带着太阳色的肌肉。他为自己的劳作感到自豪。这样的劳作，带来的可不会是像这间屋子一样的纸盒屋，而是一整座帝国。这样的劳作，是父亲手把手教会他的。他从几乎见底的瓶里呷了一口，盯住镜中自己身上林林总总的伤疤，它们来自各种争斗和愚蠢的点子。争斗缘起于愤怒，可也是好时光的见证。最蠢的点子莫过于自己胸口上的那个刺青——手写体的"安妮特"，就在左边乳头上方一点点——心脏的位置。他不禁对自己嗤之以鼻。这个刺青是她的主意。金博认识一个人，在自己的拖车后备厢里做这个生意，装备是他自己用汽车电池和一捆铜线自制的。在他们的第一个结婚纪念日，他纹了这个刺青。本来两个人是要一块儿弄的，分别纹上对方的名字，证明对彼此的爱，结果安妮特往椅子上一坐，居然害怕不干了。有始有终从来都不是她的强项。这不是她违背的第一个誓言——也不是最后一个。不过也许她不弄也好。等她纠缠上下一个倒霉鬼的时候，能少费点儿口舌解释。他用拇指轻揉着刺青上凸起的墨痕，其他几根手指按摩着脖子上结实的肌肉。

尽管伤痕累累，但他的身体多数地方还是完好无缺、线条完美。而他的脸，与之相反，却简直像是另外一个人的，也许的确如此。面容憔悴，饱经风霜，活像马鞍皮。他的双眼一年年地越陷越深，躲进了细窄的眼眶旁蔓生开的鱼尾纹后。眼袋松弛干枯。这是张老爷子的脸。

他老爷子的脸。

他也不确定为什么，但他开始讨厌这样。他的父亲曾经是一切的基石。而现在只不过是个疯疯癫癫、体弱多病的老傻瓜，除了丢人现眼，一无是处。加雷思想，不知道再过多久，自己也会走上这样的老路。

原本摊开四肢躺在他身后双人床上的年轻女子翻了个身，肚皮贴床。她是他的新搭档送来的礼物。她就这么突然出现在了门口，手里拿着一瓶威士忌——牌子和他在威尔科姆酒吧里喝的一样。他不是个花花公子，但安妮特已经走了，所以也无所谓了。他醉醺醺、气冲冲的，正需要泄泄火。然而现在，他已经做好准备，等着她离开。他甚至懒得把她留在自己身上的黏液擦去，只是慢慢地从她身上爬了下来，在桌上摆了几张 20 块的钞票，又转头喝酒去了。他指望着她拿上他的钱，悄无声息地收拾好自己的东西，拍屁股走人。但她没有。这让加雷思很恼火。不过反正任何事情都让他很恼火。愤怒是他这阵子的常态。本来，跟威尔科姆做成了生意拿到了枪，一解后顾之忧，他应该兴奋才对。跟甜美可人的妹子滚了床单，他应该放松才对。可他都没有。他还是感到愤怒。就在他的皮下，怒火缓慢地灼烧着。每喝一口威士忌，这股火气就往上冒一点。

"哦，老爹，回床上来嘛，"女孩儿说，"我来给你按按肩膀，帮你解解乏。别人都说我按得可好了。以前还在莫比尔的时候，我可正经学过呢。我本来也想干这一行来着，可你知道，生活不易啊。"

加雷思又从瓶子里灌了一口，继续揉搓着刺青："你的意思是当鸡也不容易？"

"哎呀，何必说得这么难听嘛，老爹，"她拉过汽车旅馆粗硬的羊毛毯子，盖住自己光溜溜的屁股，拍了拍身边的床沿，"过来坐嘛。"

加雷思脑补着自己抓住她的头发，把她从床上拖下来的那一幕。

她说自己叫安琪儿，但加雷思知道这只不过是她的"艺名"罢了。她看起来更像是叫贝琪，或是露丝·安——普通得不能再普通的那种。他往镜子里看去，看她揉搓着枕头，把漂白成金发的脑袋埋进浆洗过的床单。加雷思嘴角泛起一丝冷笑，恶心地撇着嘴唇。他希望她赶快消失。她的使命已经结束了。但她竟然还是不走，在床上嬉笑玩耍着，仿佛现在是周日的清晨，他还会给她煎些松饼和培根。加雷思从梳妆台上拿起香烟，点了一根。安琪儿起身走到他的身后，接着给他按摩脖子。她的肌肤就像牛奶一样——苍白、无瑕、完美无缺。不像安妮特，带着妊娠纹，饱受生产的摧残。她的樱桃小口圆嘟嘟的，几分钟之前加雷思还想过要给她一个吻。她的味道就像硬糖。就是他的祖母摆在房间各处小碟子里的那种，又酸又黏。安妮特则完全不同，她是那么清新——像雨一样。

"嗨，宝贝儿，你在吗？"安琪儿问了一声，对着一脸茫然的加雷思挥了挥手。他看着镜中自己身后她的身影，带着假惺惺的微笑，左边嘴角微微上翘。她开始按摩他肩膀上的肌肉。这无异于想要软化一块花岗岩。她红莓般坚挺的乳头划过他的后背，但他现在已经对她失去了感觉，她这么做只会让他更反感。

"你浑身紧绷绷的嘛，甜心。我发誓你一定是刚和漂亮妞儿打了一炮。可让你占着便宜了，我说真的。通常我都不让男人射在里面，可你一副着了迷的模样……反正我挺着迷的。你可真不是一般人啊，跟这儿的其他男人都不一样。"

"闭嘴。"加雷思说，又抬头猛灌了一口威士忌。

"你开始伤着人家的心了啦。"她说。

"你开始让我生气了。"

安琪儿的手从他背后滑下，又沿着他后背的曲线，用涂成粉色的指甲轻轻挠了上去。"我知道这不关我的事，"她说，"但你也可以和我说说，你知道。不另外算钱。"

加雷思又从瓶子里灌了一大口，喝干了酒，把瓶子搁在梳妆台上。安琪儿注意到了加雷思胸口的刺青，从他的肩膀后面把头探了过来，想看个仔细："安妮特是谁？老家的相好？"

加雷思猛地甩开了她的手，差点儿让她弹回床上。"关你屁事。"他说。他拿起瓶子，却忘了它已经是空的，又狠狠地放回梳妆台上，瓶子应声碎裂。玻璃划伤了他的手，他把流血的手掌边缘含进嘴里吮吸着，安琪儿吓得往后一退，飞快地拿起床单把自己裹住。

"真对不住，老爹，我只是随口一问。"

加雷思瞥向镜中的自己。他看见了自己的父亲。听见了自己的妻子。尝到了自己的血腥味。突如其来的泪水顺着他涨红的脸颊滑落，不止是安琪儿，连他自己也大吃一惊。

"哦，老爹，别哭啊。快让我哄哄你，"她又回到了他的身后，"如果你想的话，我可以当你的安妮特。"

加雷思身子一僵，冷了下来。泪水瞬间消失无踪，就像来时一样快。他又用拇指揉搓着刺青。"你想当安妮特？"他说着，举起碎裂的瓶颈，对准了自己的胸口。锋利的玻璃剜进他乳头上方的皮肉里，削去了墨痕洇入肌肤的那个名字。鲜血从他的胸口喷涌而出，安琪儿吓得往后一跳。

"老天爷啊。你是个疯子。"她说着，满屋子摸衣服。

"你想当安妮特？"他说着，转过脸来对着她。

安琪儿从地板上抓起自己的裙子、内裤和鞋子，搂在胸前。

"等等，先生，我只是随口一说。我只是来让你乐一乐的。我现在就走，行吗？我现在就出去。"

"安妮特是个臭婊子，觉得自己比我牛逼。想说什么就说什么，想做什么就做什么，想什么时候走就什么时候走。"

"我很抱歉，先生。听起来的确很糟糕，但……但我不是安妮特。"

加雷思从墙上银色的毛巾环里取下一条手巾，擦去胸口新伤上的鲜血："是啊，可你想当她。"

安琪儿从茶几上抓起自己的钱包，冲向门口。加雷思虽然已经喝得五迷三道了，速度却要快得多。他伸手攥住一把白金色的长发。她的钱包、化妆品、香烟和几个没拆封的安全套都散落在了地毯上。

"哎呦，求你了，老爹，我只是——"

"——随口一说。我知道。还有，我才不是你他妈的什么老爹。"加雷思把她拽了回来，拖着娇小柔弱还光着身子的她上了床。她两腿拼了命地乱踢，床单被踢得乱作一团。她用尽全力想要避开破碎的酒瓶，但他压了上来，她动弹不得。他叉开两腿跨坐在她身上，把所有的体重都压在她的胸口，让她几乎喘不过气来，连胳膊也被牢牢按住。

安琪儿尖叫起来。他放开了她的头发，用沾着自己鲜血的滑腻腻的手捂住了她的嘴巴。他俯身向前，对她开口说话，喷出的威士忌酒臭混合着汗水，像一层薄膜笼罩在她的脸上。她一阵作呕。

"哈，安妮特，我刚才想到你最后一次跟我顶嘴的样子了。你还记得吗？"

安琪儿只是瞪大了眼睛盯着他，一个字也说不出来，张大了嘴却无法呼吸。

"最后一次教训你的时候，我揍的是这儿，"加雷思用破碎的酒瓶边缘对准了安琪儿的鼻子旁边，"你还记得吗，安妮特？"

安琪儿挣扎着把脑袋往枕头里埋，想躲开酒瓶，但是加雷思重重地压了下来。她紧紧地闭上双眼，感觉玻璃穿透了肌肤。她在他的手掌下尖声叫喊着，但没人能听得见。鲜血喷溅出来，染红了她脑袋两边的床单。破碎的玻璃从她的脸颊上划过，鲜血在棉布上汇成了罗夏翼[①]般的图案。

完事以后，他从她身上爬了下来，随手把酒瓶扔在了地板上。他回到镜子前面，看着自己胳膊和胸口上一塌糊涂的斑斑血迹。他打开了水龙头，冲刷着双手，直到差点被烫伤。

安琪儿挣扎着翻落到地上，慢慢地穿过地毯，向门边爬去。

"哎，你想去哪儿？"加雷思问道。她赶紧停下，全身发冷。"不想跟我做朋友啦？"他蹲下身子看着她，就像猎手好奇地打量着受伤的小动物。"不收钱就走可不行啊，"他说，"毕竟，你是个鸡，对吧？"他伸手抓过之前放在桌上的两张 20 美元，攥成一团，塞进了安琪儿的嘴里。她一阵干呕。他拽着她站了起来，打开房门，把她已经不成人形的身子朝着二楼护栏丢了过去，刚好落在站在那儿的瓦尔脚边。

"你干了什么好事，加雷思？"他说。

"把这婊子弄走。"加雷思说着，关上了房门。

没过多久，他就睡死了。

2

瓦尔回到过道上的时候，带来了一条浴巾、一块湿布和 1 000 美元现金："嗨，你能听见我说话吗？"

安琪儿被他的声音吓得一哆嗦，慌忙举起鞋子和裙子遮住自己的脸，生怕这又是一个新的祸害。

[①] 罗夏翼（Rorschach wings），代指由瑞士精神科医生、精神病学家海尔曼·罗夏（Hermann Rorschach）创立的罗夏墨迹测试中使用的左右对称墨渍图样，现已被世界各国广泛使用。罗夏墨迹测验是最著名的投射法人格测验。

"别怕，姑娘。我不会伤害你的。我是来帮你的，好吗？我只想帮帮你。"他递过浴巾。她犹豫片刻，最终放下了鞋子，抓过他手里的毛巾，尽可能多地遮住了自己的身子。她的左半边脸火烧火燎，就连呼吸也痛。肋骨好像也断了。

"你是……他的……朋友？"她呼吸急促，结结巴巴。

"是的，女士。"

"他割伤了我的……我的脸。"

瓦尔伸手想探触她的脸颊，但她疼得一缩，避开了他："好疼。"

"嗯，女士。拿着，把这个敷上吧。"他把湿布递了上去。"就像这样，压着伤口。"他拿过她的手，把湿布压在她的伤口上。

"疼死我了。"

"是啊，女士。"

"你能帮帮我吗？帮我报警，或是叫一辆救护车什么的？"

瓦尔扫了一眼楼下的停车场，两手笼住嘴巴，一声叹息："不，女士。我可以帮你，但不能这么帮。"

"那我能借你的电话用用吗，或是别的什么？求你了，我不能就这样去外面。求求你了。你说过你想帮我的。"

"我是说过，但不能把电话借给你。如果你报警，或是叫来一辆救护车，你就得跟他们解释情况，到时候有人就得死了。"

"有些人就该死。"安琪儿勉强撑着身子，背靠着护栏尽力站了起来，用毛巾的边缘轻点着自己血流不止的鼻子下方。瓦尔竖起一根手指，立在嘴唇前。

"小点儿声，听我说。我不会报警，也不会给你叫救护车，但是我会给你叫一辆出租车。你把衣服穿好，下去街边等着。我会告诉他们在哪儿接你。"

安琪儿低头环顾，在身旁的铁栅栏边找到了自己刚才吐出来的两张

20 块钱。

"不用担心钱的问题，"瓦尔说，"交给我来处理。你就等着出租车，自己去医院。"

安琪儿在浴巾下张皇地扭动着，想用空着的那只手把内裤提上来。瓦尔转开了目光。他伸手从衬衫口袋里掏出 1 000 块，都是百元大钞，举起来给她看。"我说的你能做到吗？"他说，"你能不能下去街边等着，然后找人帮帮你？"

安琪儿点了点头。

"我是认真的，姑娘。要是你把警察或是别的什么人叫来找屋里的这个男人，你会倒霉的。我也会跟着倒霉。你明白了吗？"

安琪儿又点了点头。

"说话。"

"我会去医院，而且不会报警。"

"也不会告诉其他任何人。"

"也不会告诉其他任何人。"

"你保证。"

"我保证。但让我先把衣服穿上，免得人人都看见我这副样子。"

"当然。"瓦尔说。他帮姑娘站了起来，努力用浴巾帮她保存住仅有的一点尊严，但无济于事。内裤提不上来，她只好放弃，把内裤从腿上踢了下去，尽力想要套上那条几个钟头之前还让她光彩照人的黑裙子。她又哭了起来。

"能帮帮我吗？"

"好的，女士。"瓦尔帮她把裙子提了上来，遮住她的肩膀。裙子笼罩住她，就像一片黑影。她转过身去，撩起自己的头发，瓦尔替她束好了颈后的带子。当她再度转过身来面对着他，她抬起眼睛，移开了捂在脸上的布。

"我看起来有多糟糕?"她问。

瓦尔拭去她尚且完好的另外半边脸上的泪水。"你还是个漂亮姑娘。"他说着,把一叠钞票塞进姑娘手中。她垂下眼帘,又把湿布按回了脸上。

"你连谎都撒不好。"她依旧拿着自己的鞋,一瘸一拐地向楼梯走去。她知道,自己再也不是个漂亮姑娘了。

第十二章

布拉肯·利克
2015

1

"给根烟抽抽呗？"

"把你老婆给我玩玩？"

莫伊想了想，拽了拽嘴唇下面的一撮小胡子："要是我说行，那能给根烟抽抽不？"

蒂尔蒙把手伸到方向盘下面藏东西的地方，掏出他的骆驼牌特醇香烟，抖出一支给拍档。莫伊点着了烟，又继续在折叠地图上研究他们的路线。狗屎 GPS 在这种荒郊野外向来都不管用。蒂尔蒙用眼角余光看着莫伊抽烟的样子。"我们这样多久了？"他问。

莫伊从地图上抬起眼睛，猛吸了一口香烟，把烟灰掸在车厢地板上。"哪样？在 27 号高速上开了多久？"他看了一眼自己的手表，"约莫两小时吧。"

"不，我是问，我们这样搭档多久了？"

莫伊又看了一眼手表，仿佛上面有他们搭档时间的计时器："我去，哥们儿。不知道啊。大概两年吧，我想。"

"大概两年。"

"是啊，差不多吧。怎么了？"

"我只是好奇。"

莫伊把香烟吸得只剩了个屁股，丢出窗外。他们又在州际公路上开了 1 英里，他才开口问："对什么好奇？地图吗？我挺喜欢看地图的。"

"你想怎么看地图就怎么看。我不介意。"

"那你神秘兮兮问那么多问题干吗？"

"很多吗？我只问了你一件事啊。"

莫伊觉得自己的耳朵在发烧："讲真的，干吗啊？"

蒂尔蒙把太阳眼镜推到脑门儿上，用大拇指和食指把鼻尖上的油汗抹去。"好吧，"他说，"跟你直说吧。我们搭档都两年了，在我印象里你带的烟就没有一次够抽一路的。"

莫伊茫然地看着他："你这话是认真的吗？"

"是啊，我是认真的。你想想看，两年里有没有一次，你在路上不找我借烟？哪怕就一次。"

"去你大爷的，蒂尔蒙。"

"先别发火。别急着置气。我只不过实话实说。我们差不多同时入伙儿，所以我知道咱俩的收入应该也差不多，但说一样吧其实也不一样，因为我除了自己抽一口儿，还得顾着你。时间久了真受不了，伙计。想想看，差不多两年了，你对你的搭档总是这副德行。"

"多少钱，蒂尔蒙？你想要多少钱？"莫伊从座椅上抬起屁股，把裤子后袋里的钱包掏了出来，"我有 70……73 块。够不够还你烟钱？"

"把你的钱拿开，莫伊。我只不过想跟你说说这个理儿。你看……罗密欧不见了。"

莫伊往窗外大大的侧视镜看去，发现一直跟着他们的那辆黑色 1966 年型铲状头哈雷机车停在了往布罗德沃特营地去的 118 号出口旁边。莫伊把钱包塞回裤袋里，抓起无线对讲机。

"罗密欧，怎么啦，兄弟？"

一阵嗞啦声。

"我要撒泡尿。你们先走，我一会儿赶上。"

"收到。布拉肯，你听见了吗？"

布拉肯·利克骑着经典版继承者哈雷机车在蒂尔蒙和莫伊的厢式货车前面开路。此时对讲机里传来了他的声音："嗯，收到。去吧，罗密欧，完事儿了就滚回来。"

"没啥事儿，就撒泡尿。"罗密欧说。

蒂尔蒙也伸手拿了根烟："兄弟？"

"嗯？"

"刚才你叫罗密欧'兄弟'。你不是特受不了这人吗？"

"是啊，不过，他可没因为该死的香烟对我心怀怨恨整整两年。"

蒂尔蒙翻了翻眼睛："天呐，我真不该说那几句话。"他把烟盒冲拍档递了过去。

"你留着给自己烧香吧，蒂尔蒙。"

"招子都放亮点儿，伙计们，"对讲机里炸响了布拉肯的声音，"我可不喜欢无精打采的。都给我把眼睛睁大了。"

两人交换了一个狐疑的眼神。他们要去见的大人物实际上把这一片的州警都收入囊中了。他们跑了好几年了，从没被找过什么事儿。布拉肯真是老了。什么事情都能让他神经紧张。

"莫伊，收到了吗？"

莫伊连忙抓起对讲机："我们收到了，头儿。我们这儿没什么情况。"

"我只是确认你听到我的话了，眼睛睁大点。"

"收到，"莫伊把对讲机放回支架上，"这家伙没吃错药吧？"

"不知道啊。"蒂尔蒙说。

"早上出发前你们俩一定是吃了一肚皮的龟毛三明治吃撑了。"

蒂尔蒙对着他吐了满满一口烟："消消气，老兄。你知道我只是跟你说着玩玩。我的骆驼，你的骆驼。喏。"他又递上那盒香烟。莫伊伸手去接，却被一记猛刹撞在了车门上。

"搞什么飞机，蒂尔蒙？"

"哦，糟了。你看见没有？"蒂尔蒙边说边指向布拉肯左摇右摆的继承者哈雷，眼看着它往旁边一倒，滑出了两车道高速公路，掀起一阵呼啸而过的旋风，火星四溅、尘土飞扬。布拉肯遮着脸滚下了柏油路，跌进高高的锯齿草丛中。蒂尔蒙赶紧让厢式货车减速，但动作还是不够快，没能躲开被人涂成黑色撒在柏油路上的公路道钉。四个轮子都爆胎了，发出鸣枪一样巨大的响声。卡车满地乱扭，像蛇一样，没系安全带的莫伊在驾驶室里磕来撞去，脑门儿在挡风玻璃上开了花儿，把玻璃撞成了蜘蛛网，又猛地跌回座位里，后脑勺在身后的铝板上结结实实地来了一记。卡车最终撞上路堤停了下来，斜插进泥土和高高的草丛里。蒂尔蒙呆若木鸡地坐在座位上，双手死死把住方向盘。莫伊基本已经瘫在了车厢地板上，用一只手撑着自己面目全非的脑袋，另一只手抹着流到眼睛上的鲜血。

2

4 个穿着法兰绒衬衫、戴着小丑面具的男人中的一个把莫伊拖进了路边的锯齿草丛里。另一个把蒂尔蒙从驾驶座位上掀了下来，逼着他跪在莫伊身边。

"你们这些狗娘养的挑错——"一记猛击伴随着炽热的疼痛在莫伊的下巴上炸裂开来。一名劫匪用来复枪托对着他的脸来了一下。莫伊跌倒在泥草地里，赶紧用舌头检查了一遍自己被打松的牙齿。

"我问你话才能开口，否则把你的臭嘴闭紧，"那人说着，看了蒂尔蒙一眼，"你有什么话要说？"

蒂尔蒙有。他有很多话想说，但他更爱自己的牙齿，所以紧闭双唇没有开口。

"乖了。"那人说。

另外两个包围了卡车的法兰绒小丑，抓住已经在路上摔残了的布拉肯·利克的皮衣，把他丢在了自己手下面前。他的右腿惨不忍睹，跌落在草地上的时候忍不住发出了呻吟声。带着金属色的斑斑血迹布满他的全身，但是除了腿以外很难看清他还伤到了哪儿，因为他从头到脚被皮衣包得严严实实。很有可能是这身皮衣救了他一命。两名劫匪没费什么力气就撂倒了布拉肯和他的手下，夺走了他们的枪，别在了自己的裤腰带上。他们把莫伊和蒂尔蒙的手反捆在身后，随后，身穿蓝色法兰绒衬衣、看起来像是头儿的男人在布拉肯面前蹲了下来。红法兰绒举着枪站在老大身后，另外两个搜查着卡车。

"你是他们的头儿？"蓝法兰绒问道。

布拉肯尽可能地撑起了身子，点了点头，往草上啐了一口血。

"跟我想的一样。这样吧，我们做笔简单的交易。你把东西给我，就可以太太平平回你的什么鸡巴摩托车手酒吧里去，虽然看起来惨了一点，但至少还有口气儿。要是你他妈不干，我就让我的小弟爆了你的脸，再拿走你的东西。你选吧。"

红法兰绒挥了挥手。

"你知道自己是在打谁的劫吗，小子？"布拉肯问。

"看样子被我打劫的是该死的'村民乐队①'啊。"

"要么就是金普。"红法兰绒衬衫说。大家都看着他。"你知道，就是《低俗小说》②里面的。爆了布鲁斯·威利斯菊花的那个。"

大家都把目光移开了。

蓝法兰绒摇了摇头，从乳胶小丑面具后面发出一声重重的叹息。

---

① 村民乐队（Village People），创建于 20 世纪 70 年代的经典男子演唱组合，成员分别装扮成警官、印第安酋长、建筑工人、士兵、摩托车手和牛仔，代表作有《YMCA》等。
② 《低俗小说》（*Pulp Fiction*），由昆汀·塔伦蒂诺执导，布鲁斯·威利斯、乌玛·瑟曼、约翰·特拉沃塔、阿曼达·普拉莫、蒂姆·罗斯等主演的犯罪电影。影片由 6 个彼此独立而又紧密相连的故事所构成，于 1994 年 10 月 14 日在美国公映。"金普"（Gimp）是其中一个性奴角色的名字，从头到脚裹着紧身黑皮衣。

"小丑，"布拉肯说，"很配。"

蓝法兰绒举起靠在膝盖旁边的来复枪，用枪管抵住布拉肯的前额："我再说一次，老家伙。别逼我在大太阳地里花 20 分钟把卡车拆个粉碎。面具热得跟卵蛋一样，咱们可都等着凉快凉快，各回各家呢。"

布拉肯又往草丛里啐了一口血，抹了抹嘴巴。"东西不在卡车里，"他说，"在摩托上。鞍袋里。"

蓝法兰绒一声口哨招来了另外两名劫匪。他们跳下卡车，蓝法兰绒示意他们去搜撞坏的摩托："看看摩托。"

"收到。"几分钟后，他双眼不离布拉肯和另外两名被拿下的摩托车手，远远地喊了一嗓子，"找到了吗？"

"找到了，长官。"两人把鞍袋从摩托车上卸了下来，装进了自己的皮卡车里。蓝法兰绒起身，把来复枪架在肩头上："够狡猾的啊，老爷子。拿厢式货车当掩护。这样一来，白痴劫匪们肯定奔着大头儿去，你就能向着夕阳带着宝贝溜之大吉了。"

"正是。"

"真遗憾啊，我们这些劫匪还不算白痴。"红法兰绒趁机敲着边鼓。

"这可说不准。"布拉肯说。

红法兰绒还想还嘴，突然，松树林里响起了枪声，子弹擦着卡车飞过，离他的脑袋不过几英寸。红法兰绒和蓝法兰绒向林子里回了几枪，布拉肯和他的手下赶紧俯身脸朝下躲进草丛。

"你的 6 点方向有情况。"卡车上一名劫匪喊道，往林子里举枪便射。几个人像离弦的利箭一样冲向皮卡车，但蓝法兰绒背后中了两枪，摔倒在柏油路上。紫红色的血迹洇出了蓝棉布，来复枪在路面上滑了出去。他的搭档停了一下，往松树林里打空了子弹，随即跳进了已经开始发动的皮卡车斗里，在下午的灼热中绝尘而去。

罗密欧从树林里冒了出来，两手各持一把西格·绍尔①手枪。

"我靠，布拉肯。你们几个还好吧？"这个拉丁小子车手低头看着一片狼藉的高速公路，把枪收了起来。他从靴子里掏出一把小刀，给他们松了绑。

"你丫儿去哪儿了？"蒂尔蒙揉着手腕子问道。

"撒尿去了啊，老兄。等我追上来的时候，刚好看到出事儿了，赶紧钻进树林溜了过来。"

"你他妈这泡尿够长的，兄弟。"莫伊说。

"去你的，说声谢谢都不会啊？要不是我，天知道那帮婊子养的会把你们怎样。"

"行了，"布拉肯说，"罗密欧，叫几个朋友来把我们弄出去。"

"已经叫了，头儿。"

"嗯，你们再去个人，看看那个死掉的'红脖子'是谁。"

---

① 西格·绍尔（Sig Sauer），德国的一家枪械生产商，为 Swiss Arms 的合伙公司，在将其轻武器分部 SIG Arms 卖给 Swiss Arms 后，其合作产品至今仍然以 Sig Sauer 为商标。

第十三章

克莱顿·伯勒斯
2015

1

克莱顿在桌上嗒嗒嗒地敲着铅笔，捋了自己的络腮胡子快一个钟头，终于啪的一声在指间将铅笔一折为二，用橡皮那头在电话机上按下了总部位于迪凯特的 **GBI** 的号码。他眼神空洞地看着话机上的指示灯闪烁，由秘书和下属转了三次，才最终连上那个他想找的人。克莱顿听见话筒里窸窸窣窣一阵响动，传来了一声低沉的苏格兰威士忌酒嗓儿：

"芬尼根。"

"查尔斯，我是克莱顿·伯勒斯。"

"好嘛，真没想到。我最喜欢的荒野警察，你怎么样啊？"

"没啥可抱怨的。抱怨了也没用。"

"哈哈这话不假。找我有何贵干，警长先生？"

"是这样的，查尔斯，有个联邦调查员上个礼拜天来我办公室，想跟我谈谈关于哈尔福德的事情。"克莱顿听见芬尼根轻笑了一声。

"又来了？"

"是啊，但这个家伙有点儿不一样。他说的话挺有意思，有几句听起来蛮像那么回事。所以我想查查这个人的老底儿，看看他跟我说的是不是可信，但没啥门路。亚特兰大办公室的人只告诉了我他的姓名、头衔和序列号，而且除了州警之外我也不认识什么可靠的人。想来想去只有你最靠谱了。"

"哈哈，警长先生，如果我是你的最佳人选，那你混得还真够惨的。"

"我才不信呢，查尔斯。"

"调查员叫什么？"

"霍利。是 ATF 的人。"

"西蒙·霍利？"查尔斯问道。

"对，你认识他？"克莱顿坐在椅子上的身子往前倾了一倾，顺手摘下了帽子，搁在桌上。

"没啥私交，但对他有所耳闻。在高升之前，他在这儿可抢手了。就是那种该死的'超级警察'，据我所知。"

"是吗？"

"是啊，"芬尼根清了清喉咙，克莱顿脑补着这个大块头 GBI 调查员往自己压得变了形的办公室座椅上一靠，在桌子下面伸开两腿，拉开阵势准备好好地八卦一番，"我听说，他以前在亚拉巴马州莫比尔是当巡警的，干得风生水起。在本职工作之余，还挖了好些情报出来，帮了本地缉毒侦探的大忙，自己也立了一功。干掉的那个大毒枭叫费舍尔，听到过吗？"

"没。"

"嗯，这些事情被传得神乎其神，但是很显然，你那个叫霍利的小子没按规矩办事，也得罪了几个大人物，但的确让多芬街变清净了，成了和家人一块儿去消遣的好地方。你去过那儿吗？"

"应该没去过。"

"以前可烂了。现在挺不错。有点儿像新奥尔良的波旁街，但是更干净些，也没有那么多蹩脚的爵士乐。"

"听起来蛮好。"

"是啊。反正因为这样，霍利的头儿官位坐得稳稳的，还总上报纸什么的。但他在当地警察里人缘可不怎么样，因为他们和他一比都弱爆了。要不是立了大功，他可能早就被收拾了。但是既然有恃无恐，他索性不在地方上混了，跳槽去了亚拉巴马州局。虽然让地方上的很多家伙不爽，但人家成功了，成了联邦的人，自此以后好事儿不断，把我们这些州警远远甩在后面。"

"你说他以前在这儿可抢手了——霍利也在 GBI 干过？"

"没有，我们以前有些跨部门合作，他也算是编外工作人员吧，但据我所知，他从来都没入过编。听着，克莱顿，如果这个家伙对哈尔福德和你们家在山上的那摊子事儿感兴趣，我敢说，他的意见还是值得一听的，看看他究竟怎么说呗。他有点儿怪里怪气的，但看起来人不笨。"

克莱顿搔了搔自己的胡须。"他人怎么样？"他问。

"我不敢跟你打包票说他每个礼拜天都给他妈打电话，如果你指的'好人'是这个意思。但我可以告诉你，战壕里有他这么个战友不是坏事。他总能把事儿办成。"

"好吧，我觉得知道这些就够了。非常感谢你的帮助，查尔斯。"

"别客气，警长。你那边的情况有什么需要我们这儿知道的吗？"

"按照霍利的说法，要是出了什么岔子，你们办公室准定是第一个知道的。"

电话那端的芬尼根重重地叹息了一声："话虽如此，但进展情况也要让我们知道一下。偶尔也让我们打一两场漂亮仗嘛。省得亲爱的主管总让我们去追查那些富贵人家斗狗的破事儿。"

"斗狗？"

"说来话长。你会在新闻里看到的。"

"这我相信，查尔斯。"

"你啥时候给我带点儿你们自己家酿的酒？想当年桌上摆着'佐治亚桃酒'的时候，我可是整栋楼里最受欢迎的人了。"

克莱顿看了一眼自己空空如也的咖啡杯："我都一年多没开戒了。"

"不会吧你？"

"凯特说这对我们的婚姻没有半点好处。我觉得她说的有道理。"

"说得也是。老婆高兴你才有好日子过。"

"金玉良言啊。"

"好吧，需要搭把手的时候，尽管给我电话。"

"好的。多保重。"

"你也一样，警长。"

克莱顿放下电话，看了看表。才两点。离下班时间——也就是"米勒时光"——还早着呢。唉，真怀念"米勒时光"啊。每天5点15分，他会像钟表一样准时坐在乐奇餐吧里，用波本威士忌润润嗓子享受"欢乐时光"。芬尼根说完桌上那罐桃酒之后，克莱顿的嘴巴就止不住地开始冒口水。他起身从门边的塑料冷水机里接了一纸杯冷水，看着大大的水泡在罐中水面上破裂，不禁微微一笑：好酒之徒总是惦记着旧日好时光。的确，在乐奇餐吧做5点钟常客的时光的确很美好，但余下的场景就没有什么可圈可点之处了。他会在9点到9点半之间回到家中，面对难熬的一夜，桌上是冷透了的晚饭，盖着塑料薄膜，沙发上是更加冰冷的凯特，盖着毯子。先是几轮唇枪舌剑，随后她上了床，而他只能睡在书房的沙发上——有时是地上。第二天早上，两个人绕来绕去谁也不理谁，她在等着他道歉，可他总要半晌才能明白自己应该道歉。他不是傻子，知道酗酒会让自己变得像条恶毒的蛇，但他从没打过她，也没威胁过要离家出走，仿佛这就有了卷土重来的资本一般，他就总觉得下次喝完酒结果也许会不同。他永远也不明白，为什么喝上几杯，在酒吧里能让他快活，回家就酿成了苦果，但的确如此。从未改变。电影里的酒鬼往往在经历了某场痛彻心扉的厄变后才痛改前非。但在现实生活里却全非如此。克莱顿的贪杯在生活中从不曾化作焚烧炼狱的野火，而像一层密密麻麻的铁锈，分解销蚀着他的婚姻。她从不提让他戒酒的事。也不需要。他知道，在锈蚀尽透之前，她就会离开。有些事情还是值得他为之一搏的，所以他戒了酒，再不回头。呃，至少不常常回头。

　　克莱顿又接了一杯水，一仰脖儿灌了下去，随手把纸杯丢进了一个小小的藤编废纸篓。他走出去到了前台，克里克特正在座位上和达比·埃利斯——这个维莫尔山谷第二号，也是唯一的兼职副警长——压低了声音聊天。一见克莱顿走了过来，他们的谈话立刻中止了，像是撞见了老师的高中生。克里克特双肘架在办公桌上，十指交叉托着下巴。看样子她很不开心，好像哭了一阵子。达比坐在她办公桌边上，牛仔帽扣在膝盖上。克里克特坐直身子，尴尬地理着桌上的文件。达比站起身来，把牛仔帽举在胸前。"下午好，警长先生。"他说。

　　"达比。"克莱顿应了一声，站在了克里克特的办公桌前。他轻轻抬起她的下巴，注视着她的双眼——又红又肿。"你还好吗？"他说。

　　"我没事，警长。"

　　"我能为你做点什么吗？"

　　"不用了，长官。我真的没事。"

　　克莱顿看了达比一眼，只见他耸了耸肩膀。他要么毫不知情，要么不愿告知，克莱顿对此并不介意。他也没心思对付办公室剧情。"乔克托人呢？"

　　"问得好，"克里克特几乎是脱口而出，仿佛被克莱顿触动了某根神经，"他一早上都没在这儿。"

　　"你打过他的手机吗？"

　　"打过。留了好几条信息。还要再打吗？"

　　"不用了。跟他说进来以后给我打个电话。"

　　"好的长官。"

　　"嗯，警长，"达比开了口，横在克莱顿和前门中间，帽子还举在胸前，指尖摩挲着帽子边缘，"科布县的一位长官今天一大早来提走了我们的在押犯。"

"我知道啊，达比。当时我也在。"

"对哦。嗯。我只是想说，现在我手头没什么事，如果你需要我帮忙的话……嗯，反正弗雷泽副警长不在嘛……"

达比·埃利斯是个好小伙子。他高中一毕业，克莱顿就招他进来做了志愿者，因为他暗自钦佩这孩子对工作的热情。去年他安排了一个兼职岗位，因为他觉得既然达比一整天都在局里，也许应该拿点儿报酬。他以优异的成绩通过了副警长考试，靶也打得不错，但克莱顿觉得他脑子还是有点儿不够快。当然咯，乔克托也比他强不到哪儿去。克莱顿咬住下嘴唇，挠了挠胡须。

"成吧，那好，达比。咱们走。"

达比露出了一个农场男孩灿烂的笑容："去哪儿，头儿？"

"去见我哥哥。"

达比迈出的步子瞬间失去了活力，猛地停了下来。

克莱顿拔出枪套里的柯尔特蟒蛇左轮手枪，转了转弹筒，确认枪是满膛的，随即腕子一抖把弹筒扣了回去："你到底去还是不去？"

达比又检查了一遍胯边自己的武器，看到自己也佩着枪，松了一口气，戴好了帽子："去，长官。"

2

树枝抽打着克莱顿野马车的车顶和窗户，把他带回了另外一段时光。虽然维莫尔山谷算是一个小小的山地社区，但这里的荒蛮之处仿佛是另一个完全不同的世界。他和凯特的房子在山脚下，与柏油马路和路灯只不过投石之隔。但哈尔福德住在山上，也就是他们孩提时代共同居住的地方——他们父亲的房子。克莱顿已经好几年没来过山里这么高的地方了。尽管巴克利已经不在了，他们的父亲又出了那档子事，但克莱顿始终无法跨越哈尔福德在他们两人之间画出的那道无形的地界。就在克莱顿驶过他童年常去玩的地方时，野马车的轮子陷进了红土地上的两条车辙间。他用小臂的内侧拨了一把方向，不假思索地转了几个弯，躲开了小坑和陡坡——这条路他和两个哥哥曾经开过几百次。不管这个地方曾经对他多么不友好，可它毕竟是他的家。克莱顿知道人们还是会欢迎他来，但这和他的警徽没有半点关系。能留下的，都是属于这儿的。不属于这儿的，住在这里的人们会想方设法将其赶尽杀绝。从记事起，克莱顿就总是在摇摆不定，不知自己该往哪一边倒。这块土地给他带来的悲伤与自豪几乎一样多。有时他想，这个世界上，再没有什么能比得上划着破旧的平底船泛舟"焦核桃"池塘，看两个哥哥假模假式地钓鱼。他们喝着温吞啤酒，不扣衬衣敞着怀。虽然他们看起来好像觉得带着他这个小尾巴很烦人，但却总不会忘了专门给他带上几瓶"鲜乐^①"或是"你嗨^②"桃子汽水。这种事儿他都看在眼里。但他猜想今天哈尔福德应该不准备去钓鱼了。

克莱顿换到了低速挡，卡车从便道上驶下，开上了两棵枝繁叶茂的红枫树间的小道。太阳高高地挂在山头，照亮了叶片，给周围的一切染上了一层层的橘色和紫色。这山上的景色总是美得出乎他的意料，但看到林子前浓密的树荫里站着两个手拿 AK-47 步枪的男人，他倒是一点儿都不感到意外。年轻人达比就没这么淡定了，立刻警觉起来，啪嗒一声拨开了枪套上的拇指搭扣。克莱顿松开离合，停下了卡车。

"把那玩意儿扣回去，副警长。我们没事。"

"我不知道，头儿。你确定这是个好主意？"

---

① 鲜乐（Sun Drop），美国知名苏打饮料品牌，始创于 1949 年，以橘子口味最为出名。
② 你嗨（Nehi），美国广受欢迎的一种苏打汽水饮料，始创于 1924 年，口味繁多。

"不，我也不确定，但你不会有事的。我保证。"克莱顿打开了蓝色警灯，但看清了路上那几个男人的脸，就又关上了。

"也许我们应该掉头回去。"达比说。

"安静点儿。要是我觉得你会有危险，就不会带你来了。这些人从小和我一起长大。就算有事，也是我有事。"

"'有事'？你这是什么意思？"

"别瞎担心了。"

"很难啊，长官，眼见这么两个大块头拿着突击步枪冲我们走过来。"达比眯起眼睛，想把越走越近的"欢迎小分队"看得清楚些。"哦，我的天哪，头儿。左边的那个像是被烧焦过还是怎么的。"达比又把手搭在了枪上。克莱顿收回了盯着那两个男人的眼光，直直地看着达比。

"听我说，副警长。"

"怎么了长官？"

"你在听吗？"

"是的长官。"

"他们不会伤害你的。我向你保证。你是正儿八经的维莫尔山谷副警长，他们可不想成为警察杀手。谁要是杀了警察，这个地方就惹上了数不尽的麻烦，他们可不想这样。你明白我在说什么吗？"

达比飞快地一点头，别扭地正了正自己的帽子。

"那就放松点。一旦觉得情况不妙，我会搞定的，保证让我们尽快离开。这样总行了吧？"

"好吧，头儿。我相信你。"

"好咧。现在，给我闭嘴。"

警长摇下窗户，关上轰鸣的空调。两个男人来到了卡车旁边。其中一人停在了林子边上，另外一个被达比形容成"烧焦"了的男人胳膊撑在驾驶室窗户边上，身子稍稍向车里一探，打量着卡车里究竟是什么人。"疤瘌迈克"和克莱顿四目相对的那一刻，迈克露出了大大的笑容，示意另外一个人放下他的来复枪。

虽然距离克莱顿上一次见他只不过一年，"疤瘌迈克"已经成功地把自己变成了一个小老头儿，不过克莱顿还是一眼就认出了他。迈克小时候出过一场特别厉害的麻疹，脸上和身上80%的皮肤都留下了吓人的疤痕。之所以会发生这样的事情，是因为山上有时缺医少药。那场大病让他的肌肤呈现出一种糊里糊涂的粉色，摸起来像是坑坑洼洼的柏油路。就连他的胡子也长得有一搭没一搭，只在右边脸上有。

"有时候人呐，就是这么点儿背，"还是孩子的时候，有一次他跟克莱顿这么说，"不过谢天谢地，这玩意儿没长在我的老二上。"想到这里，克莱顿总忍不住发笑。

对于达比这样的陌生人来说，和他四目相对不免有些困难。但克莱顿可不是生人，迈克的脸上写满了欢迎。克莱顿把他当作朋友。也许是这座山上他仅剩的一个。

"有人告诉我说咱们山上来客人了，我想着来的要是你就好了。我可没心情干掉真正的警察。"

"是啊，我觉得自己挺幸运的，这么一说。"

"你小子运气不错，轮到我站岗，赶紧掉头吧。要是再往上开，你的运气可就保不住了。"

"我得和我哥谈谈。"

"哈尔不跟条子说话。你又不是不知道。"迈克意味深长地看了达比一眼，达比赶紧移开了目光。

"你刚刚不还说我又不是真正的警察嘛。"

"他也不跟假条子说话。"

"听着，迈克，我又不是来公干的。我来这儿是因为我是他弟弟。"

"疤瘌迈克"从野马窗框里探进身来，帽子往后一拨拉，看着车里：

"那你带你的狗腿子副警长来干吗？"

"他就是来当个目击证人，别的没啥。"

"我们这儿也不欢迎目击证人。"说话间，迈克一口烟液啐在了地上。达比依然死盯着车厢地板。

"让你躲在林子里的兄弟们都出来吧，跟老大报个信儿，说我要上去。"

迈克咧嘴一笑，露出一口整齐的黄牙："20 分钟前你哥哥就知道你来了。"他又啐了一口，站直身子吹起了口哨——两声急促的啾鸣。至少一打人从林子里拖拖拉拉地走了出来，像是一群蚂蚁从被踏平的蚁穴里钻了出来，个个荷枪实弹，从冲锋枪到霰弹枪，拿什么的都有。达比往座位里一沉，躲得更低了，死死抓着座椅扶手，指关节都快冒血了。

迈克气沉丹田，爆发出一阵大笑："跟你勇敢无畏的副警长说，别这么一惊一乍的。要是哈尔真想取他的性命，我们早就动手了。"

"他不会有事的。"克莱顿说。

"你确定你想上去，克莱顿？你可不是特别讨他喜欢，这些日子。"

"反正他从来都不喜欢我。"

"嗯，现在情况更糟些，自从葬礼那次什么的。"

"哈尔得明白，我也失去了一个兄弟。"

"可能是制服的缘故吧，我想，结果把他惹毛了。"

克莱顿摇了摇头："跟我的制服比起来，哈尔喝成那副熊样儿，活像个混蛋，岂不是更不尊重人？"

"可他不这么想。"

"我他妈才不管他怎么想。"

"你这么一说我更要问了，克莱顿。你确定你要上去？"

"我会没事的，迈克。"

迈克眯缝起眼睛盯着克莱顿，像是警长的脑门儿上写着字。随后身子一撑，离开了卡车。"放他们过去。"他冲着路上那一队枪手喊道。他们给克莱顿让出了一条路，他又发动了野马车。他看着窗外的迈克，压了压帽檐。

"见到你真好，迈克。"

"嗯。嗯。"

警长和他的副手驶离了那帮人，把他们冷冷的目光、肮脏的面孔和上膛的武器都抛在了身后。达比合上双眼，心中默念着上帝。

3

"老天保佑咱们，警长。这真是太糟了。我就知道。你是这些人的家人，但他们完全不把我放在眼里。就凭我穿着这一身，你哥哥就能把我干掉。"他揪着胸口的副警长星徽说道。

"没人会被干掉，达比。他并不像人们说的那么疯狂。只不过他希望人们那么看他罢了。这样人们才会对他俯首帖耳言听计从。我老爹就是这么干的。而且他只会忙着对付我，没空搭理你。你就呆在车上好了，什么事都不会有的。"

"不管你怎么说，警长，我还是觉得这事儿不妙。"

道路突然豁然开朗，眼前出现了一片宽阔的红土地，铺着小卵石。一路走来出现了更多带枪的人，克莱顿数了数，可能不止10个，不过他们的枪口都是向下的。还有几个神经兮兮面容枯槁的家伙，看起来不像雇员，在院子里兜来兜去，盘桓在屋子角落接雨水的木桶附近。克莱顿猜他们可能都是些瘾君子，想来赊个账什么的。哈尔福德以前从来都不会允许像他们这样的乞丐靠近屋子的。看来，他要么心肠软了下来，要么大意了。不论哪一种都是个好的讯号，说明克莱顿跟他好好谈一谈那件事也不是没有可能。

最靠路口的一个男人对着用一截伞绳绑在枪带上的双向对讲机说了几句话。克莱顿很清楚对讲机的另一头是谁，暗自希望这就是所有枪口向下的理由。哈尔福德还算友好——又是一个好兆头。克莱顿的野马车开过空地，停在了一排用千斤顶撑着的迷彩皮卡车旁边，这些车有的还很新，有的跟他年纪差不多。他甚至还认出了自己老爸的福特F-100。至少哈尔福德还没让这车报废。空地中央立着一座简简单单的小木屋，用杉木和松木搭建而成。在克莱顿看来，时光仿佛凝固了。一切都和他记忆里的一模一样。他以前的卧室开窗朝东，打从他刚记事起就挂着的蓝色窗帘还在那儿。两个他不认识的老人坐在门廊的摇椅上，其中一个抱着把吉他，但没在弹。两个约摸九、十岁的孩子坐在门廊的地板上，小腿儿晃在外面，光着脚。看着他们乌黑的脚心，克莱顿觉得他们可能长这么大从来都没穿过鞋。其中一个孩子拿着手工雕刻的木头小火车，另外一个手里拿着把小刀，在门廊一块松动的地板上抠挖着。克莱顿跳下卡车向小屋门口走来，可他们谁也没有抬头看他一眼。

　　"别往前走了，警长。"纱门后面传出低沉的一声吼。大哥终于现身了。哈尔福德·伯勒斯挺直了6尺4寸的个子，几乎把门口堵了个严严实实。他厚实得像棵红杉，但又棱角分明，敦实得就像一摞煤渣砖块。克莱顿和巴克利跟他们的父亲像是一个模子里刻出来的，天生瘦削，没有多少肌肉，一头红发，肌肤雪白——就算是站在树荫下也能晒得满脸通红。但哈尔福德则更像他们的母亲，有着橄榄色的肌肤，一头浓密的深棕色卷发，再配上一对儿深棕色的眼睛，弯弯地几乎坠到两颊上。他们还是小孩子的时候，山上的姑娘们都说哈尔长了一对儿"忧伤的眼睛"，但克莱顿从来没有在这对眼睛中看到过哪怕一丝忧伤。他留了一脸大胡子，如今也有些花白。他站在纱门后面，手里没拿枪，胸口别着一块儿纸巾，荡在深色汗衫前面。

他推开纱门，走上门廊，门在背后砰的一声关上。他眯起眼睛适应了一下阳光，扯掉了衬衣领口上的纸巾。他擦去嘴角和胡须上看起来像是肉汁的东西，两手把纸巾揉成一团，丢在了门廊上。拿着玩具火车的孩子赶紧过来捡起纸巾跑进了屋里。纱门又砰地响了一次。

"好久不见，哈尔。"

"还不够久。我不知道你怎么会想到到这儿来，识趣的话，最好还是赶紧滚蛋。"哈尔福德往前迈了一步，压得门廊吱嘎作响。

"你要是真想我走，就不会允许我上来了。我们得谈谈。"

"我不和条子说话。哪怕是像你这样的假条子。"

"我来这儿不是因为我是执法者，哈尔。我来这儿是因为我是你弟弟。"

哈尔大笑起来。笑声冰冷，并没有半点幽默感。一院子马屁精也跟着哈哈大笑起来，克莱顿迅速地扫了四周一眼，觉得有些不自在。哈尔福德又往前迈了一步，来到了阳光下："首先，你在这儿就不是执法者。见他的鬼，我听说就算在底下山谷里，你也算不上什么执法者。但更重要的是，就在一年多点以前，我唯一的兄弟就是被你的某些朋友杀害的。"

"这跟我一点儿关系也没有。你自己也知道。"

"但你们都是一个会门里的兄弟，对吧？"

还是今天头一回，克莱顿感受到了空气中的灼热。汗水顺着他的肩胛骨滚落下来，流到了后腰上。他的衬衣贴在身上，脖子也因为仰头看着哈尔福德拗得生疼。突然之间，他超想来一杯冰茶——兑上 1/5 波本威士忌。

"哈尔，我大老远开车过来，并不指望咱们冰释前嫌。我还没有傻到那个地步。但是有些事情你应该知道。你不想听？行啊，我走就是了。但是你自己想想，咱俩关系都这样了，我还是费了这么大的劲儿开车上来，而且任凭这些你称之为家人的混蛋在我老爸的房子前面拿枪指着我的脸，只是为了跟你说几句话——你难道不觉得这几句话或许真的很重要吗？"

哈尔沉吟了片刻。他打量着克莱顿，又恶狠狠地看了达比一眼——他在野马车里都快被热化了。车厢地板又一次成为达比这辈子见过的世界上最迷人的东西。

"表个态吧，哈尔。我快热死了。"

"好吧。我们可以谈，但你就站那儿别动。你想进这个家，门儿都没有。很久以前你就失去了这个权利。"

克莱顿叹了口气，摘下了帽子，用前臂抹去头上的汗水，又把帽子戴了回去。他又看了满院子哈尔的手下一眼，他们一个比一个等不及想要听克莱顿怎么说。"我下面要说的话，你可能不想让这些人都听见。"

"为什么不呢，警长？"哈尔摊开了手臂，"我们都是一家人，不是吗？"

克莱顿又向门廊走了一步，压低了声音说："我想我可能找到了……帮助我们家族的方法。"

哈尔没有搭腔。他只是盯着克莱顿，仿佛他是个彻彻底底的陌生人。克莱顿又小心翼翼地向哥哥靠近了一步，声音更低了些："能帮我们家族解脱，我的意思是，完完全全地解脱。对你而言也是个金盆洗手的机会，摆脱全部……这些……"他张开两手，像个稻草人，对着身旁聚集的人们比划了一下。"有人给我打了包票，"他此刻的声音已经近乎耳语了，"你什么都不会损失。钱啊，什么的。只要你肯关了毒品作坊。"克莱顿看了雨桶旁神经质地挠着自己的瘾君子们一眼："你再也不用担惊受怕了。没人会再拿着枪站在你门口。你可以安心在这片上帝的土地上度过余生。"

哈尔依旧一言不发。克莱顿还得再多给他一点儿线索。他又向哈尔靠近了些，几乎能把气吹到他耳朵里。哈尔没有抗拒。

"你在佛罗里达的老朋友已经被盯上了——威尔科姆，"克莱顿停了一停，想看这句话能不能在哈尔的石板面孔上凿开一条小缝，可对方还是毫无反应，眼睛都不眨一下，"他们连16个制毒地点都摸了个一清二楚。他们也知道你的出售途径，就连时间、日期、姓名也都尽在掌握。如果你不听我的劝，他们就会血洗这座山头，阵势之大，你我都不曾见过。到那时我可就回天乏术了。要是他们动起手来，很多人——很多你的人——都会被干掉。"克莱顿想到了霍利在他办公室里说过的话，拿其他的东西诱惑哈尔——钱是重中之重。克莱顿虽然不信他的话，但他还是想试上一试："想想你的钱，哈尔。真到那时候，你可一分都保不住了。还没等你反应过来，拼死拼活打下的江山就被抢走了。"

哈尔往门廊上啐了一口，克莱顿察觉到哈尔的表情似乎有了微妙的变化。

"没什么能比一大堆钞票更让美国联邦执法部门垂涎欲滴了，"克莱顿一字不差地复述着霍利调查员的话，"而且他们正奔着你的钱来。但其实事情是可以改变的，哈尔。你可以保住全部的钱，结束这一切。"

克莱顿觉得，哈尔应该正在掂量着他刚才说的话的可信度。他仿佛还听见突然被死寂笼罩的父亲的老房子里传来了一阵三声夜鹰①的鸣叫，但也许这只是他的一厢情愿。

"有人给你打了包票？"哈尔福德终于开了口。

"是的。"

---

① 三声夜鹰（whip-poor-will），一种北美夜鹰，以其特有的声似"whip-poor-will"的三段式鸣叫得名。

"我可以安心在这片上帝的土地上度过余生？"

"一点不错。"

哈尔伸手从裤袋里掏出一枚硬币，大得活像一个银元。哈尔头都没扭一下，只是对着还呆在门廊上的那个孩子招了招手，他便赶紧走了过来，把木头火车撇在松木地板上。他把硬币递给孩子，随手撸了一把他的头发："进屋帮我把桌上的剩饭收拾了。我不想吃了。"孩子听话地去了，飞快地推开纱门，却又赶紧抵住，免得再砰的一响。一进屋，他就转过脸来冲克莱顿比了个中指，跑开不见了。摇椅上的两个老人也起身收拾东西走下了门廊，好像看见了天上的雨云，忙着找地儿躲雨一样。老人总有这样的直觉。哈尔福德迈着沉重的步子走下门廊，站在离克莱顿的脸只有几英寸的地方。警长没有退缩。哈尔用低沉、克制的声音说道："你知道你这人的问题出在哪儿吗？"

克莱顿闻到了哥哥嘴里喷出来的猪肉香肠和肉汁的气味："哈尔，想想——"

"你知不知道？"

克莱顿又叹了一口气："什么，哈尔？我有什么问题？"

"你总是搞不明白。这片土地不是上帝的。是我的。我的。以前是，现在是，将来也是。在这儿，就连上帝也没有发言权。你本可以成为我们当中的一员，但你选择了背叛——背叛了你的家族——背叛了老爸。那是你自己的选择。"

"哈尔，我们没必要翻旧账。"

哈尔没有理会他，继续说了下去："但我们早就知道会是这个结果。打小你就觉得你比我们都强，看看现在的你，成天衬衣上顶着颗星星，耀武扬威地走来走去，还是想证明你比我们都强。如果现在老爸在这儿，看到你这副样子，一定要被你恶心死了。"

克莱顿觉得自己的一边脸颊因为愤怒的刺痛而抽紧了，也像哥哥一样压低了声音说道："你想把老爸抬出来，哈尔？那我们为什么不谈谈他现在不在这儿的原因？你为什么不告诉我那场火灾的真相？"

"跟你谈个鸡巴。"

"是啊，你是不想谈。我去仓库看过了。在我看来，根本不是什么灯油起火。那就是一场爆炸。你们这帮家伙自己偷偷搞试验炼毒，反倒让老爸遭了报应？"

哈尔撇了撇下嘴唇："趁我还没有丧失全部的耐心，当场把你废了，从我的山头上给我滚下去。"

"为什么出事的时候老爷子恰好在仓库里，哈尔？我和消防队长谈过了，他跟我说的和你自己编出来掩人耳目的狗屁说法完全是两个故事。你不觉得可悲吗？他管了这个山头 70 年，从来没有出过任何纰漏，可刚把权力移交到你手里就砸了锅。"

两人死死地站在地上，剑拔弩张，等着对方先出手。"我最后警告你一次，"哈尔说，"转过身去，上你的卡车，回去过你的日子，否则别怪我不客气，克莱顿，我会把你的尸体丢到埋黑鬼的山洼里去。"

克莱顿仿佛没有听见耳边的威胁，因为他忙着在想，上一次哈尔福德叫他的名字是什么时候。好像自从长大成人以后，他就没再叫过他的名字。他迎着哈尔福德的目光看过去，但哥哥的目光里只有狂怒在打转，像门廊上的老人看到的暴雨前的乌云一般。克莱顿原本希望随着年岁渐长哥哥能有些长进，长些脑子，但并没有。他希望白白送死的巴克利能让他明智些，但也没有。他还是以前的那个他，能坐在一边哼着小曲儿，看着自己的敌人被绑在不到 20 英尺开外的树上活活烧死。克莱顿几乎也做好了被哥哥亲手杀死的准备。

几乎。

"那好吧，哈尔。"克莱顿从哥哥面前退开，整了整帽子，向他的野马车走去。车上的副警长现在只剩下往外吐气的份儿。达比按了一下扶手上的按钮，把车门锁打开。

"走好不送，警长先生。"哈尔也转过身往回走去。他的双手居然在颤抖。这让克莱顿十分惊讶。他打开卡车车门，摘下帽子丢在驾驶位上，开始松他的佩枪皮带。

"你要干什么，警长？"达比瞪大了双眼，"你疯了吗？我们刚刚才逃过一劫。赶紧走吧。"

克莱顿解下皮带，连枪一起扔在座位上，砰的一声关上了车门："你想威胁我对吧，哈尔福德？我这半辈子都在听你说你自己有多屌，可我向来只见你对别人指手画脚，从来都没见你自己单打独斗地做过哪怕一件事情。光说不练假把式，我们过过招吧，肥佬。"

达比把脸深深地埋进了掌中。

克莱顿卷起了衣袖，把小小的锡制星徽从制服衬衣上摘了下来，放在野马车的引擎盖上。哈尔福德脸上的愤怒不见了，取而代之的是一种新的表情，这种表情他的手下几乎很少见过——他笑了。"你知道自己在哪儿吗，小子？"

"我很清楚自己在哪里。我在麦克弗斯县的北面，这儿归维莫尔山谷警察局管。"

哈尔福德笑得更厉害了，连肚子都在颤抖："是吗？"

"是的。"

"山上没一个人屌你的什么管辖范围，克莱顿。你就是个笑话。真不嫌丢人。"

"是的，我知道，不过随便你怎么看，事实就是事实。"

院子里好几个人都举枪对准了警长，但是哈尔福德挥手示意他们把枪放下。"你们谁都不许动他一根汗毛，"他说，"都给我把枪放下。"来复枪慢慢地放了下来。哈尔扳响了指关节，脑袋往左右两边扭了扭，活动了一下脖子里的骨头。然后他走下了门廊。

4

克莱顿先挥起了拳头，可哈尔躲了开去，抬手给了克莱顿的肋骨一记重拳。克莱顿像是被铁路锤子砸中一般，屈膝跪了下去。

"起来，"哈尔冲他咆哮着，"快起来，小子。只一拳就趴下，你也太丢人了。"他脸上带着笑慢慢逼近克莱顿，警长好不容易才把气儿喘匀。没过多久克莱顿又跳了起来，冲哈尔再度发起了攻击。大块头本想原地打个转，再躲开克莱顿的拳头，但这次克莱顿早有防备，紧接着第二拳跟上，正中哈尔的下巴。他觉得自己的指关节都快要爆开了。哈尔晃了晃脑袋，一把抓住弟弟黄褐色的制服衬衫，给他来了一记头锤。疼痛猛地炸裂开来，眼前闪过一道白光，金星乱冒。

可别昏过去。可别昏过去。可别昏过去，克莱顿在脑中反复默念。还没等模糊的视线完全恢复，克莱顿就挥起两只拳头，像一对钟摆正中哈尔的脑袋两边。哈尔一疼，就松开了手，克莱顿照着哈尔的腰眼飞快地打了几拳。趁着大块头弯下腰去的一瞬间，克莱顿抬起膝盖对着他的脸就是一下。这一记正中哈尔的脸颊，让他仰面朝天跌在了地上，听声音就像一棵橡树倒在了林子里。克莱顿又追上来踢他，却发现所有的来复枪又齐刷刷地举起来瞄准了自己。这些人还不习惯看到自己的老大倒在地上。克莱顿举起两手，往后退去。

"我说过了，把该死的枪都放下。"哈尔捂着脸吩咐。他站起身来，往小石子地上啐了一口带血的唾沫。"要是有人敢开火，下一个死的就是他。"哈尔掸去衬衣胸口上和裤子前面的泥土，双眼注视着克莱顿："你确定你就想这么打架？"

克莱顿放低两手，攥起拳头挡在面前："不然还怎么打？"

哈尔从空地那头猛地冲了过来，像头野猪撞在克莱顿身上，力道大得让他双脚离了地面。两个人扭打在一起，滚到了一部狩猎卡车的旁边，克莱顿的脑袋和肩膀被死死制住。还没等他喘上气来，哈尔福德的拳头又雨点般落在了他的脸上和肚子上。克莱顿想反击、想自卫，但哈尔一把扇开了他的手，像赶走围着他脑袋打转的苍蝇。等到克莱顿最终力不能支地倒下，哈尔福德叉开两腿跨坐在他身上，把他的胳膊牢牢压在自己膝盖下面。他整个人蹲伏在克莱顿上面，用一条粗大的小臂锁死了他的喉咙，差点儿把他的气管压爆。警长在地上又抓又挠，但已经无力回天。鲜血从哈尔裂开的嘴唇滴落下来，滴在克莱顿慢慢涨成茄紫色的脸上。克莱顿挣扎得越厉害，哈尔压得越紧。一个死不求饶。一个毫不留情。

突然间一发枪声响起。哈尔转动脑袋查看，依旧一副气势汹汹的模样，觉得一定是自己某个手下不听话了。没想到却看到副警长达比·埃利斯正拿警用左轮手枪对着自己，手抖个不停。他竟然从只顾着看哥俩打架的那群"红脖子"身旁溜了过去，凑得这么近，俨然成了一个威胁。他先是对着空中开了一枪，吸引哈尔的注意，就像奏响了这轮比赛结束的铃声。他希望这就是他需要做的全部了。"放他起来，"达比说，又补充道，"伯勒斯先生，"接着又加上一个词，"请。"

哈尔转过脸来看着副警长，却没有松开勒紧克莱顿喉咙的手臂。

"否则会怎样，副警长？朝我开枪？"

"我不想这么做……先生。"

"看看你周围，小子。看见这些想叩扳机想得发痒的手指了吗？只要我一声令下，他们就会打爆你的脑袋。"

达比紧张地环视了一圈瞄准自己脑袋的枪管："是的，先生，我看见了。"

"把枪丢到地上。"

"我不能这么做，先生，"达比的双膝抖得厉害，几乎站立不稳，"伯勒斯先生，我不能让你杀了他。这是不对的。"

哈尔没再说话。已经不需要他再说什么了。

"他说了把枪放下。"副警长身后传来一个声音，"疤瘌迈克"用手枪的枪管抵住了达比的后脑勺，副警长的枪应声落地。

"我觉得他快哭了，迈克。"哈尔说。

"是啊，我也觉得。"

"求你别杀了我，"达比说，"我压根儿就不想上山来。我求他掉头回去。我跟他说过这简直是疯了。"

哈尔松开勒住克莱顿气管的手臂，警长翻了个身抓住自己的脖子，大口吸着气。哈尔却连粗气都没有喘一下。"好吧，小子。过来扶你老大一把，带他回维尔莫去。他，或是你，要是再敢来这儿，可就没这么走运了。"

"好的，先生，"达比边答应边冲过去扶克莱顿站起来，"我们这就走。"

哈尔捡起达比的左轮手枪塞进自己腰带里。他挑衅地看着达比："这你没意见吧，副警长？"

"没意见，先生。归你了。"

"疤瘌迈克"走到哈尔身边，肩上扛着克莱顿的枪带。肯定是趁着达比决定要充英雄的时候从卡车上拿下来的。哈尔接过枪，把枪膛里的子弹全部倒在地上，又把整套东西丢在了克莱顿脚边。迈克还打算把克莱顿留在引擎盖上的徽章递过去，可哈尔也不想要。

"不用了，"哈尔说，"让他留着吧。给他壮壮胆。"

迈克走了回来，把星徽塞进了达比的衬衣口袋。

"等他好点了，记得一定要还给他。"迈克说。

"好的，先生，我会的。"

5

克莱顿的嘴唇从中间裂开了，左边下眼袋肿成了暗黄色，但没有伤筋断骨，只要有人搭把手，自己还能走。达比一把把他丢回了车上，钻进了驾驶室。三秒钟之后，年轻的副警长就一溜烟把车开跑了。他看着后视镜里飞扬的尘土，那帮山大王一边哈哈大笑，一边冲他们挥手。

"呃，头儿，事情办得不太顺利啊。"

"嗯，达比，我也觉得不太顺利。"克莱顿从手套箱里掏出一条大手帕，轻点着自己的嘴唇。一说话嘴就疼。整个身子还在抽痛。他以前也挨过揍，但这次实在是太丢脸了。山上那些人本就觉得他这个警长是个笑话，这下子更是对此坚信不疑。也许克莱顿自己的副手也这么想。

"达比……"

"你什么都不用说了，头儿。事情都过去了，而且我们都活着逃出来了。对我而言这就已经很好了。我简直不敢相信你敢跟他动手，长官。我知道他是你的大哥，但他也有可能要了你的命。"

克莱顿把后视镜往里一扳，查看着自己眼睛下面青紫的肿块。"见鬼，"他说，"前面岔路左转。"

达比眉头一皱，狐疑地看着克莱顿："这是我们来的路吗？看起来不像。"

"我们还得再去见一个人。"

"你不是在开玩笑吧？我们应该赶紧下山。你大哥不是说了吗。我跟他也是这么保证的。我们现在必须下山，警长。"

"前面左转。让我大哥吃屎去吧。"

"我现在身上没有枪，老大。你知道他拿了我的枪，对吧？"

"不需要枪。"

"呃，我强烈反对。"

"反对收到。现在向左转。"

达比的大脑尖叫着让他走另一个方向，但他只能掉转车轮走反方向，把车往西岭开去。达比的心又提到了嗓子眼儿。

"他为什么不拿你的？"达比问。

"我的什么？"

"你的枪啊。他拿了我的，你的却物归原主。为什么？"

克莱顿拿起两人中间座位上的银色柯尔特手枪，手指轻轻划过手柄上镌刻着的父亲姓名首字母："我也不知道，达比。"

第十四章

加雷思・伯勒斯
1973

1

加雷思启开一罐北佐治亚最好的酒，坐在了台阶上。他刚从佛罗里达回来两天，一个问题解决了，可其他的问题接踵而至。安妮特走了以后，照顾孩子们的任务就落到了他一个人肩上。他知道自己要回到一个再也没有她的家里，可知道归知道，进门那一刻心中的刺痛却并不会因此减弱半分。屋里孩子的哭喊依然清晰可闻，他索性抓起罐子走到了林子旁。然而他知道，不管自己走得多远，这哭声都会如影随形，直到世界的尽头。他把 1/4 罐酒一饮而尽，抬头望着星空。夜空澄澈，但其他一切却都如雾里看花。他知道自己应该进屋跟孩子们说妈妈不会回来了。他们会没事的。他也会没事的。他必须挺住。要是他垮了，损失就太大了。他看见大儿子哈尔福德走出来站在门廊上，四处张望着找自己的父亲。"老爸？"

"我在这儿。"加雷思说。

哈尔福德望过来，在一片黑暗里搜寻着自己的父亲："克莱顿一直哭，我哄不好。"

"我一会儿就进屋。你和弟弟洗洗手准备吃饭。"

"妈妈今晚会回来吗？有她在克莱顿就不哭了。"

加雷思点起一支烟，注意到了路上越来越近的车头灯。哈尔福德也看见了。"是她吗，老爸？是妈妈回来了吗？"

"快点进屋，照我说的做，小子。"

哈尔福德拉开纱门，磨磨蹭蹭地回到了屋里。

金博把卡车停在加雷思家旁边，跳了下来："加雷思，我们有麻烦了。"

"枪有问题？"加雷思问道，猛抽了一口烟。

"没，老兄，枪有瓦尔看着呢。都规规矩矩的。"

"那有什么麻烦？"

金博掏出自己的烟点了一支，摩挲着自己的指节。指节紧张得直抽抽。这意味着他带来的是一个坏消息，而且并不想告诉面前这个男人——毕竟他老婆刚离家出走，撇下了两个年幼的儿子和一个刚出生的婴儿。他们一起静静地抽烟，足有一分钟，谁也没有吭声，加雷思觉得金博都快把指节上的皮给搓下来了。他丢了烟头，用靴子碾灭："有屁快放，金博。"

"库珀又不见了。"

"那又怎样？他会自己回来的。他不一直这样嘛。"

"我不知道，老兄。这次不太一样。他病得越来越厉害。我们出去的时候欧内斯特看着他，说是老头儿满嘴胡话，疯得不行。"

"这也不是什么新鲜事儿了。"

"嗯，但我们回来以后，他好像比平时犯病更厉害了。欧内斯特说昨天他把自己锁在屋里差不多整整 24 个小时，到处打砸，谁都不让进去。今天早上他出来的时候，两条胳膊和脸上都是淤青，好像都是他自己打的。"

"为什么没人打电话告诉我？"

金博回头看了加雷思的屋子一眼。孩子还在哭闹不止。"神呐，老兄，我们都知道你现在不容易，不想再给你增加负担。"

加雷思猛灌了一口酒，把罐子递给了金博。他接过来喝了一大口：

"我去，这酒不错。"

"他走了多久了？"

"我不知道，老大。欧内斯特一个小时以前给我打的电话，说是老头儿离开家的时候嘟囔着什么要给赖伊一个交代。欧内斯特说他还带了一把来复枪走。"

"你都没想到要问问他走了多久了吗？"

"对不起，老大，我只顾着往这儿赶了。"

加雷思叹了口气，封上了酒罐。他把罐子递给金博："我知道他去了哪儿。"

"那你告诉我，我去找他。"

"不，他是我一个人的麻烦。我去找他。你能不能留下替我照看一下孩子？我一会儿就回来。"

"没问题，老兄。"

"我还没跟他们说他们妈妈的事儿。他们以为她去维莫尔看朋友去了。"

"我保证守口如瓶。"

"嗯，好的。"加雷思打开卡车车门。

"加雷思？"

"嗯？"

"还有一件事。"

"什么？"

"欧内斯特给我打电话的时候，说库珀没穿衣服。他说他出门的时候只穿了一条白色三角裤和一双靴子。"

"苍天啊，"加雷思说，"欧内斯特应该早上就给我打电话的。"

"我也觉得是，老大。"

"你跟他说，我回来要找他谈谈。"

3

    加雷思把卡车停在约翰逊峡谷的小木屋旁，熄了火。小屋的前门大开着，他知道自己的父亲一定就在里面，醉倒在地板上人事不省。很有可能尿了自己一身，他得先帮他清理干净，再抬进卡车送回家去。这已经不是加雷思第一次来这儿找他了，但情况越来越不容乐观。库珀是这个家族的缔造者，但如果他总是这样，对谁都没有好处。加雷思跳下车来，走上台阶。他捡起门廊桌上的油灯，点着了。

    "快点儿，老爷子，咱们回家咯。"他用灯往屋里一照，里面没人。木屋就这么一间房，空空荡荡，油灯的亮光可以照见每个角落。他用手往炉子上一探，还有余温。后门也开着，加雷思走了出去。

    "老爸！"他对着暗夜大声呼喊。"快出来，库珀，我来接你回家。"

    他转身又想回屋，却听见了一声枪响。离这儿不远。"老爸！"他又喊了一嗓子，像离弦的利箭般冲进了林子里。他认识这儿的路。以前来过。平生头一次猎杀公鹿，就是在这片林子里。"老爸！"他不停地喊着。却依然没有回应。随后一个东西映入了他的眼帘。在他前方大约 30 英尺的地方，一个白白的东西躺在地上。他跑过去，却被一截裸露在外的树根绊倒，重重地摔在了地上，膝盖着地，擦伤了双手。"该死，"他说着，慢慢地站了起来。油灯丢了，他只能借着月光小心地向那个白色物体移动。一个老爷子的躯体显现了出来——他的老爷子。他能看清库珀的身体，认得出是他本人，但等到他看见他对自己的身体做了什么，却停下了脚步，全身冰冷。来复枪扔在他身边的地上。他苍白裸露的身体在月光下泛着微光，血迹看起来黑得发亮。加雷思又两腿一软跪在了地上。"哦，老爸，你做了什么？做了什么啊？"加雷思知道库珀做了什么。突然之间，父亲在林子里做过的所有事情都清清楚楚地浮现在眼前。他长跪不起，往事历历。他想起了那天，想起了他的伯父。想起了库珀逼着自己挖的那个坑。他没有哭。他坐在微凉的草地上，伸手从兜里摸出了香烟。他点起香烟，仿佛看见自己的伯父也躺在这片林子里，就离父亲此刻躺着的地方大约一英里。他想到了安妮特。过了一阵子，他站起身来，俯视着父亲赤裸、虚弱的尸体。库珀曾经说过，生死之时，并无尊严。你来到这个世上，无助、赤裸、孤孤单单，走的时候，多半也是如此。加雷思未必苟同这种说法，但这片林子暗藏的龌龊，真的已经太多了。

"好吧，老爷子。一切都结束了。"

第十五章

克莱顿·伯勒斯
2015

1

　　达比把野马车停在了一栋小屋前。小屋很简朴，里面最多有两三个房间。屋外还有一间房，院子里停着一部锈迹斑斑的迪尔拖拉机，不过还能用。门廊上摆满了盆栽，石头小径旁是郁郁葱葱的紫罗兰和红色非洲菊。这个地方看起来就像是佐治亚州海伦小镇或是达洛尼加葡萄园旁边接待游客的 B&B ①旅馆。和他们刚离开的那处被太阳晒褪了色的院子有着天壤之别。下午晚些时候的阳光，照得小屋五彩缤纷，生机勃勃。达比恍惚间不禁胡思乱想起来，觉得这儿可能是克莱顿金屋藏娇的地方。这儿的确像是出自女性之手。但这个想法瞬间就被打破了——一个七尺黑人大汉手持霰弹枪走了出来。

　　"谁？"黑人问道。他看起来年近七十，也许更老些。头顶秃了，只剩周围一圈银灰色的头发，和灰白的胸毛遥相呼应。他的双肩宽阔，但因为年纪大了，有些塌陷。他的肚皮耷拉在红色的拳击短裤上，肌肉不像当年那么结实了，但还是个大块头男人。

　　"把枪放下，瓦尔。是我，克莱顿。"克莱顿跳下卡车，举起双手。达比把车熄了火。

　　"克莱顿·伯勒斯？小子，是什么风把你给刮来了？"瓦尔又仔细看了看来人。"你的脸怎么了？"

　　"唉，能不能让我在你门廊上坐一会儿？再从冰箱里给我拿块儿冻鹿肉？待我慢慢跟你说。"

　　瓦尔放下了霰弹枪："上来吧。先让我把裤子穿上。"

　　"谢了。"克莱顿说。

"走过来的时候当心一点，不要踩着我的花花草草。"瓦尔转身进屋了。克莱顿和达比走上门廊，放松了下来。自下午从警局出发到现在，这是达比第一次感到轻松："你说他这儿有喝的吗？"

克莱顿笑出了声："他有整座山上最好的饮料。"

瓦尔回来的时候，穿上了一条旧背带裤，手里拿着一块厚厚的冰冻里脊肉给克莱顿敷眼睛，还拿来了一个大陶罐子。他把肉块递给克莱顿，用宽大起茧的手掌在他肩膀上按了一按。虽然没有拥抱，也没有关切的私语，只有按在肩膀上的一只手掌和一记礼貌的点头，但无论是谁看在眼里都很清楚，他们俩亲如家人。叙旧显得毫无必要。两人看到对方，都满心欣慰。老人从两张松木摇椅之间的篮子里掏出一摞透明塑料杯子，坐了下来。克莱顿也在另一张摇椅上坐了下来，把那块冻肉敷在抽痛的眼睛上。他往后一仰，闭上了双眼。

"谁把你打成这样，孩子？"

"哈尔福德。"

"你大哥？"

"嗯，真糗啊。"

"你跟他较什么劲啊？他可能会要了你的命。你的脑袋瓜子是怎么想的？"

"我也跟他这么说。"达比走上了台阶，冲瓦尔点了点帽檐。

"他不会要我命的。他是我哥。而且我还带着达比呢，情况不对他会帮我解围的，"他往前探了探脑袋，看着达比，"谢谢你刚才帮我。真的。非常感谢。"

达比也对着克莱顿点了点帽檐。瓦尔把塑料杯子倒扣在软木杯垫

---

① B&B（bed-and-breakfast），经济型酒店，一般只向住客提供床（bed）和早餐（breakfast），价格相对低廉。

上，把门廊上的罐子冲副警长推了过去："克莱顿，你干吗要上去招惹你哥呢？我还以为你只管山谷下面呢。"

"一般来说的确如此。"

"哈尔福德下去找你麻烦啦？"

"没有。"

"那到底是为什么呢？难道是你在来看我的路上，突然想找一顿揍？"

克莱顿哈哈大笑，接着又疼得直哼哼："不是啦。"

"嗯，我也觉得不是。你们这几个孩子可没时间来看我这个老头儿。"

"我上山是为了给哈尔一个他不应该拒绝的提议。"克莱顿边说边抬头看着门廊上方的木梁和锡制的雨棚。不知瓦尔屋里的大椽上是不是也住着幽灵。

"看来他拒绝了。"

"拒绝得很彻底。拒绝了好几次。"达比说。他闷头从杯子里喝了一大口，顿时觉得喉咙里像是吞下了一团火，鼻子后面也火烧火燎的。眼泪唰地涌了上来，他咧嘴大笑起来："就是这个味儿。"

"这是我老爸最喜欢的。"

克莱顿看了罐子一眼："也给我倒一杯。"

达比皱了皱眉头："这样好吗，长官？"

"今天我说什么你都要唱反调啊，达比？"

"不好意思，长官。"达比又倒了一杯，递给了克莱顿。瓦尔伸手制止。

"要是你已经戒酒了，克莱顿，最好忍一忍。"

"据我所知，瓦尔，我很确定自己已经是成年人了。"

瓦尔伸出的手犹豫了片刻，脑海中浮现出加雷思的身影。不知有多少次，加雷思在做蠢事之前也说过同样的话，到头来还是他自己后悔。但是克莱顿说得没错，他已经长大了。"嗯，既然如此，请便吧，警长，"瓦尔放下了手，"但是你能不能跟我说说，为什么要来找我？你本来应该去维莫尔找个医生看眼睛的。"

克莱顿把冻肉从脸上拿了下来，放回包装蜡纸里："天呐，瓦尔。知道吗，我本来准备跟哈尔福德那家伙结盟的。"

"少做梦了。"瓦尔脱口而出。

克莱顿从摇椅上坐了起来："你不想知道我说的究竟是怎么回事吗？"

"不。一点儿都不想。"

克莱顿一下子懵住了，像个手足无措的孩子。

"瓦尔，你不明白……"

"克莱顿，打住。我说过我不想听。你来放松一下，喝点东西，我很欢迎，帮你包扎一下，我也乐意，但是别在我的门廊上胡言乱语，听见没有？我只想种种花，安安静静地老去。你哥别来烦我，我也不去惹他。保持这样就很好。"

"我还以为你很关心他呢。"

"我关心的是你们的父亲。哈尔福德不是你们的父亲。"

"你这话说得好像老爸是个好人似的。"

"不，他不是。加雷思不是什么好人。但以前很长一段时间里，我自己也不是什么好人。我们只是并肩作战共同面对这一切罢了，"瓦尔伸出两只胳膊，在身旁一圈比划着，"我们给彼此撑腰。但现在，这样的交情几乎已经不存在了。山上的这一切，我也没兴趣参与。"

达比喝干了杯中酒，咬牙忍住了灼烧感，又倒了一杯。瓦尔拿起罐子，直接从里面闷了一口。没有任何反应，仿佛喝的是水。

"他们在山上弄的狗屁玩意儿不光是毒品。那是罪孽，十足的罪孽。你老爸是我见过的骨头最硬的狗杂种，但你两个哥哥干的那些事情，送了他的老命。"

"他不是毒品害死的，瓦尔。"

"比那还惨。"

"克里克特跟我说你爸爸死于一场火灾。"达比说。

克莱顿搔了搔胡须:"那是哈尔福德编给别人听的故事。其实是他在学着制毒的时候把自己炸死了。你以为至高无上的公牛山之王归西时才不会像城里那些嗑药的小混混一样呢,但到头来,还不是一样。"

"放尊重点,小伯勒斯。他是你的父亲,他是有缺点,但除此之外只不过是有样学样,因为他老爸就是如此。要是想发火,朝你爷爷发去。你们家族是从那个时候开始走上歪路的。你父亲比谁死得都惨。他是嚎叫着死去的。你见过一个人被活活烧死是什么样子吗?"

克莱顿见过。

"是你爷爷放出了这个山上的妖怪,精灵从此再也回不到瓶子里去了。再也回不去了。以前不行,现在也不行。"

"威尔科姆也跟这一切脱不了干系。"克莱顿又试探着说了个名字,看能得到什么样的反应。这次对方不再是泥雕木塑了。瓦尔放下了罐子。

"你是怎么知道这个人的?"

"我就是想跟你说这个来着。哈尔在佛罗里达的所作所为,我已经了解得一清二楚了。我知道父亲一直和这些人合作,哈尔接手以后也一样。联邦调查局已经准备上山捣他的老巢了,把所有的人一网打尽——我可不想看着这么些人死于非命,如果你懂我的意思的话。我是上山来控制损失的,希望能救他们的命,可他妈没一个人听。"

"在我面前嘴巴放干净点儿,小子。"

"不好意思,瓦尔。实在太泄气了。我可不想让这里夷为平地。凯蒂一直说我是自找没趣,哈尔只会把我胖揍一顿,现在就连你也不想听我说话,明明这件事情可以有个和平的了断。"

瓦尔伸出两只大手,抓住克莱顿摇椅的两侧,摇椅停了下来。"给我听好了,小子。你该回到老婆身边,乖乖听她的话。在山谷里好好过你的日子,管那些正经人。山上这一切,是不可能和平了断的。我已经认命了，住在这山上的人都得认命。你应该远离这个地方，觉得庆幸，你爷爷传给你爸爸和你哥哥们的那些东西并没有落到你的头上。这就是你所寻找的'和平了断'。你不用蹚这摊浑水。你和凯特可以一起慢慢变老，生个孩子，要是老天帮忙的话。这就是我能想到的最好的结果了。公牛山已经到了偿还自己罪孽的时候，如果那些联邦调查员要来，就让他们来吧。你自保平安便是。时候到了，相信我，我们这些踏上了不归路的狗杂种有报应是活该。"说最后一句话的时候，瓦尔低下了头，显得异常平静，却又充满自责。

克莱顿望着瓦尔屋子周围一大片茂密的树林，听着树木在暖风中摇曳的声音，过了良久。最后还是达比打破了沉默："要是联邦调查局什么都知道了，地点啊、主要人员啊，"他说，"那干吗不派个秘密小分队把他们都拿下呢？根本不必兴师动众啊。"

"因为在山上行不通，"克莱顿说，"想偷偷摸摸地对付一辈子都在这林子里偷偷摸摸做事儿的人，你可办不到。他们以前不是没试过。死了人，可还是老样子。"

"回家吧，孩子，"瓦尔说，像是突然被克莱顿的话激活了，"回家去，别再胡思乱想了。如果一件事情从一开始就是个错误，就别想着纠正它了。"

克莱顿把红色的塑料杯子在掌间转来转去，干巴巴地扑哧一笑，笑声里全无半点快乐。他举起杯子，做出祝酒的样子。"敬与生俱来的错误。"他说着，不等别人回应，就一仰脖子喝干了杯中酒。嘴上的伤口被刺得生疼，但美酒入喉，又何等欢畅。

2

"把我放在乐奇餐吧门口。"

"但这是你的车啊，长官。"

克莱顿没说话，达比不再争辩了："乐奇就乐奇吧。"

乐奇餐吧的调调，会随着太阳与地球之间对应位置的改变而改变。白天，是一个名叫霍利斯"乐奇"·皮特曼的坏脾气老头儿和他同样满脸不高兴的兄弟哈维在店里卖松饼和肉汁，还有全州最好的玉米烙饼，顾客都是猎鹿人和在维莫尔山谷干活的人。但到了晚上，哈维的女儿妮可就会出现在吧台后面，给大家倒上一杯又一杯的波本威士忌鸡尾酒，还有一壶壶的百威淡啤。乐奇有一群常客，主要是因为乐奇是山谷里唯一的酒吧。拜瓦尔的宝贝私酒所赐，克莱顿跳下野马车的时候有些踉跄。他抓住卡车的门框，稳了稳身子，砰地关上了门。

事情就是这样，他想。在一个特别糟的日子里，喝上了一杯，整整一年的戒酒令就这样见了鬼，跟从来没有发生过一样。克莱顿很肯定，到了今夜结束的时候，他又会再抽上烟，但这些上帝的暗示并没有阻挡他走进酒吧的脚步。他把这些想法往烦扰的脑后一丢，向前门走去。酒吧里好不热闹。老派的小汉克·威廉姆斯[①]正在点唱机里扯开嗓子唱着："……我让威士忌臣服，把地狱束缚。"简直是今夜的完美颂歌。吧台后面的妮可倒着酒，和以前一样美丽。维莫尔多数女人都是自己照着纸样做衣服，或是从郊区的折扣店买衣服穿，但妮可和她们都不一样。她喜欢穿高跟鞋配牛仔裤，去布福德商业中心的奥特莱斯买衣服。今晚妮可穿的是一件闪闪发光的黑色亮片上衣，在酒吧的灯光里显得光彩照人，配上一条深蓝色的牛仔裤，紧得让克莱顿这个年纪的男人不敢直视，生怕被当作老色鬼。克莱顿瞄到酒吧一头有个空位，就溜了过去，几乎已经把心头的负罪感和羞耻感抛在了脑后。他轻松自在地坐上了吧

---

① 小汉克·威廉姆斯（Hank Williams Jr., 1949 年—　），美国歌手、曲作家、音乐人。传奇乡村乐手汉克·威廉姆斯之子。

台前面的高脚凳，深深地吸了一口二手烟。闻起来又呛人又舒服。他摘下帽子放在吧台上，不小心撞到了左边一个大块头男人的胳膊。

"嘿，伙计，当心你的——"一句话还没说完，大块头乔·杜利的脸上就浮现出了看见老熟人的表情，"不好意思啊，警长，我没认出是你。是我不好。"乔的脾气有点爆。克莱顿和乔克托都曾经把他关进过醉汉拘留间一两次，让他睡一觉醒醒酒，再把他送回家里老婆孩子身边。其他方面，这个大个子男人倒是人畜无害。

"没事，乔。"克莱顿跟妮可打了个招呼，妮可赶紧停下手头的事情，齿若编贝嫣然一笑，从吧台下面矮墩墩的绿色瓶子里给警长倒了一杯姜汁汽水。这是克莱顿近来常点的。她把纸巾往警长面前的吧台上一拍，把汽水放在上面，注意到了他肿胀的双眼和裂开的嘴唇，脸上美丽的笑容顿时扭曲成了一个完美的鬼脸。

"哎哟喂，"她说，"我的老天儿呀，警长。跟你打架的那个人看起来是不是更惨？"

"比我强多了，恐怕是。"

"要不要给你弄个冰袋？"

"不用了，妮可。"

"没事儿的。后厨有干净的抹布，我能帮你包扎一下。"

"不用啦，就是一点儿擦伤而已。我没事儿。今晚生意不错啊？"

"每晚不都这样嘛，长官。"妮可把双肘架在吧台上，向前倾着身子，有意无意间，点缀着雀斑的乳沟一览无余。克莱顿尽力不盯着看。可面对这个女人，还真不容易。她那双大大的绿眼睛，就算不化妆，也能让马路上的车都停下来，但是像她这个年纪的女孩儿从来都不相信无妆胜有妆。她是个靓妞儿，但也是个好女孩。克莱顿喜欢她。大块头乔则毫不掩饰地张大了嘴巴看个没完，在高脚凳上扭着沉甸甸的身子向她靠了过来，打断了她和克莱顿的对话："能不能给我杯啤酒？还是我也得在衬衣上别个银星星?"

"稍等,乔。"妮可看都没看他一眼。

乔夸张地皱起了眉头,已经喝多了:"我都等了快 10 分钟了,小妞儿。"

这回她总算是看了他一眼:"看看你周围,乔。今晚太忙了,我一会儿就给你拿来。"

乔飞快地瞥了克莱顿一眼,对着自己的空杯子嘟囔了几句脏话。克莱顿料想,要是这儿坐着的不是他,估计乔的声音会大很多。他没理会乔,呷了一口自己的姜汁汽水。这玩意儿一点儿力道都没有。

"我一会儿就回来,警长。你饿不饿?还有些午餐剩下的乡村炸牛排,是霍利斯叔叔做的。"

"不用了,谢谢,妮可,但是……"克莱顿欲言又止。妮可挑起了一边眉毛。"……可以给我来两指留名溪①。不加冰。"

妮可一脸意想不到的表情,眯起眼睛打量着警长。"呃……好吧。"她说着,转身去背后镶着镜子的酒架上拿酒瓶。大块头乔·杜利用肥嘟嘟的胳膊肘顶了顶克莱顿刚挂彩的肋骨,疼得他一皱眉,但乔却全然不觉。他指了指站在踏凳上够酒瓶的妮可。她的低腰牛仔裤上面露出一小块白得发亮的背部肌肤,绽放出一片明媚的花朵刺青。

"多棒的小屁屁。对吧,警长?"

克莱顿什么都没说,尽力避免直视面前那个只有他一半年纪的屁股。

"我可以在这儿坐一辈子等我的啤酒,"乔说,"只要她整晚都拿这个宝贝儿对着我晃。"

这句话让克莱顿眼皮上的神经猛地一跳:"少废话,乔。"

---

① 留名溪(Knob Creek),美国知名波本威士忌品牌。

大块头乔皱起了鼻子，像是闻到了一阵新拉的狗屎，绞尽脑汁也想不明白，为什么另外一个男人听到这句话会觉得受到了冒犯。

　　妮可爬了下来，对刚才的一幕毫不知情，把威士忌倒进了克莱顿面前一个干净的玻璃杯里。他点头示意"谢谢"，她挤挤眼睛权当"不客气"。吧台另一头，一个像是从陈年皮革上切下来的瘦小男人冲妮可挥着20美元的票子。她举起一根手指冲克莱顿晃了晃，然后提腰扭胯地向她的小费走去。克莱顿闭上双眼，拿起杯子放在鼻子下面。闻起来有橡树和香草的味道，也像一个糟糕的决定。但这个瞬间立刻就被肋骨上传来的又一阵刺痛给打断了。大块头乔又用胳膊肘给他来了一下子，毁掉了警长的第一口酒。波本从他的胡须上滴落下来，流到了吧台上。他放下了杯子。

　　"我讨厌她离开，"乔说着，歪头往吧台另一边看去，眼睛一眨不眨，像是粘在了妮可的背上，"但是我爱死了看她走路的样子。"

　　克莱顿用纸巾把泼出来的酒水擦干净，觉得一股怒火在肌肤下燃烧。"我记得我跟你说过了，少废话，乔。实际上，"——克莱顿转了个身，直勾勾地盯着大块头男人的脸——"你为什么不能抬抬你的肥屁股，滚到别的地方去坐，离我和那个姑娘越远越好呢？"克莱顿的声音比他预想的要大，但他只要一喝酒就是这副德行。有几个脑袋转了过来。有几段谈话中止了。大块头乔满脸困惑，像是出了一脸疹子。

　　"天呐，克莱顿，我也没说几句啊。"

　　"抬屁股走人，乔。现在。"克莱顿稍稍坐直了身子，挺起了胸膛。虽然胸膛没什么看头，但上面别了颗星星，看起来就饱满了许多。妮可回来了，把一杯新鲜的啤酒放在乔的面前。她看起来和他一样困惑。乔端起他挂着冷凝雾汽的啤酒，半开玩笑醉醺醺地向克莱顿举了举杯，顺便把啤酒洒在了他的前襟上。

　　"是的，长官，警长先生，长官。"他迈开了步子，啤酒泼了自己一身，也泼在了地上。

"怎么了？"她问。

"有的人活了一辈子也不知道风度为何物。"克莱顿说着，猛灌了一口不掺水的波本，在舌头上打了个转。妮可把泼出来的啤酒擦干净。

"嗯，别担心啦，警长，他不是坏人。"

"他是个混蛋。"

妮可俯身贴近了克莱顿的耳朵："哎哟，警长，有哪个醉鬼不是吗？"

3

克莱顿喝到第三杯的时候，特别调查员西蒙·霍利坐在了大块头乔空出来的位子上。他静静地坐着，咧嘴露出他那鲨鱼般的微笑，直到克莱顿从威士忌酒杯上抬起头来，注意到他的存在。他眯起眼睛仔细打量着霍利，像是要集中眼神，又好像是要确认他什么都没看见。也许两者兼有。

"晚上好，警长。"

"你来干吗，霍利？"克莱顿说着，又把注意力转回了酒杯上。

"旅行社说，倘若来佐治亚州维莫尔山谷的山间天堂旅行，这个地方是必到景点之一。"

克莱顿只是茫然地盯着他，两只眼睛像是慢慢从脸上消失了。他没有心情听这种喜气洋洋的挖苦话。

"不好意思，警长，看得出来你没啥心情。我就住在街对面的汽车旅馆里。早些时候我看见你的副手把你放在这儿，所以就过来问你讨点酒喝。今晚不太顺利？"

"干吗这么说？"

"你的脸看起来像屎一样。"

"是啊，嗯，对此你也要负点责任。"

霍利收起了笑容："你去跟你大哥谈过了？"

"哈，我们谈倒是没谈几句。"

"我猜，事情不太顺利？"

"也可以这么说。我们俩本来就有点过节。我觉得他可能不太想听我说话。"

"我相信你肯定能找到办法。"霍利冲妮可点了点头，妮可一见他就粲然一笑，显得比平时还要开心。

"嘿，你好呀，"她说，"请问这位小哥尊姓大名？"

霍利只是笑笑，往后一仰，靠在高脚凳上，让警长替他做介绍。

"妮可，这是霍利。他是个联邦调查员，专门过来给我添堵的。给我们每人来一杯这个。"克莱顿轻拍着自己空空如也的玻璃杯。

霍利伸出一只手："叫我西蒙吧，最好给他来一杯水。"

妮可用两只手握住了他的手，俯身贴了过来，确保西蒙把早些时候她向克莱顿炫耀过的完美乳沟看个清清楚楚。她耳语道："我刚想打电话让他老婆来接他呢。"

"交给我好了。"霍利说着，冲她挤了挤眼睛。

"好咧。"说完，她就翩然向吧台的另一边走去。霍利往前探了探身子，目送着她的背影。这一次，克莱顿也加入了。

"你今天过得怎么样？比我强点儿吧？"克莱顿问。

"27 号公路靠近布罗德沃特的地方出了点儿小事故。反正我就在附近，他们就让我去处理一下。"

"事故？"

"是啊，看起来像是一起出了岔子的劫车案。我们找到了一具尸体。"

"谁见了阎王？劫匪还是被绑架的？"

"劫匪，我们估计，除非这人端着突击步枪、戴着小丑面具只是为了在高速公路旁边慢跑。州警赶过去的时候，现场已经被破坏得干干净净，但是我们缴获了一辆厢式货车，里面没人。我们猜想此案可能还和几部摩托车有关。现场找到了一个摔破的哈雷机车后视镜，路上的辙印也像是摩托车倒地带出来的。"

"摩托，"克莱顿说，"和我们家那边的事情有关吗？"

"我不敢百分之百打包票，但我在佛罗里达的线人告诉我，他们的确运了批货款过来。两边时间刚好能对得上。但是现在也说不准。州警那边总是拖拖拉拉的，不太愿意跟我多说。"

"那是因为有一半的州警都在哈尔福德的掌握之中。布罗德沃特周边整个地盘他们都不管。你查了死者的身份吗？"

"查了。他身上没带身份证件，但我们把他的指纹在 IAFIS①上比对了一下……嗯……IAFIS 是个国家数据库——"

克莱顿举手打断："我知道 IAFIS 是什么。"

"好吧。总之，我们找到了。那家伙的名字叫艾伦·班基。有印象吗？"

克莱顿想了想："没有。"

妮可又出现了，往吧台上放了两杯水，又给了霍利一杯新鲜的波本威士忌。他笑了笑，礼貌地点了点头。妮可刚一走开，他又接着说了下去。"他以前是个军人，"霍利说，"我们觉得，他是作案团伙中的一员，但趴倒以后就被抛下了。但让我们感到惊讶的是，这个人却没什么前科，只在几年前有一桩很扯的法定强奸起诉。"

"强奸起诉哪里扯了？"克莱顿问，看着眼前的水，像是看着什么

---

① IAFIS，The Integrated Automated Fingerprint Identification System 的缩写，指集成式自动指纹识别系统。

外星手工艺品。

"那个女孩儿 16 岁，但你看到她的时候绝对不会相信她只有这么点儿大。两人发生关系是自愿的。父母也没多管，知道自己的闺女也不是好孩子，但州警揪住不放，然后么你懂的呀，砰——'大兵乔'一辈子都得顶着强奸犯的罪名了。这种事情不稀奇。"

"现在他已经死了。"

"跟猫王一样，死得不能再死了。你确定你不认识这个人？"

"从没听说过什么艾伦·班基，"克莱顿两口喝光了水，"明天把档案拿到我办公室来，我看看。"

"好啊。"霍利说完，干掉了半杯自己的威士忌。

"嗨，大奶妹。"酒吧的另一边响起了这么一嗓子。克莱顿往那边看了一眼，摇了摇头。大块头乔·杜利又回来了，想再来一杯啤酒，再给妮可献上几个飞吻。克莱顿跳下高脚凳，戴上了帽子："我去去就回。"

霍利看着酒劲上头的克莱顿稳了稳自己的身子，却没有出手扶他。他好奇地看着警长穿过房间，一把抓住乔·杜利厚墩墩、汗津津的后脖子上面的头发。没等这个大块头反应过来，克莱顿猛地往下一按，把乔的前额撞在镶着铜板的吧台台面上。骨头撞在金属上的脆响回响在整个房间里，把两人左右的好些玻璃杯都震倒了。人们四散躲开，留出空间等着看大块头倒在地上，但是克莱顿并没有善罢甘休。他把乔的脸压在吧台上，稳住自己的身子，然后把乔的一只胳膊扭到了身后。霍利露出了微笑。警长都喝成这副模样了，还能有如此身手，他着实佩服。他利用这个空当，从口袋里掏出几片扑热息痛，用剩下的波本冲了下去。

"我跟你说过了，嘴巴放干净点。"克莱顿说。

乔从克莱顿手底下尽力发出了一点儿声音："不，你没说。你……你……说的是让我挪开……我挪开了。"

"我让你离妮可远点。"克莱顿手上又加了些力气，乔的左脸在冰冷的金属板上压得更平了。妮可站在人群后面，眼睛瞪得大大的，两手捂住了嘴巴。霍利差点儿忍不住笑出声来。

"见鬼，警长，"乔从没被压在吧台上的那边嘴巴里挤出几个字来，"那我怎么叫酒水？她是这儿唯一的服务员。"

"这我不管。"

"真是活见鬼了。我犯什么错了？"

"也许我只是看不惯你跟女人说话的腔调，乔。"

"也许我用不着理会你怎么想。"乔这会儿已经克服了对警徽的恐惧，因为更让他害怕的，是当着全镇人的面丢脸。克莱顿能感觉到他在挣扎。他往前压了压："说对不起。"

"去你妈的。"

此时霍利只见克莱顿面色一沉。这种表情，他在以前自己抓捕的很多人脸上都看到过。警长的黑暗面已经完全被激发了。霍利知道他一定会的。克莱顿猛地把大块头乔的脖子往后一拗，从身子下面把他的两腿往外一踢。乔重重地摔在了地上。被撞倒的吧椅冲进了所剩无多的观众队伍，人们慌忙往出口逃去。克莱顿抬起 11 码的牛仔靴，把乔踢了个仰面朝天，然后又用同一只靴子踩在他的脸上："去谁妈的？"

霍利喝了一口水，站起身来。事情发生得这么快，他不禁有些惊讶。他差点儿小看了克莱顿，以为他只是个蹩脚的酒鬼。虽然完全达不到他一开始所期待的标准，但他错了。当他看到克莱顿拔出枪对着乔的脑袋，才意识到自己错得有多离谱。他以前甚至从来没见他拔过枪。

"哇哦，警长，"霍利过来劝架，"够了。把枪放下。让他起来。"

"道歉。"克莱顿又说了一遍，并没有放开大块头。

"对不起，警长，我很抱歉。"

克莱顿拨开保险："对着姑娘，大屁股。对着姑娘道歉。"一道深色的痕迹从大块头乔的裆部漫延开来，他吓尿了。

"我很抱歉，妮可。苍天啊，我不是故意的。对不起，实在是对不起。"

霍利举起两手站在克莱顿面前，像是替地上的男人投降："把枪放下，警长。放下枪，让他起来。"

克莱顿把狂怒的目光从大块头乔移到了霍利特工的身上，只见他高举双手，缓缓重复道："放……下……枪。"克莱顿终于照做了。他把柯尔特手枪放回枪套里，从乔的脸上移开了脚。大块头连滚带爬地向门口冲去。到了外面，围观人群中的几个扶他站了起来。有一瞬间，他看起来像是有话要说，但是霍利用三个字制止了他。他举起一根手指，对着门外的大块头乔说："别。快走。"大块头乔听取了他的建议。

霍利把注意力移回了克莱顿身上，克莱顿待在原地一动未动。他仍然盯着地板，仿佛乔还躺在那儿。"这儿没你什么事了，警长，"他小心地抬起一只手，放在克莱顿肩上，"我送你回家。"

克莱顿脸上浮现出的神情，像是刚从全麻手术中苏醒过来的病人。"好吧。"他说。霍利回头看了妮可一眼，她从刚才起也没怎么动过，像是想算清楚老爸的酒吧到底蒙受了多少损失。他冲她点了点头，把克莱顿架上了自己的车。

4

还没等霍利打开克莱顿那边的皇冠车车门，凯特就出现在了门廊上，手里端着一把点30—30口径的来复枪。霍利知道凯特。他看过照片，知道她很漂亮，但她端着枪站在那儿，身上除了一件超大号的男式睡衣之外一丝不挂，立刻就让她上了他所见过的最性感女士的十佳榜单。门廊灯光勾勒出薄薄的睡衣后她双腿的轮廓，让她瞬间又蹿升到了前五名。她看见车里还有一个人，但看不清是谁。"你是谁？来我家干吗？"

"伯勒斯太太?"

"我知道我是谁。我是问你是谁。"

霍利笑了起来。

"我没跟你开玩笑。我先生是警长。"

"我是你先生的同事。他在我车里。"

"你他妈到底是谁?"

霍利举起双手,微微高过肩膀:"我叫西蒙·霍利。我是一名联邦调查员,而且,我也没跟你开玩笑,太太,克莱顿的确在这辆车里。"

凯特上前一步,想把黑暗里车中的男人看得更清楚些。霍利放下一只手,打开了乘客那边的车门。皇冠车里的灯光亮起,凯特看见了自己的丈夫。她把来复枪放低了一点,又朝着车子走了两步,看见了他脸上的伤,又端起枪对准了西蒙。她一拉枪栓:"他怎么了?"

霍利把两只手举得更高了:"哦,不。你理解错了。不是我干的。我见到他的时候他已经是这副样子了。我只是送他回家而已。"

"他是我的朋友,凯特。把那东西放下。"克莱顿举起一只颤巍巍的手,示意她把枪放下,然后想自己钻出车子,可没有成功。西蒙赶忙探身抓住他的胳膊肘,他才没有摔在地上。凯特把来复枪靠在车后侧板上,把克莱顿的脸捧在手里。她一闻到威士忌的气味,马上后退了几步。

"克莱顿?你……你是不是……"

"我没事。"

"没事才怪。你喝醉了,还被打了。见鬼,到底发生了什么?"她检查了一下他肿胀的眼睛,却并不怎么同情,因为他喝了酒。她又把目光转向霍利,请他做填空题:"到底发生了什么?"

"我想你应该问他,太太。"

"我现在就是要问你。"

"我觉得他可能会想自己告诉你。"

"够了，"克莱顿边说边拿起那支来复枪，往门廊走去，"霍利，明天一早带着那个被干掉的土匪资料到我办公室来。谢谢你送我回来。"他小心地上了台阶，推开纱门。

"克莱顿！"凯特叫了起来，由惊奇变得不解，再到厌恶。

"赶紧进来，女人。你连裤子都没穿。"克莱顿的背影消失在房间里。凯特的双颊泛起了一阵玫瑰红晕，但是霍利肯定这是因为愤怒，而非羞耻。他低头看着鞋子，鼓起腮帮子吹了口气，两手深深地插在裤袋里。"很遗憾，太太。"他说。凯特本来看着前门，这会儿突然猛地转头对着霍利，他觉得她的脖子都要拗断了。

"很遗憾？你有什么可遗憾的？"还没等霍利回答，她就自顾自地说了下去，"你是在遗憾哈尔福德没把他干掉？我很清楚发生了什么。我知道他上山是因为你往他的脑袋里灌输了些愚蠢透顶的主意。我知道他戒酒戒了一年，今天前功尽弃，就是因为这些破事。"

"等一下，凯特。事情不是你想的这么简单。"

"别对我直呼其名，好像跟我很熟似的。你根本不认识我。滚回你的车里，赶紧走。我想让你离我们远点，可我们俩都知道，这是不可能发生的，对吧？"

"我做不到。"

"赶紧从我家门口滚开。"

"好吧，伯勒斯太太。"霍利走向汽车驾驶座那一侧，把手放在门上。"你知道，"他说，"乐奇餐吧的姑娘本来想给你打电话，让你接他回家。但我觉得你可能不想当着大家的面发作。"

"你想怎样？让我谢你？"

"嗯，算是吧。"他说。他的确这么想。

凯特本能地往旁边一跨。这让她更加曲线毕露，霍利费了好大的劲儿才逼着自己盯住她的眼睛不乱看。她抓起克莱顿斜倚在门上的来复枪，头发往后一甩："你给我听好了，霍利调查员。你可以做到吗？认真听我说话？"

"当然。"

"很好，因为我以后都不打算再和你说话了。我先生是个好人——"

"伯勒斯太太。"

"你刚刚还说你能好好听我说话。"

"是的，太太。"

"听着，他是个好人，也是个好警长——好得近乎过分。他有能力自己管好自己，也完全能够自己来拿主意作决定，但罪恶的种子是你埋下的，你逃脱不了干系。要是还有这种事情发生，我一定会把账算到你头上。"

"我本想和平解决这个问题。"

"说得好像我男人今天脸上没挨拳头一样。我可不管你本想怎样。我只要我的丈夫每晚都平安回家。今晚我暂且放你一马。但从明天起，只要他是帮你做事，如果你胆敢让他再受半点伤，我不管你是哪路神仙，也不管你的本意是什么，你都得给我吃不了兜着走。明白了吗，霍利特工？"

霍利揣摩了一下她的决心——这女人真有两把刷子。她竟敢威胁一个联邦调查员，而且字字句句落地有声。霍利点了点头，比起同意，更像是敬佩。他打开了车门。

"霍利，还有一件事。"

"什么事，伯勒斯太太？"

"关于克莱顿还有一件事。他一旦下定了决心，就会坚持到底。不达目的不罢休。所以我对你唆使他做的事情，会加倍留意。"

"明白了，太太。"

凯特一直目送着红色的汽车尾灯消失在暗夜中，才允许自己的双手开始颤抖。

5

"对不起，宝贝儿。仅此一次，下不为例。"克莱顿躺在床上，几乎神志不清，迷迷糊糊就快睡过去了。凯特给他盖上被子，轻轻抚弄着他铁锈红色的头发。反正现在多说无益。等到克莱顿睡醒一觉，发现自己还穿着靴子和一身脏衣服，外带恐怖的宿醉，就够他受的了。剩下的以后再说吧。

"没事，克莱顿。睡吧。"

他一眨眼就睡了过去，鼾声响了起来。他只有喝了酒才打鼾。她又待了一会儿，坐在床边轻抚着他的头发，过了好几分钟，才起身把来复枪放回枪柜。她走进厨房，用脚把食品储藏柜里的踏凳钩了出来，摆在冰箱前面。她站了上去，挪开几瓶维他命，打开了高处的柜子，拿出一个波本威士忌酒瓶。她本不该知道这儿藏着一个酒瓶。她爬下凳子，又打开另外一个柜子，拿出一个威士忌酒杯。沃特福德水晶①杯。价格不菲。是已经好多年不联系的一个朋友当年送给他们的结婚礼物。她拿着酒瓶和杯子来到了前门，小心翼翼地不弄响纱门，怕吵醒了克莱顿。好像真能吵得醒他似的。现在就怕是龙卷风来了也吵不醒他吧。她在门廊的吊椅上坐下，举起酒瓶，对着月光。还剩下半瓶不到一点。比她用黑笔在后背标签上做的记号足足少了两或三英寸。上次她检查的时候，还只少了一英寸。她闭上双眼，静静地坐着，吊椅轻晃，听着山中夜间生灵的鸣唱，像是在竞相催她入眠。她给自己倒了杯酒，把瓶子放在身边。她就这么举着杯子过了好久，注视着它，在掌心来回摩挲。最后，她把酒往前廊上一泼，哭了起来。

---

① 沃特福德水晶（Waterford Crystal），来自爱尔兰的水晶品牌，现归英国 WWRD Holdings Ltd 旗下所有，其名称源自爱尔兰东南部城市沃特福德。

第十六章

安琪儿
1973

1

安琪儿把前额靠在巴士车窗冰凉的玻璃上。疾驶而过的路边绿化带化作了一片模糊不清的绿色、棕色和红色。每次她想集中精力转开脑袋打破这片模糊，却只能看见一片已经在眼前出现了上百次的景象。过去 5 年里，她曾经在这条高速公路上搭了无数次便车，只是为了逃离自己的生活，但到头来还是得原路返回。旅馆里大个子黑人给自己的钱只剩下了最后一点，她拿来买了巴士车票。如果她听了他的话去了医院，可能钱还一分不少，但她没有。她去找了佩佩，她的皮条客。人们常说，年轻单纯的姑娘总是觉得，折磨她们的人才是爱她们的人，这话是真的。安琪儿就是个活生生、血淋淋、饱经摧残的例子。佩佩说他关心她，承诺要照顾她，还跟她发誓说，只要她不点头，绝对不会让男人碰她。他跟她说，去了医院就会引来一连串让人不安的问题，招来警察，让她坐牢。他绝对不会允许这种事情发生在她身上。他说他会保护她，完完全全的保护。然而他的保护就是将她的钱洗劫一空，把装着鸦片的针管插进她的胳膊，再趁她流着口水昏倒在脏兮兮的沙发靠垫上时让几个西班牙小喽啰按住她，把她的肩膀推回原位。这些事情她并非全都记得，她记得的，只是一些闪动的色块，几张汗津津的脸，还有刺耳的笑声。其中有一个人，佩佩叫他"大夫"，把她被那个佐治亚杂种割伤的脸缝了起来。她还没有勇气把纱布掀开察看伤情。实际上，事情发生之后，她总是竭力避免看到自己的样子。现在她觉得，如果再也不看自己的脸，还不至于太难受，但她也清楚，纱布下面的伤口在溃烂化脓。佩佩把她关在两车厢移动板房后面的屋里，天知道给她注射了多长时间的毒品。直到有一天，他突然明白，没人会对她这么一个脸看起来像没烤熟的汉堡包、瘦得皮包骨头的妓女发生"性趣"。那时起他就断了她的毒品，她开始觉得不舒服。她在那个鬼地方被关了差不多两个月。她知道迟早有一天他会杀了她，再让狗腿子随便找个垃圾桶把她的尸首丢进去。可她来这儿的初衷绝不是为了这么送死的。她之前偷偷藏了一张百元钞票在胸罩内层，一找到机会，她就把它塞进了地毯一角下。瞅准时机之后，她拿着这钱，连同身上仅有的一套衣服，钻过透气窗爬了出去。她选择了一条迂回线路跑到巴士车站，几个月前佩佩就是从这儿把她接回去的。她买了最早的一班巴士车票回家。为什么她不去该死的医院？她怎么这么傻？为什么别人总是顺风顺水，而她却一错再错？她用前额抵住车窗，挪来挪去，吸取着玻璃上散发的每一点凉气，然后合上了双眼。她很清楚，就算回家，也只不过是她坎坷人生路上的又一个错误罢了。

2

坐在安琪儿身边走廊位子上的年轻男人从腿上的帆布背包里掏出一包花生。"要吃吗？"他冲安琪儿摇了摇袋子。他是个半大小子，胖乎乎的，满头小卷卷棕发。他穿着蓝色牛仔裤，还有一件印着"佛罗里达州"的运动衫，上面的印第安人头像和背包上的一样。他显然已经有二十几岁了，但红扑扑的脸蛋和婴儿肥让他显得比实际年龄要小一些。他看起来挺和气的，一看她上车，就把靠窗座位让给了她。而且到目前为止，他还只字未提她脸上的绷带或是脏兮兮的牛仔衬衣和满是汗渍的抹胸。她能看出来他忍得很辛苦，但他竭力避免一直盯着她的胸部看，她对此心存感激。过去的几英里中，她偶尔会发现他在偷瞄她瘦骨嶙峋的雪白的腿。以前她挺享受注目礼的，会让她觉得自己很漂亮，但现在只会让她不适。

"不用了，谢谢。我不饿。"

"佛罗里达州"把那包花生塞回了背包里，扣好搭链，又费了些工夫把每条带子都系好。

就算旁边坐了个妓女也不用这么小心吧，她想着，有点儿后悔没要花生。她快饿死了。

"随便你啦，"他说，"但你看起来好像很饿的样子。"

"没有啊，"她撒了个谎，"今天早上我有点胃不舒服。"

"你在戒毒吗？"他眼都不眨就这么来了一句，像是在问天气或是本地足球队的比分。安琪儿往窗户旁边挪了挪，慢慢地调整了一下手臂的角度，想要遮住上面纵横交错、隐隐发黑的静脉。

"没事的，""佛罗里达州"说，"我又不会说你什么。我觉得如果你想改过自新，是很棒的一件事情。我叫哈迪，顺便说一句。"哈迪伸出一只胖胖的手，想跟安琪儿握一握。可她握手的姿势就像握着的是一块狗屎。

"我叫安琪儿。"

"很高兴认识你，安琪儿。你这是回家还是出门？"

"回家。"

"赞呐。很赞。我有个哥们儿，几天以后要在彭萨科拉结婚。我准备在参加婚礼之前去海湾浪几天，美美黑。"

安琪儿差点儿笑了出来。这家伙想要晒黑，简直和她自己想要夺回童贞一样难。她才不关心哈迪有什么旅行计划。她只想在旅途的最后几个小时里好好睡上一觉，醒来时来到一个面目一新、不那么糟的世界。但哈迪还真是不依不饶。

"如果我问一下你的脸怎么了，你会介意吗？"

"会。"她脱口而出，毫不客气。

"那好吧。其实我没什么恶意。那我闭嘴就是了。"

安琪儿觉得就这样拒人于千里之外有些内疚。毕竟她脸上绑着绷带，他想问问又有什么奇怪？"我不是这个意思。听着，抱歉。我不是故意这么失礼的。我最近……遇上了点儿麻烦，现在想摆脱——离得越远越好。"

"天呐，听起来真不容易。"

"的确。"

"那你最开始干吗去杰克逊维尔？"

她笑了起来。看看自己现在这副样子，伤痕累累，缠着绷带，衣衫不整，满是淤青和针眼，一个多礼拜没有洗澡，还得回答这么丢人的问题。安琪儿到现在为止才打量起哈迪来。如果她不是现在这副让人作呕的倒霉样子，也许还会觉得他挺可爱的，跟彼得·潘差不多。不管怎么样，必须得承认，和一个本分男人说说话感觉还不错。"因为一个很傻的原因。"

"能让你离开家搬到另一个州的原因，想必不会太傻。说说看。"

"我想当一个歌手。"

"歌手。"

"嗯。我说过了嘛，很傻的。"

"不，才没有。这很酷啊。我可是五音不全。什么样的歌手？"

"摇滚歌手吧，我想。还带一点乡村风。"

"就像琳达·朗丝黛①？我可喜欢她了。"

"有点像。"安琪儿说。她现在高兴一点儿了。以前从来没有人和她谈过她的音乐梦。多数人只是翻翻眼睛。"我也喜欢朗丝黛，但我的风

---

① 琳达·朗丝黛（Linda Ronstadt，1946— ），美国流行女歌手。20世纪60年代末期以乡村歌手的姿态崛起，70年代蜕变为流行摇滚巨星。

格可能更加硬朗一些。更像珍妮丝·贾普林[1]，听过吗？"

"就像她在'大哥控股公司乐队[2]'里面唱的那些歌吗？"

"没错。"安琪儿兴奋起来。她遇见的多数人都对她爱听的音乐毫无概念。可她咧嘴一笑，脸上的伤口就抽痛起来。"但我想唱得更加南部一些，就好比珍妮丝在给林纳·史金纳乐队唱歌，类似那样。"

"啊，难怪你要来杰克逊维尔，而不是调转方向去加利福尼亚。"

"是啊，我本来想，住在林纳·史金纳乐队的发源地可能会比较有感觉。我也想沾沾他们的'仙气'。"

哈迪解开包带，又掏出花生请她吃。这次她没有拒绝。她把满满一把花生塞进了嘴里，但马上就后悔了。一嚼脸就疼。

"还有机会的，你知道。"

"还有什么机会？"她小心翼翼地从满嘴花生边上挤出几个字。

"你还有机会实现梦想。你还有很多时间，回去好好干。"

安琪儿嚼完了嘴里的花生才做出回应。"不，"她说，"不可能了。"她突然全身发冷，紧紧搂住了自己露出来的腹部。她回头向窗外一望。"事情……今非昔比了。"她闭上双眼，想起了自己另外一个愚蠢的决定。给佩佩打工的这三个月里，她至少都让那些男人戴套，或是先巧妙地让女用避孕套就位。但那个狗杂种——加雷思，佩佩是这么称呼他的——拒不接受。她很怕他，不敢顶嘴。不，也不是害怕。她有点儿迷上他了，就此屈服。只是一时犯傻，不过对她来说也不是什么新鲜事了。

"你还好吧？"哈迪问。

---

① 珍妮丝·贾普林（Janis Joplin, 1943—1970），美国歌手、音乐家、画家和舞者。
② 大哥控股公司乐队（Big Brother & The Holding Company），美国一个蓝调摇滚团体。

"我没事。"她说。

"嗯，我不知道为什么你不能再接再厉，圆你的唱歌梦，安琪儿。我的意思是，你绝对是个美人儿。"

安琪儿瞬间敏感地意识到自己有多少身体部位暴露在外面。她尽量不露声色，但本能地往座位深处缩了一缩。"谢了。"她的回答不失礼貌，但冷若冰霜。他把她的话匣子打开了。怪她自己。又来了。

"我是说，像你这样长相的女孩子，身材还这么好，想干什么都能干成，这是肯定的。"哈迪伸出一根手指，轻轻划过她光洁的大腿。安琪儿缩得更深了。"你连我是不是真的能开口唱歌都不知道。"她说。她真想放声尖叫。

"我敢打赌，你的歌声肯定和天使一样美妙。这就是你名字的来历吧。"

安琪儿盯着窗外一闪而过的模糊的树影和高速公路标志。"这不是我的真名，"她说，"只是有人觉得应该这么称呼我。我的真名叫玛丽恩。"

"这个名字也很美啊，玛丽恩。美丽的名字，配美丽的姑娘。"又一根胖乎乎的手指划过了她的大腿。他调整了一下身体，朝她贴得更近了一些。她觉得自己也许会吐出来。要是换作两个月之前，她肯定会朝着他的脸大喊大叫，一拳打在他裤裆里。但现在，她眼前晃动的都是旅馆里那个男人的脸——加雷思·伯勒斯。他差点儿杀了她。他永远在那里，挥之不去，提醒着她，她是多么卑微渺小。她有多么孤立无援。她把肚子搂得更紧了些。

哈迪还在说着什么，手一刻也不老实，但她再没有做出任何回应。他说想请她喝一杯。还说要等巴士停在德斯坦的时候找个僻静的地方跟她好好"说说话"。他说他知道个好去处。她相信他没说谎。她再次合上了双眼，把自己抱得更紧了些，恨不得消失在自己单薄受伤的双臂织成的茧里——挤在里面，装作不存在。她必须逼着自己相信，这一次，事情会有所不同。只要回到家里，事情必须改变。这是必须的。这已经不光关乎她自己了。只要回到莫比尔，事情就必须好起来。

为了她和孩子，好起来。

3

玛丽恩站在多芬街中央车站餐馆的门口，耳朵紧贴着投币电话听筒，举起一支万宝路薄荷香烟送到唇边。电话响了两声。

"你好。"

"妈？"

"玛丽恩？是你吗？"

"是我，妈。"

"哦，我的天哪，宝贝儿，你在哪儿？"

"我回来了，妈。"

"哦，感谢上帝。告诉我你在哪里，我让罗伊去接你。"

玛丽恩把听筒换到另一侧耳边，像是之前那只耳朵有问题，听错了妈妈的话："你要让罗伊来接我？妈……？难道他还……？"

"难道他还怎么样，甜心？"

"妈，当年就是因为罗伊——"

"玛丽恩，甜心，不要再翻旧账了。你回来了，宝贝儿。只要回家就好。我们会有办法解决的。你在哪儿？"

沉默。

"玛丽恩，宝贝儿？你还在吗？"

"我……我得挂了，妈。"

"玛丽恩，等等。你父亲已经改过自新了。他现在是个好人。过去都是一场误会。"

"他不是我的父亲。"

"玛丽恩，宝贝儿，求你了。告诉我你在哪儿，我们可以坐下来解决问题。你会明白的。他现在真的变得很好，他也很想你。"

"妈……"

"等等，宝贝儿，他想跟你说话……"

"妈！"

"等等哦……"

"是你吗，小美人儿？你终于想明白啦？现在想回家啦？"

咔。

玛丽恩把香烟屁股扔在地上，马上伸手从包里掏出烟盒，又拿了一支。她发了疯似的按着自己的比克打火机，点着香烟猛吸一口，让烟雾充满肺部。她又往投币孔里丢了一枚硬币，按了另外一个号码。电话响了三声。

"你好？"

"芭芭拉？"

"娘哎。玛丽恩？"

"对，妹子，是我。"

"你在哪儿？"

"我回来了。在中央车站餐馆旁边。你能来接我吗？"

"靠，行，可以。我找蒂姆拿了钥匙就马上过去。"

"谢谢，芭芭。哦对了，芭芭？"

"怎么了，姐们儿？"

"我还需要几件衣服。"

"嗯，好。明白了。有什么是我需要知道的吗，玛丽恩？我的意思是，蒂姆倒没什么，但有什么事情我需要先通知他一声吗？"

她低头看了看，摩挲着自己扁平的腹部："见鬼了，芭芭。我就要几件衣服，再洗个澡，你到底帮不帮忙？"

"当然。我 20 分钟之内到，行不？"

"行。"

咔。

4

玛丽恩在餐馆前门的玻璃板上照见了自己的模样，就在"招人"的告示牌上方。经过一周的治疗，再加上芭芭拉神奇的化妆术，虽然还不足以掩盖她在杰克逊维尔落下的丑陋，但也只能这样了。如果玛丽恩今天回到芭芭和蒂姆的住处时还是没有找到工作，那么她就无处可去了。她绝对不会去罗伊家的。就算是混迹街头，也决不开口求那个狗娘养的。肚子里的孩子大约有 10 周大小了，据她估计。时间一天天紧迫了起来。要是显怀的时候还找不到工作，那就没人会雇她了。没人会想聘请一个脸上带疤、做过妓女的人，更不用说还是个未婚先孕的。她整了整借来的衬衣的衣袖，推开了饭店的门。她摘下了门里挂着的红白相间的"招人"吊牌，在吧台前面一张镀铬的高脚餐椅上坐下，用鼻子深深地吸了一口气，再从嘴里吐了出来。她把牌子平放在大腿上，强迫自己打消了再点一支烟的渴望。

中央车站餐馆是一个名叫以实玛利·旁遮普的小个子印度人开的。他人挺和气，总在店里，今天也不例外。"早上好，"他招呼道，"需要看看菜单吗？"还没等她回答，他就在她面前摆上了一份折叠图片菜单，又像变戏法般敏捷地从柜台下面拿出一套用纸巾裹好的金属餐具。旁遮普身材矮小，差不多秃了，只剩几缕粗硬的黑发，在黄褐色的头顶周围梳得油光水滑。

"我只要咖啡，"她说，"也许还要一份工作。"玛丽恩把"招人"的牌子放在菜单上面，往小个子印度男人那边推了一推。他看看牌子，又看看她。很显然，他没办法不把注意力放在她受伤的脸上，但是他尽量避免这么做。

"你有侍者的工作经验吗？"他问，顺手把餐具放回了原处。

"以前上高中的时候，每个暑假我都在格尔夫海岸的红鲹鱼餐馆当侍应生，高中毕业后还干了差不多两年。金特里太太说如果你想打电话做背景调查的话，她会好好夸我几句。"

"挺好。挺好。我这儿比红鲹鱼餐馆要忙上那么一点儿。你对快餐店了解吗？"他又拿起了菜单，但并没有去端她要的咖啡。

"不，先生，我不了解。但我学东西很快。我很勤快，而且特别靠谱。让我什么时间、什么日子上班都可以。周末也可以。"

旁遮普举起一根手指放在嘴边，目光炯炯地盯着她："我能问问你为什么不回金特里太太那儿工作吗？"

事实上她不是没试过。但红鲹鱼餐馆比较高档，金特里家的人只愿意雇用漂亮的女孩子，在前厅招摇过市。玛丽恩不再漂亮了。永远也不会再漂亮起来了。"他们现在不缺人手，而且事实上，我觉得自己已经不太适合那儿了。"

旁遮普有些为难，想着谈话该怎么继续下去，所以玛丽恩主动接过了话头："我知道我的样子有点儿吓人，但我向你保证会好起来的。我再也不会像以前那么漂亮了，但也不会一直这么恐怖。问题是，账单等不到我好起来的那一天。我现在就得把它们付清，而且离走投无路只差一步了。"

"年轻的女士，"旁遮普的脸色缓和了下来，"我不觉得你恐怖。"说这句话的时候，他注视着她的双眼。她差点儿当场哭出来。

"谢谢你，先生。很感谢你这么说，但我觉得多数人不会同意你的观点。我知道我不是这份工作的最佳候选人，但如果你愿意给我一个机会，我向你保证，我一定会拼尽全力。"

旁遮普微笑了起来。这是一个真诚、温暖的微笑。他的双眼也没有移开。从几分钟前放回餐具的那个柜台里，他掏出了一沓普通就业申请表，撕下最上面的一页，向玛丽恩推了过来。她恨不得趴在这个男人的柜台上抽泣起来。转运了，她想，终于开始转运了。

"把表填了，我看看。可以吗？"

"谢谢你，旁遮普先生。"

"我不能给你什么承诺，亲爱的。我得做背景调查，看你是不是这个工作的最佳人选。"

"当然，先生。"

"但也许在找到机会看你的申请表之前，我会把这个暂时先保存在我的办公室里。"旁遮普拿起"招人"的牌子，对折起来，塞进了自己的围裙。

"谢谢你。"玛丽恩又说了一遍。

"不客气。要笔吗？"

玛丽恩从裙子口袋里掏出一支笔来，裙子是问芭芭拉借的，着实有点儿太小："不，先生。我有笔。"

"很好。"

还没等她在申请表上填完自己的全名，旁遮普就端着马克杯和一个小小的不锈钢咖啡壶走了回来，壶里装着热气腾腾的菊苣根咖啡，是莫比尔的名产。他把马克杯倒满，咖啡壶就留在了柜台上。咖啡浓稠、滚烫，闻起来就像是天堂。

"如果你还需要什么，尽管开口便是。我就在那扇门后面。"他指了指通往厨房的旋转双开门。他看了一眼手表："莎拉，我的服务员领班，很快就来了。她的工作无可指摘。实际上需要帮手的是她。"

"听起来很棒，先生。"

旁遮普双手在柜台上轻轻一拍，消失在了旋转门后。

喝到第三杯咖啡的时候，玛丽恩已经填到了表格的背页。这时，她听见莎拉·沃森从前门走了进来。

"哎哟，看看来的是何方神圣。"莎拉一开口，整个房间的空气都变了味儿。玛丽恩觉得自己那天的好运气也许到头了。那个矮胖的红发女人翻开柜台上的铰链门走了进去，把包塞到吧台下面，溜溜达达地朝着玛丽恩的吧凳走了过来。这个女人玛丽恩高中起就认识，仿佛是上一辈子的事情了。那个时候她就是个大块头，现在块头更大了，满脸雀斑，但并不是那种晒太阳晒出来的好看的雀斑。莎拉的雀斑让她看起来就像是大卡车急速驶过臭泥潭的受害者。

"你好，莎拉，你气色不错。"玛丽恩撒了个谎。

"比你是强多了。这是肯定的。多久了？三年了？我猜摇滚明星混得不怎么样吧。"莎拉盯着玛丽恩的脸，像是在看车辆残骸。"天呐，"她边说边皱起那张胖脸，"活见鬼了，你怎么了这是？"

"我不太想说，如果可以的话。我只是来找工作的。"

"是吗？"莎拉拿起咖啡壶，把剩下的咖啡倒进了水槽里，甚至没问玛丽恩还要不要喝。"真有意思，不是吗？"她说。

"什么，莎拉？什么有意思？"

"人生啊，懂吗？上高中的时候，你和你那帮小美妞儿朋友们在走廊里正眼都不瞧我一下，总是把我一竿子打死，而现在，你到我这儿来，问我要工作。我就是觉得这个很有意思，仅此而已。"

"是啊，搞笑至极。"

莎拉一把从柜台上抓起了申请表。在一分钟之内，她把所有厌恶的表情使了个遍，又把表格扔回了吧台上。"开玩笑吧，你？我的意思是，你知道的，你有那样的过去，旁遮普根本不可能雇用你。"

"什么过去？"玛丽恩轻声问，不自觉地扫视了一眼空无一人的餐馆。

莎拉学着她的样子也看了一眼餐馆，然后俯身过来，用她低沉的嗓音说："每个人都知道你的事情，玛丽恩。整个墨西哥湾岸区都知道你和你父亲之间那点儿破事。"

"他不是我的父亲。"

"随你怎么说，甜心。"莎拉说。她抱起胳膊，从她那满是泥点子的猪鼻子上面往下看着。

"这不是我自说自话，而是事实。并没有什么事情发生。"愤怒渐渐从玛丽恩的声音里渗了出来。

"我听说可不是这么回事。"

"我不管你听说了什么。"

"别人听说的也不是这么回事。你老爸把你的脸弄成那样的？你们两个小情人儿拌嘴啦？"

"去你妈的。"玛丽恩脱口而出。这几个字跌落在柜台上，像是一块煤渣。莎拉的冷笑居然扭转成了一个微笑———一个雀斑猪的微笑。

"听着，玛丽恩，我给你指条明路，因为很显然你很迷惘，需要别人帮你指路。你知道 I–65 公路旁边的'超时俱乐部'吗？"

玛丽恩觉得嘴里一阵发酸。她费了好大的力气，才忍住没一口啐在莎拉脸上。

"我能看出你知道那个地方。很好。我听说他们常年招聘像你这样的姑娘。我打赌他们肯定有夜班，这样一来你的破脸也不是什么大问题了。我的意思是，大家干吗不坦诚点呢。反正去那儿的人也不是为了和姑娘四目相对的，对吧？所以，你干吗不带着你吓人的脸、你家里的那点破事和你火烧火燎的小贱臀去你该去的地方、做你该做的事情呢？这里是餐馆。我们供应食物。我们不招妓女。"

玛丽恩脑中仿佛看见了接下来可能发生的一幕。她两手满把抓住莎拉的红色卷发往下一拉，把她得意洋洋咧着嘴笑的脸重重地撞在吧台上。她的鼻子像熟透的番茄一样炸裂开来，但是玛丽恩决不停手。她一次又一次地把莎拉的脑袋撞在贴着黑白瓷砖的柜台上。她要对着她尖叫，像个女妖一样哭号，诉说她是怎样被人渣继父性骚扰的，还差点儿被强奸，她，才是那个该死的受害者。她就这么撞啊撞啊，直到这个肥妹的脸被撞成肉酱，身子动弹不得。玛丽恩这才一撒手，让她滑落到地上。

但这一切并未发生。

她只是站起身来，用纸巾擦了擦眼角，离开了餐馆。

旁遮普听见了玛丽恩出去时的门铃响动，从厨房里走了出来。

"她去哪儿了？"他问。

"你不会想雇用她的，对吧？"

"想啊。我想来着。她看起来是个好人。有些忧伤，但是个好人。"

"哼，旁遮普先生啊，我想我该加工资了，因为我刚刚帮了你一个大忙。"莎拉把申请表递给她的老板，抱起了胳膊。"你看看。"她坚持道。旁遮普戴上眼镜，开始看申请表。

"玛丽恩·霍利？"他看起来有些吃惊，"就是罗伊·霍利家的女儿？"

"正是她。"

第十七章

玛丽恩·霍利
南亚拉巴马
1981

1

超时绅士俱乐部里的灯光给店里的客人笼罩上了病态苍白的粉红和绿色阴影。舞台上的姑娘涂着厚厚的闪粉，脸上的妆厚得像煎饼一样。除了她们之外，店里的其他人看起来都像是用变形、出汗的塑料做成的——现实世界的嘉年华版本。不过这帮人本来也就没什么看头，哪怕在白天。多数"超时"的绅士常客们，都是些致幻剂劲儿快过了的长途货车司机，要么就是患有糖尿病的已婚男人，从隔壁县跑过来，棒球帽压得低低的，生怕被别人认出来——屌丝和废柴，多数都是。这个地方常年闻起来都像是加油站的厕所，虽然有人试图用一整桶的廉价雅芳香水清理，但总有一打油腻腻的男人带着没洗澡的身体围坐在桌子旁边，抓耳挠腮地攥着一叠一美元的钞票，所以并不管用。

玛丽恩把饮料托盘放在舞台后面洗手间旁边的一个大音箱上，环视着整个酒吧，看有没有需要加满的空杯子。路易斯一会儿就要来了，他的到来，会让这个漫长糟糕的夜晚稍许好上那么一点。突然间她意识到，这个时候居然没有人呆呆地盯着她看，于是就把一根手指伸进了霓虹绿色的丁字裤里，把这个难受的玩意儿从两腿间往外拉了一拉。她实在不明白自己为什么要穿着这个鬼东西。什么也遮不住啊。她痛快地抓了一气股沟，点着了一根香烟。路易斯出现在酒吧里的时候，她已经快把一整根吸完了。酒保托德指了指她的方向，路易斯走了过来。玛丽恩把烟头丢在水泥地板上，用鞋底碾灭。这双鞋鞋跟足有 6 英寸高，也是他们逼着她穿的。

"怎么样啊，小妞儿？"可以自由进出"超时"的黑人不多，路易斯是其中一个。老板名叫比尔·卡特，对"黑朋友"不怎么待见，但是路易斯有大把的兴奋剂、致幻剂、大麻甚至海洛因交易，而且总是给卡特留一份儿，让他"搞气氛"用，所以对他网开一面。

"你来晚了。"玛丽恩说。

"但我还是来了呀。我看见你孩子在外面车里。这不太好吧，妞儿。他应该待在一间房子里什么的。"

"无家可归啊。芭芭和蒂姆又把我们踢出来了。关你啥事？反正跟你没关系。"

"是啊，但卡特可能不太喜欢。要是他发现了……"

"如果没人告密，他是不会发现的。我儿子待在那儿挺好的。他有漫画书看，还有欢乐时光剩下的披萨吃。至少他在那儿我有空的时候还能出去看看他，而不是……"玛丽恩突然住了口，看着眼前靠在墙上穿着宽松牛仔裤和紧身背心的性感男人，意识到那些话不该对这个人说。"你算哪根葱啊，"她说，"难不成是社工？你是来对我评头论足呢，还是想泡我？"

"这要看情况了。看你是付钱呢，还是债滚债？"

"我周五会付钱给你的。"

"总是周五。来这儿的那些人不付小费吗？"

"你知道的啊，女招待又不像舞台上的那些姑娘挣的那么多。"玛丽恩指了指舞台正中那个看起来很悲伤的深肤色女子，她正赤身裸体地跳着钢管舞，竭尽全力不去理会音箱里震天响的"38特别乐队[①]"讨厌的歌声，想象着自己身在别处。

"嗯，你知道还有些别的办法，可以替你还债。"路易斯边说边用瘦

---

① 38特别乐队（38 Specials），1974年成立于美国佛罗里达州杰克逊维尔的一支摇滚乐队。

长黝黑的手指划过玛丽恩胯骨柔和的曲线。她一把打开："少开玩笑。老娘不这么玩儿了。"

"不一定非要那样啊，妞儿。我可以弄得很浪漫的。"

"得了吧，路易斯，你能把我弄出去吗？我要去干活儿了。随便怎样。总之别跟我玩游戏。"

"我去，安琪儿，你这样可不行啊。"路易斯伸手从脏兮兮的黑色牛仔裤口袋里掏出一个小袋子。"喏，"他拉过玛丽恩的手，把一小块褐色的东西狠狠塞进她的掌心，"别以为我忘了你欠我多少钱，安琪儿。我记性可好了，很快你就得好好补偿你的债主了。懂我的意思吧？"路易斯两手笼住裤裆，一语双关地强调着，低头从自己的扁鼻子上面看着她。但她无动于衷。

"我会付你钱的。"

"没人能欠我的。"

玛丽恩推开女厕所的门，但又回头看了他一眼："别叫我安琪儿。"

2

玛丽恩把门关上，顺手锁了起来。她看着手中的小袋子，小心地解开，生怕弄破了里面的塑料袋。袋子比她期待的要轻一些，但也能帮她撑过接下来 8 个小时的抚弄和摸索。如果她撞大运，还能找到一个饥不择食的家伙看她跳大腿舞，这样她就能从地洞里爬出来，给自己和孩子租几天小窝棚。她把袋子在掌心里摊开，用长长的粉色假指甲挑起一小团，凑到鼻子上深吸了一口。每次都辣得像是被喷灯烧过，但她很喜欢。冰毒倒是不辣，但根本就不管用，欺骗了她好多次感情。路易斯总是能准时送来这些破玩意儿。她的双眼立刻蒙上了一层泪水，受伤的左侧泪腺比平时喷涌得还要厉害。她从洗脸台旁边的纸巾槽里飞快地拽了一张，轻点着拭去自己的泪水。她总是把深巧克力色的头发放下来遮着脸，更不消说还涂了一吨的粉底，想掩盖自己的伤口和疤痕，但在洗手间无情的荧光灯下，这一切还是一目了然。她又挖了一团致幻剂，爽了一把。更多的泪水。更多的擦拭。她又狠狠心往镜子里看了一眼。她的身材还在，即使生了孩子也没有走样。而且生了孩子以后，本就迷人的曲线变得更有味道了。没有妊娠纹。乳头也没有变大。她还是那个玛丽恩——只是更棒。但又有什么用呢。只要看了她的脸一眼，人们就再也看不到别的了。她仔细系好了小袋子，塞进几乎不能遮体的霓虹色比基尼胸罩中。然后她深吸了一口气，脑袋往后一仰，让致幻剂流进喉咙后方。这是她最喜欢的部分。她对着镜中的自己假惺惺地微微一笑，打开了洗手间的门锁。

找回放在音箱上的托盘之后，她扫视了房间一圈，寻找着最好的机会，指望能挣上几块钱。她最终走向了一张像是坐满了大学生的台子，个个毛发浓密，看起来只有二十几岁，鸭舌帽帽檐朝后扣在后脑勺上，T 恤上印着橄榄球队的标志。致幻剂正在起作用，给了她自信。嗑了药以后，忘却现实生活也不是那么难了。

3

到了周四晚些时候，店里的人潮退去，只剩下不多的几个常客。玛丽恩在啤酒龙头旁嚼着致幻剂的空袋子，这次的消耗速度之快，又创了新纪录。她和酒保托德聊着天。托德是个不错的男生，人挺帅，干干净净的。她喜欢看着他。除了偶尔从衬衫袖子里露出来的几个监狱刺青外，他看起来简直不像是应该待在这儿的人。他的身材也很好，轮廓分明，笑起来的时候一口牙白得发亮。

"想喝一杯吗？"托德拿出两个小酒杯，放在两人之间的吧台桌面上。

“每分钟都想，”玛丽恩从正在数着的薄薄几张钞票上抬起头来。从手里的情况看，再加上丁字裤里参差不齐折起来的那些，她今晚挺走运的，搞到差不多60块钱。连吃顿牛排大餐都够了。

“野格[①]，对吧？”

“你太懂我了，托德。”

托德把这款来自德国的绿色烈酒倒进了杯子，酒体浓稠，带着致命的香气。两人一同举杯，一饮而尽，把空杯子重重地往吧台上一放。虽然这种灼烧感不是她最喜欢的，但不要钱，不要钱的就是好的。托德拿开了杯子，转身走向冰桶，上面放着一个敞开的塑料泡沫饭盒，里面装着鸡翅。他拿起一个，蘸了蘸某种白色的酱汁，一口就把上面的肉嘬了个干干净净。玛丽恩看着这盒食物，故意而又老练地噘起了嘴。

“你饿吗？”托德抬起一只手，遮住自己塞满了食物的嘴巴，“我有好多呢。反正我一个人也吃不完。”

玛丽恩体内的兴奋剂让她全无胃口——实际上，闻到食物的味道她还有点反胃——但她想的不是自己。

“哦，不，不，”玛丽恩说，“我不饿。我只是觉得我的孩子可能会有点儿饿，而且今晚我也没捞到几个大子儿。”

托德用吧台纸巾擦了擦嘴角，丢进了垃圾桶。“一句话，”他说，“包在我身上。走之前提醒我就是了。”

“你最棒了，托德。”

“每个女人都这么说。”托德说着，又对着她露出聚光灯般的亮白微笑。

玛丽恩翻了翻眼睛，但她相信，女人们肯定都这么说过。托德又转

---

① 野格（Jäger），指的是野格力娇酒，也称野格圣鹿，是一款源自德国下萨克森沃尔芬比特尔的药草开胃酒。

身向鸡翅走去，就在这时，挂在他身后一排酒瓶旁边的电话亮了起来。这不是一般的酒吧电话，而是连通后面卡特办公室的直线电话。老板很少在酒吧里现身。托德一把抓起电话，夹在肩膀上，边听边把一个鸡翅撕成两半。玛丽恩还赖着不肯走，指望回去受罪之前还能混上一杯免费的烈酒。她望着托德，只见他停下了手里的动作，看了她一眼，又用她听不见的声音对着电话说了些什么。玛丽恩抬起手，无声地比了一个"怎么了"的手势，托德终于放下了电话。

"卡特想让你去办公室见他。"

"干吗？"

"不知道。他没说，但让你现在就去。"

湿漉漉的塑料袋在玛丽恩的嘴里打了一个转，她从吧椅上滑了下来，像是全身的骨头突然变成了果冻。她把钞票对折起来，塞进比基尼胸罩里，往俱乐部后面卡特的办公室走去。

4

后面的办公室其实更像是个改装过的储藏室。没有窗子，唯一能坐的地方就是卡特办公桌后面的那张折叠椅。屋子靠里贴墙放着一排文件柜，旁边用透明胶带贴着几张"头牌"脱衣舞娘签名照，还有个 5 年前就该扔了的烟灰缸，此外就没什么东西了，除了卡特本人。卡特看起来和前厅里他那些无赖客人没有什么两样，也许衣服贵一点儿，但是满脸皱纹，像是被万宝路烟烤干了。满头小卷卷黑发就像是在卡车休息站的水槽里洗过。他觉得自己总是戴着的那副蓝色眼镜很有欧洲范儿，但玛丽恩觉得这副眼镜反倒突显了他的本质———一个抠门儿的皮条客。

"你要见我，卡特？"

他压根儿就没从手里的报纸上抬起头来："收拾东西，玛丽恩，给我走人。"

"什么？为啥？"她装作吃惊，但其实在他开口之前就明白了。

他终于抬头看了她一眼："关于把孩子带到这儿来，我之前是怎么跟你说的？"

玛丽恩的防御姿势一下子垮了下来："哎呀，卡特……"

"少来'哎呀，卡特'这一套。上次我就告诉过你，别把那个小杂种带过来。警察给我找的麻烦已经够多了，还有一帮他奶奶的政府特派员，巴不得我关门大吉。我可不想让他们发现，我在停车场里开幼儿园。"

"我没其他地方可以带他去。"

"跟我没半毛钱关系，甜心。"

"放我一马吧，好不好嘛，卡特……"玛丽恩又往桌上趴得低了一些，希望自己的乳沟能解决问题。但并没有。

卡特站了起来："放你一马？开什么玩笑？我给你这份工作的时候，已经放过你一马了。我觉得你那小腰小屁股也许值得投资，但我错了。你搞得就像没人有权利看它一样。插播一条重要新闻——这是一家脱衣舞俱乐部。上次我在男厕所逮住你那小兔崽子的时候，也放了你一马。我的'放你一马'已经耗尽了。你来这儿差不多一年了，有啥贡献？啥也没有。没有常客。挣不到钱。见鬼，让你留下我还得赔钱。只会跟黑鬼胡搞，拼命往鼻孔里塞白粉。别以为别人不知道，90%的时间里你脑子都是飘的，咬着牙挠着痒，像个下三滥的瘾君子。还有10%的时间，你就赖在我的吧台，讨我的酒喝。我花钱买的酒。我受够了。我对你腻歪透了，我希望你马上离开。现在拿上你的破烂给我滚出去，否则我就叫穆斯过来把你扔出去。"

玛丽恩无言以对。演出结束了。她很明白。卡特往后一仰，又拿起了他的报纸，仿佛他的问题儿童——玛丽恩，已经不复存在了。几分钟后，玛丽恩裹着一件黑色纱笼和与之配套的夹趾凉拖，出现在后门口。她推开了门上的银色金属门闩，上面用褪色的红色字母印着"仅限消防出口"。火灾报警器不工作已经好多年了，金属大门一推就开。她站在俱乐部后面的砂石停车场上，点燃了一支香烟。烟盒里只剩下 4 支了。至少她脚上穿的鞋子还算舒服。想到这里，她微微一笑。她知道这是大脑里残存的一点儿余兴让她往好的方面想，但很快也会消失。好东西都会消失。

她把烟头丢在砂石地上，穿过停车场，往博纳维尔车的后车窗里看进去。这辆破到不能再破的车是芭芭和蒂姆给她的。只见她 7 岁的儿子缩成一团，盖着她的一堆衣服，已经睡着了。是他自己把后座上装着破烂的袋子打开了，给自己弄了个能睡觉的地方。玛丽恩觉得，他看起来就像个天使——一个无家可归的天使。她怎么会觉得好东西都会消失？西蒙那么好。他不会消失。她就这么看着他，过了好一阵子，直到车窗映出身边出现的另一双眼睛。

"你往哪儿跑，小妞儿？"路易斯抓住她的肩膀，猛地把她的身子转过来，差点儿把她的脖子拗断，又一把把她按在车的后侧板上。

"该死的，路易斯。轻点儿。"

"老子想怎样就怎样，"他把她的肩膀抓得更紧了，"我知道你不会不跟我道别就提前开溜的。"

"事情不是你想的那样。"

"哼，那你倒是说说，事情究竟怎样？我跟你说，事情看起来就是我想的这样。看样子你想开溜，不还那两笔钱。我跟你说过，没人能欠我的。"

"我也跟你说过，周五我会付你钱的。"

"哦，是吗？你丢了工作，怎么还我钱？"

"这是我自己的事情，把你的狗爪子拿开。"

"臭婊子，你以为你在跟谁说话？"路易斯照着玛丽恩柔软的腹部就是一拳，痛得她弯下了腰。路易斯往旁边一闪，她立刻跌在了砂石地上。正当她跪着喘气的时候，他一把从她肩上夺下了小包，把里面的东西底儿朝天倒在她旁边的地上。他在化妆品、碎纸头、车钥匙和几个零钱之间一通乱翻，找到了藏在粉色束发带里的一小叠钞票。都是1块和5块的。

"这点不够抵债的。"说完，他把钱塞进了口袋，把玛丽恩拎了起来。她想开口说话，但只是咳嗽，喘不上气。"只好让你用别的办法还钱了。"他把玛丽恩脸朝下压在一辆道奇皮卡的车前盖上。她一边挣扎一边拼命想喘气，但路易斯把她的胳膊往后一扭，紧紧把她的脸摁在车上，开始解她的纱笼。在他们身后俱乐部的后门边，托德出现了，他把答应要给玛丽恩的那袋鸡翅放在地上，又悄悄溜了回去。

"我跟你说了，我可以弄得很浪漫的，"路易斯拽下了纱笼，跟已经被撕烂的丁字裤一起扔在地上，"但你还是更喜欢这样，对吧小妞儿？你就喜欢霸王硬上弓，是不是？"

玛丽恩勉强嘶哑着低声挤出三个字："别……这……样……"她摇晃着想从他紧握的双手中挣脱出来，但胳膊被他抓得太紧，好像都快断了。

"对了，妞儿，摇摆起来吧。"路易斯说着，开始拉裤链。

玛丽恩没有看见啤酒瓶是怎么砸在路易斯后脑勺上的，但她听见"砰"的一响，一个啤酒瓶弹到了她身旁的地上。"噢——妈的！"路易斯放开了她的胳膊，她滑落在地，重重地摔在小石子上。

大概10英尺开外站着一个小男孩，手里拿着另外一个空瓶子。还没等眼冒金星的路易斯回过神来，孩子就像大联盟[①]投手一样扔出了第二个瓶子。他稍微扔偏了一点，没有击中他妈妈身后的那个男人，但瓶

---

① 大联盟（Major League），指美国职业棒球联盟（Major Baseball League）。

子砸在了卡车上，像炸弹一样四溅开来。爆开的棕色玻璃碎片四下飞舞，路易斯和玛丽恩都赶忙遮住了脸。"离我妈远点！"孩子叫道，举起的小拳头攥得紧紧的，像个拳击手。

"哎哟，看看这个小杂种，"路易斯揉着光头上肿起来的包，"三寸钉想充男人。过来啊，三寸钉。看看一个真正的男人是怎么对付欠债不还的妓女的。"那孩子估计最多只有 60 磅，就算在 7 岁孩子里面也是个子小的，但他稳稳地站着，即使路易斯掏出了一把匕首，反射着路灯的点点寒光，也纹丝不动。玛丽恩想起身阻止路易斯，刚勉强双膝撑地，俱乐部的后门突然开了，俱乐部保镖大个子穆斯向停车场走了过来。他是个足有 300 磅的彪形大汉，脸庞活像斗牛獒犬。他身后跟着托德，最后面是卡特，提着一把霰弹枪。

"日他奶奶的八辈祖宗，到底怎么回事？"卡特从停车场那头叫了一嗓子。路易斯把匕首塞回裤子里，冲卡特亮出两只手："这婊子欠我钱，老兄。"

"操，我又没欠你钱。赶紧从我的地盘上滚出去。"

路易斯知道自己还是少说为妙，于是根本没打算争辩。"很乐意，卡特，乐意至极。"他冲还高举着小拳头的男孩微微一笑，又对着玛丽恩冷笑了一声："我们的约会之夜还不算完，小妞儿。回头见。"话音刚落，他就钻进一排车中消失了。威胁解除，小男孩儿飞奔过来，一头扑进妈妈怀里，差点儿又把她撞倒。他骨瘦如柴的小腿紧紧缠在妈妈身上，蹭掉了她光腿和屁股上粘着的砂砾和小石子儿。卡特又叫了起来，好像在说不许她的丑脸再在他的场子周围出现什么的，但她唯一能听见的，就是西蒙在她耳边的啜泣。

"对不起，妈妈。"

"别说对不起，宝贝。永远别说对不起。会好起来的。我保证。我们会好起来的。"

第十八章

西蒙・霍利
2012

霍利警官站在医院的自动贩售机前，电话紧紧贴在耳朵上，腋下夹着一张从笔记本上撕下来的纸。他已经超过24小时没合眼了，需要一点儿咖啡因。等待电话被接听的时候，他从裤袋里摸出一张1美元的纸币，捋捋平整。他把钱塞进了投币口，按下了"健怡可乐"的按钮。没有反应。

电话被接了起来，响起一个粗哑的声音："蒙哥马利。"

霍利把电话换到了另一侧耳边："您好，嗨，蒙哥马利调查员。我是西蒙·霍利。是莫比尔的一位警官。我们在办费舍尔的案子时见过。就是那个——"

"我知道你是谁，孩子。你在那儿可是有功之臣。"

"谢谢您，长官。如果没有贵局的帮助，我是不可能立功的。"

"能帮上忙我们也很开心。我能为你做点儿什么，警官？"

霍利从腋下拽出那张折起来的笔记本纸，打开来，顺便踢了刚吞了自己钱的贩售机一脚。还是没有反应。

"我这儿有一个名字，想看看你那边能不能帮忙查查。我正在办一个案子，查线索的时候遇到了点儿小麻烦。"

"那你干吗给我打电话？不能直接用你们部门的数据库查吗？"

"嗯，的确，但是自从费舍尔那件事儿以后，我就不是这儿的红人了，如果你懂我的意思的话。"

"那些大人物不喜欢你们这些生瓜蛋子插手他们高调的案子？"

"没错，长官。"

"哼，去他们的，孩子。只要是办案需要，就不该不给你提供资源。你们那边管数据库的是谁？"

"怎么说呢，长官。这其实不是一个案子。是件私事。"

"明白了。"

电话那头沉默了一会儿，霍利又给了贩售机一脚。依旧没有反应。一个看起来更像是《实习医生风云》①里面保安的男护士往这边看了一眼，歪了歪脑袋。

"好吧，你要查什么名字？"蒙哥马利问。

"只有一个名字。佩佩·拉米雷兹。"

"怎么拼，孩子？"蒙哥马利问。

大个子护士向霍利走了过来，把手放在他的肩头上，霍利吓了一跳。"打扰一下，先生？"

霍利转了个身背朝着他，不加理会，给蒙哥马利拼出了名字。"他是个下等皮条客，这个拉米雷兹，"他说，"是佛罗里达州杰克逊维尔那边的一个小混混。我只需要看看他的档案。他现在年纪已经大了，很可能已经六十多了，要是还活着的话。这个线索可以帮你缩小范围，要是找出不止一个名字的话。"

护士绕了个圈，又面对着霍利。"打扰一下，先生。"他重复了一遍，显得有些着急。霍利盖住话筒："滚开，伙计。只是个可乐机，至于吗。"护士看了一眼贩售机，挑起了眉毛。霍利又转身避开了他。

"我来想想办法，霍利，"蒙哥马利说，"给我个号码，打回去能找得到你的。"霍利照办了。

护士第三次转到了霍利面前。"霍利先生。"他说。

"干吗？"霍利又盖住了话筒。

"时候到了。"护士说。

"什么时候到了？"

---

① 《实习医生风云》（*Scrubs*），一部描写实习医生的美剧。

"时候到了，"护士重复了一遍，柔和了许多，带着同情的意味，"我们找了你好一阵子。你没听见呼叫吗？"

霍利挂断了电话。

几秒钟之后，他跑回了监控母亲情况的临终病房。还没踏进房间，他就知道，自己回来晚了。医生和护理人员围在她的床边，过去24小时里一直在他脑子里嗡嗡作响的各种监控仪器终于令人痛心地归于沉寂。看见他出现在门口的时候，他们往后闪了一闪，让出一条道儿，给他进来。他的双脚像是灌了铅，一步重似一步。一位医生把手放在他的肩头。充满同情的注视仿佛要把他肺里的空气都挤出来。

"她走了，孩子。"

"我……我刚刚在打电话……"霍利想不出此刻还能说什么。医生把房间里的人都带了出去，霍利在母亲的床边坐了下来。他拿起她的手，贴在自己脸上。指尖传来的寒意把刚刚发生的事实直直戳入他的胸膛，他哭了起来。他大声地哭着，抽泣着——哭得像个孩子。他轻抚着她的面庞，用指尖探触着上面的伤疤。她以前从不让他碰。她总是把脸扭开，觉得不好意思。但他觉得这伤疤很美。他觉得有关她的一切，都是如此美丽。现在这面庞上的哀伤终于消失了，像是随着呼吸消散不见了，更增添了她的美丽。他轻轻枕在她的胸口，合上了双眼。就这样不知过了几分钟，还是几个小时。时间长短已无关紧要了。

又一只手搭上了他的肩头。"你失去了亲人，我很难过。"身后传来一个声音。霍利抬起头，但是并没有去看前来安慰他的医院牧师。他把目光投向了散落一地的黑白笔记本，还有一些堆叠在母亲床边的椅子上。他把这些笔记本从安顿母亲的公寓里拿来，在陪伴她走完生命最后一程的时候，读了里面的内容。直到今天，他才知道母亲记了这么多日记。直到今天，他才知道许多以前所不知道的事情。他不知道丙肝会导致肝癌。也不知道会在这么短的时间里要了你的命。他不知道母亲一直瞒着他。她一定是在生病以后才开始写这些日记的。它们读起来就像是一部古希腊悲剧。里面记下了她经历过的每件可怕的事情，却只字未提后悔生下了西蒙。虽然有时他们只能睡在废弃的汽车里，好多天吃不上饭。这一切都开始于杰克逊维尔，因为那个叫佩佩的人，开始于她被割伤了脸的那个夜晚。从最上面一本还没来得及看的日记里，他看见了那张被用作书签的照片一角。他坐直了身子，强迫自己站了起来。

"如果你觉得现在还没准备好，霍利先生，"牧师后退了一步，给霍利让出活动空间，"或是我的出现让你觉得不太舒服，我可以离开。或是晚一点再回来。"

"警官。"霍利说。

"您说什么？"年长的牧师问了一句，把皮革镶边的《圣经》搂在胸前。

"叫我霍利警官。"霍利从笔记本里抽出了那张照片。

"当然。"牧师说。

霍利看着那张照片，那是小时候他和妈妈去莫比尔县市集玩的一张合影。他记得那晚他们只能在林子里过夜，妈妈把他紧紧搂在胸口暖着，他才不至于冻得瑟瑟发抖。大颗大颗的泪珠从他刺痛的双颊滚落下来。他又回到了床边，在妈妈身旁坐下。

"如果你想找人说说关于玛丽恩走了的事情，"牧师说，"总是可以来找我。我的办公室就在出门左手边第四间。我把名片留给你，就放在椅子上。"霍利没有答话，也没有转身。牧师走后，他把照片放在了母亲的枕头上，拿起床头柜上的一瓶止疼片，塞进了自己的口袋。关于玛丽恩的死，他是想找人谈谈，但不是跟那个只会读《圣经》的医院员工谈。他从口袋里掏出那张折起来的纸，看着上面自己圈出来的那个名字。他想跟另外一个人好好谈谈。

第十九章

佩佩·拉米雷兹
巴拿马城，佛罗里达
2014

车灯的强光刺穿了涤纶窗帘。车轮与砂石路面的摩擦声混合着嘈杂的墨西哥流浪艺人音乐声，宣告拖车的主人回家了。戴着面罩的男人深吸了几口气，又往人造革躺椅里沉了一沉。他轻抚着大腿上格洛克17型手枪的枪管，把心率降到平静、放松的节奏。

　　拖车的主人跌跌撞撞地走进漆黑的房间，掀起一阵喧闹，带进来一股大麻的气息。那气息发甜，闻起来像是泥土，只要粘上就不容易抹去，就像融化的蜡。这个目标是个老派恶棍。他的刺青显示出他是"拉丁王①"的一员。卡其色丝光斜纹棉布裤子掉到了屁股下面，足足露出6英寸的深蓝色拳击短裤。他身上穿着薄薄的紧身背心，每一块肌肉都纤毫毕现。还有一把巨大的黑色手枪插在裤子前面。这么重的玩意儿，怎么没把他的裤子拖到地上，还真值得研究。

　　老痞子走进小厨房，一拉墙上的灯绳，整个拖车里都亮了起来。戴着面罩的男人适应了一下光线，看着老痞子从裤裆里掏出那把巨大的手枪，放在厨房桌上。

　　好家伙——点44口径的马格南左轮手枪。

　　这人以为他是墨西哥版的警探哈里②吗？面罩男忍不住笑了一下。这枪连他都没有。他看着那混蛋开关了几次小冰箱，像是等着什么新玩意儿从里面冒出来，最后拿起了还剩半瓶的蒙帝苏玛龙舌兰。他把足有两指高的酒直接灌进了喉咙，靠在厨房台面上定了定神。就在他转身努力往卧室迈步的时候，注意到起居室躺椅上坐着个戴面罩的男人。他也同时注意到了男人腿上的格洛克手枪。滑雪头罩下面的男人露出了一丝微笑，看着面前的老家伙面色凝重，若干个可能的逃脱场景从他的表情中闪过。在闯入者举起腿上的枪之前我能不能够得着厨房桌子上的枪？

我的枪保险开了没有？从这里走到前门有几步？在椅子上那个男人开枪之前我能抢先一步赶到他身边吗？我的马仔还在不在外面吸大烟？最后他决定还是装得冷静一点，也许能通过谈判逃过此劫。

"你是来要我的命的吗？喂，那你最好快点动手。但是做好出门像条死狗一样被追杀的准备。我的人到处都是，我的朋友。海岸线上下，人人都敬我三分。你准备好惹上大麻烦了吗，白皮小子？"

面罩男放下二郎腿，拿起大腿上的枪松松地举着，对着他的目标。"请原谅，佩佩，一个住在度假营地铝制拖车上的美籍西裔混混，实在无法令我刮目相看。要不你再叫上几个强奸犯兄弟会马仔对我扔几本支票簿看看？"

佩佩听见了他的名字。这并非偶然。他扫了桌上那把巨大的手枪一眼。只有 3 英尺远，不过也有可能是不可逾越的天堑。面罩男晃了晃他的手枪。"你可不想这么做，老兄。等你到了桌子旁边、拿起枪、打开保险，佩佩·拉米雷兹早就变成一堆烂刺青和草莓果冻了。再说了，你难道不想知道我是谁？为什么带着这么大一把手枪来找你？"

"去你妈的，衰人。"

霍利调查员叹了一口气，摘下了面罩。"是啊，我想你是对的。我这是何苦呢。想必想要你老命的人，能写满一张洗衣清单吧。我可能是上面任何一位。"

"废话少说，干吗不动手？"

"干吗不坐下说呢？"霍利站起身来，拿枪指着他的目标，示意他

---

① 拉丁王（Latin Kings），美国最大的拉丁美洲裔黑帮"全能拉丁王国"（The Almighty Latin King Nation）的简称。该帮派 1950 年起源于芝加哥，势力范围影响了美国 34 个州，仅在芝加哥就有 18 000 多个成员。
② 《警探哈里》（Dirty Harry），由华纳兄弟公司出品的动作片，于 1971 年 12 月 22 日上映，讲述警探哈里不计一切代价誓将凶手绳之以法的故事。

坐到早餐台前去。佩佩犹豫了一下，还是照办了。

"现在，让我把这位爷请出去，咱俩才能专心聊天。"霍利拿起佩佩的手枪，把这个死沉的金属块丢到了躺椅上。佩佩眼中最后一点希望消失了，只留下两个死气沉沉的黑洞，看着手枪在红褐色的座椅上一弹。"事实上，我是谁无关紧要。我到这儿来并不是为了我自己，"霍利从黑色作战服的口袋里掏出一张小小的照片，摆在佩佩面前的桌上，"我来是为了她。"

佩佩没看照片，只是死死盯着拿枪的男人。

"你认得她吗？"

佩佩盯得更凶了。霍利以眼还眼，俯身靠得更近了些："好好看看这张相片，否则你的两只膝盖就等着吃枪子儿吧。"

佩佩低头看着照片，那是一个坐在草地上的女人，身边有个小男孩。他先是凑上去端详了一会儿，突然咳出一口浓痰晕了过去。霍利的动作快如闪电，照着佩佩就是一枪托。佩佩脸上一阵剧痛。他不是不习惯挨打，只是很久都没有体验过了。自从洗手不干之后。这一下，像是把他打乖了。

"好吧，小子。操。你到底想干吗？"

霍利抓住佩佩那一头显然是染出来的油腻腻的黑发，把他的脑袋从桌子上拎了起来。他叫了起来："嗷！见鬼，喂，你到底要怎样？"

霍利松开手，拿起照片："我问了你一个问题，你这个没有规矩的狗东西。"

"什么？什么鬼问题？"

霍利举起照片，离佩佩的脸只有一英寸："我问你，你认不认识这个姑娘？"

佩佩又看了一眼："她看起来和在我手底下干过的任何一个妓女没什么两样。"

霍利用枪托死死抵住佩佩的额头，用的力气之大，足以在上面刻下一个印子。他把照片放回桌上，平静地说道："我再给你最后一个机会，我的朋友。嘴巴放干净点，老老实实回答我的问题，也许你还能活着出去。"

佩佩咽下了一口血："开什么鸡巴玩笑，喂？我回不回答你的问题，结果不都是一样？你知道的。我进来，看见你坐在我的椅子上，在我家里。你甚至连枪都不拿在手里。就那么满不在乎地坐着，像我的哥们儿似的。你戴着那个狗屁面罩，像是能隐藏什么，可它隐藏不了你的眼睛。你有一双杀手的眼睛，我的朋友。这就是为什么我马上就知道，咱俩总有一个要去见阎王。你他妈就是个彻彻底底的杀手。跟我一样，兄弟。"

"你错了，老兄。我和你不一样。"

佩佩笑了笑，露出满嘴的血和被打碎的牙齿："我说过了，咱俩是一路人，白皮小子。赶紧动手吧。一叩扳机的事儿。我不怕死。下辈子再找你报仇也不迟。记住我的话。"

"所以，你是压根儿不想跟我说任何安琪儿的事情咯？"

"谁？"

"照片里的姑娘。你给她取名叫安琪儿。"

"啊，对，安琪儿。这是我给自己老二取的名字。我让你妈好好伺候了它一顿，我才——"

霍利又对着佩佩挥了一枪。这一次下手更狠。佩佩脖子一拧，跌坐在椅子上。霍利一把抓住他的头发，猛地往后一拽。鲜血顺着退役混混的下巴流下来，沾满衣襟。

"想死没那么容易，佩佩。我这儿有个人，要和你说话。"霍利松开了老流氓的头发，掏出手机。他按了一个号码，举起手机对着耳朵。电话接通之后，他按了免提模式，放在桌上的照片旁边。手机里传来一个孩子的声音，语无伦次地用西班牙语嚷着。佩佩脸上的横劲儿荡然无存，化作了慌乱。他也对着话筒用西班牙语叫喊着。霍利按了手机一下，挂断了电话。"卡洛斯是你妹妹的孩子，对吧？你就是为了他才金盆洗手隐居至此的。多可爱的孩子啊。他多大了……9岁？"

佩佩冷眼看着霍利："我要杀了你，白皮猪。"

"不，佩佩，你不会的。但是如果你告诉我我想知道的事情，我就让我的朋友不要把你外甥的脑袋按进汽车旅馆的浴缸里。"

佩佩挣扎着想站起来冲向霍利。霍利不费吹灰之力就把他推了回去。

事已至此，他只有求饶。"请不要伤害那个孩子，"佩佩说，"这会杀了我的妹妹。他是她的全部。"

"那就跟我说说呗。只是一场对话而已。然后我就给我的朋友打电话，人人都可以开开心心回家去。"

佩佩像泄了气的皮球，瘫倒在椅子上。他看着桌上的照片。"我真的认不出来，兄弟。我手下来来去去那么多姑娘。时间隔得太久了。"

"给我看仔细点。那个时候她可能还是金发。她的脸被割伤得很厉害。"

佩佩俯下身子，又认真端详了照片一阵子，然后抬头看着霍利："嗯，我想起来了。安琪儿。她怎么了？"

"你还记得那晚她被割伤的事情吗？"

"记得，是个嫖客干的。那个狗娘养的，把她割得太惨了。是我把她送去包扎的。她对我来说已经没有任何利用价值了。但那不是我干的，兄弟。我还帮她来着。事情发生之后我还给她治病呢。"

"那个嫖客是谁？"

"我不知道，兄弟，那种事情我从来不记的。"

霍利把身子靠在冰箱上："那你怎么不报复啊？你向来都任凭嫖客

毁你的财路？"

"见鬼，不可能。我不是没试过，但那家伙有人罩着。"佩佩用手托住了前额。

"被谁罩着？"

佩佩也不再藏着掖着了："英国佬。"

"给我一个真正的名字，佩佩。"

佩佩坐在那儿，托着脑袋。霍利用枪管轻轻敲着桌面。"想想小卡洛斯。"他说。

佩佩抬起了头："他的名字叫威尔科姆。奥斯卡·威尔科姆。"

"此为何人？"

"我不认识这个狗娘养的，"佩佩说，"我只知道他是个有钱的白皮佬，给了我很多生意。他总是从我这里叫姑娘去派对，给其他有钱的白皮佬找乐子。那个割伤了你的姑娘的家伙，就是威尔科姆的一个 VIP。"

"威尔科姆，"这个名字在霍利舌头上打了个转，"威尔科姆有什么补救措施吗？"

"你这是什么意思，兄弟？发生的事情我都告诉你了。快给你的人打电话放了我外甥。"

"我的意思是，他有没有付你钱赔偿损失？"

"我不记得了，朋友。"

"不，你记得。他到底付没付你钱？"

"操，兄弟，他付了。是的。他付了我 2 500 块。"

"2 500 块就摆平了？你就为了这 2 500 块，放过了那个嫖客？"

"是啊，兄弟。做生意就是这样。仅此而已。赶紧给你的马仔打电话。放了我的外甥。"

"我再问你最后一个问题：那个嫖客叫什么名字？"

"我跟你说过了，我不记得了。"

"不，你可没这么说。你刚才说你不知道。现在说你不记得。这是两码事。"

"那又怎样，兄弟。都过去这么久了。赶紧打电话吧。"

"不。现在还不是时候。问题还没有解决。如果这个威尔科姆只付了你2 500块就想开溜，那么故事还没有讲完。那点钱也许能搞定你最底层的婊子，但绝不是这一位，"霍利用枪管点着他妈妈的照片，"这一位，只要几个礼拜就能给你挣到这么多钱。她很会来钱，而且刚刚入行。你还没有来得及玩转这个女人，怎么会允许汽车旅馆里的一个混蛋毁了你的挣钱机器？而且只赔了不到3 000块就摆平了？不可能。你为什么这么便宜地放过了那个英国佬？"

"我们两对便宜的定义不同，白皮小子。"

霍利猛地把枪管戳进了佩佩的眼里，墨西哥佬疼得尖叫了起来。"我没心情跟你耍嘴皮子，佩佩。现在，我再问一遍，为什么这么便宜？"

佩佩擦去了眼角的血迹。

"好吧，"霍利说，"请允许我来说几句。我只是信口开河，所以要是说错了什么，欢迎随时打断纠正。但据我猜测，汽车旅馆里的那个人是个你得罪不起的大人物，实在搞不定，而且那个英国混蛋对此心知肚明，所以就随便给了你几个小钱把你打发了，对此你也很乐意。事情是不是这样？"

佩佩只是坐着，沉默不语。

"我再给你最后一个机会，把你知道的一切都说出来，佩佩，否则我就把手机砸烂，小卡洛斯——"

"伯勒斯。"佩佩说。

霍利一字一顿地重复着："伯勒斯？"

"嗯。佐治亚山上的一个大佬。我以前都不知道佐治亚州也有黑帮。躲在山上林子里的一帮杂种。他被保护得太好，我的人都近不了身。所以我只好作罢，减少损失。"

"他的名字是伯勒斯？"

"对。"

"你确定？"

"对，我他妈很确定，而且我只知道这么多。"

两个人就这么隔着早餐台面对面坐了好一会儿。霍利仔细端详着这个满脸是血的混混，想从他脸上找出还有话藏着没说的痕迹。"我想我相信你，老兄。"霍利终于开了口。佩佩合上双眼，垂下脑袋，像是开始祈祷。

霍利慢慢地摇了摇头，拿起了手机。他按了一下重拨键，把手机贴在耳朵旁边。"把孩子送回他妈妈家。"然后挂断了电话，放回口袋里。

"现在动手吧。"佩佩说着，并没有睁开眼睛。这句话，他不用再说第二遍。霍利举起格洛克手枪，一枪正中胸口，一枪又中脖子。

第二十章

奥斯卡·威尔科姆
杰克逊维尔，佛罗里达
2015

1

这间办公室很小，比霍利调查员预想的要小。摩托车迷杂志和装备散落在房间各处。家具还不错，但也不是名贵货色。墙上挂着便宜的石版画，估计买的时候被宰了。门边的自助式咖啡并不比便利店的好——也许还要更差些。霍利把咖啡放在等候室的台子上，随意翻阅着一本《机车世界》①，尽力装作没在盯着前台姑娘看的样子。那美人儿有一头乌黑亮丽的长发，是整个房间里唯一值得看的东西。他估摸着她大概有三十多岁，比起 34 更像 36，但脸上还是光洁如玉。丰满的嘴唇涂成闪亮的焦糖苹果色，鼻子尖尖的，有一双深邃的眼睛，几乎是深蓝色。他在威尔科姆的档案里看过她的照片，但是真人更加惊艳。

一个全身牛仔衣的秃头壮汉从比安卡·威尔科姆身后的办公室里走了出来，在她耳边低语了几句。他们礼貌地冲对方微笑了一下，那男人就离开了办公室，但一直不怀好意地盯着霍利，直到出门。霍利冲他挤了挤眼睛，记下了细节。把对方的长相印在了脑子里。

"霍利先生？"比安卡说。"威尔科姆先生现在可以见您了。"

"多谢。"霍利把杂志放回台子上，站起身来，经过比安卡身边，向办公室门口走去。他多希望她能对他展露一个刚才给蓝牛仔巨人的微笑。但她没有。连看都没看他一眼。

2

"霍利调查员。抱歉让你久等了。要是早知道你要来，我就推开所

有的事情，专门候着你了。"奥斯卡·威尔科姆年近 70，显得老态龙
钟。小小的个子，走路的时候有些佝偻。过去几年里他的脖子似乎渐渐
消失了，看起来仿佛脑袋直接从肩膀中间长了出来，像个半人半龟的混
合物种。灰色的法兰绒西装在身上晃荡，就跟还挂在衣架上似的。灰白
的头发只剩下几缕，横着梳过光秃秃的头皮——他自己想必也知道这发
式看起来有多可笑。他伸出一只纤薄的手，霍利接过来握了握，生怕把
它弄折了。

"这个嘛，你知道我们这些联邦调查员的风格。我们喜欢吊着别人
胃口。要是告诉你我们要来，你就有时间准备了嘛。"

威尔科姆在金丝边眼镜后面眯起了双眼："那我需要时间准备吗？"

"这个得走着瞧。"

威尔科姆绕回办公桌后面坐了下来，示意霍利在他对面的扶手椅上
落座。"霍利先生来，有何贵干呐？"

"调查员。"

"啊？"老人又眯起了眼睛。

"调查员霍利。不是霍利先生。这点你可得记好了。因为这次谈话
对你很重要，我不希望你搞不清状况。"

"嗯，好吧。"威尔科姆身子往后一仰，十指指尖相靠放在大腿上。

"听着，正因为我是联邦调查员，所以我下面要跟你说的话才更有
分量。懂我的意思吗？"

"我想我懂。"

"我讨厌那个词。"

"哪个词？"

"想。你要么懂，要么不懂。人们说话的时候老喜欢带上这个词，

---

① 《机车世界》(*Cycle World*)，1962 年创刊于美国的摩托车杂志。

完全没有必要，听起来特别虚伪。你是不是也想显得特别虚伪呢，威尔科姆先生？"

威尔科姆在座位上调整了一下身体，推了推眼镜："霍利调查员，只怕我得再问你一次，你来这里有何贵干。"

"很好。"霍利露出了一个鲨鱼般的笑容。

威尔科姆一头雾水："什么很好？"

"你说了'只怕'。我要是处在你的境地，也会觉得害怕。"

"什么境地？"

霍利从夹克衫胸前的口袋里掏出自己的证件，摆在威尔科姆的写字台上。他打开皮革套子，对着老人亮出里面的身份证明。

"看看。"

威尔科姆俯下身子，端详着证件，没有伸手去碰。

"上面印着 ATF，"霍利说，"代表酒精、烟草和枪火。所以你要是看我一来就吓尿在你的老人尿不湿上，我也可以理解。我的意思是，因为你在靠非法贩卖枪火敛财。"霍利点了点证件上大写的 F。

威尔科姆尽力作出一副愤愤不平的样子："我不知道你在——"

"得了吧，老头儿。别跟我要'我不知道你在说啥'这一套。我知道一切——一切。"

"我真的不知道你在说啥。"

霍利摇了摇头，深吸了一口气，又慢慢地吐出来。

"好吧。这么着吧。那句话，就是那句我让你别说出来的话，就当是你对我撒的最后一个谎。从现在开始，我们打开天窗说亮话，更重要的是，说实话，否则我会站起身来，谢谢你抽时间见我，走出门去，给我的人一个行动信号，让他们赶到你杰克逊维尔的工厂，好好看看东边那座楼。然后，我会给我等在坦帕市枫叶泉 1121 号的小分队打电话，让他们也突击检查一下那个制枪点。彭萨科拉的那个点现在不在生产，但我打赌仓库里一定装满了成箱的突击步枪，等着运往亚特兰大。"

威尔科姆佯装的愤怒消失殆尽，但霍利还不罢休。"遍布你这片乐土的 7 家窑子，还有你坦帕码头仓库里的枪支零件和冰毒原料还要再等等，但我相信我海关和 FBI 的弟兄们会愿意过去好好乐上一整天。"

威尔科姆的脸色变得苍白，前额上纸一样薄的皮肤渗出了一丝浅浅的汗迹。霍利微微一笑。

"很显然这是一场误会。"威尔科姆说。

"哎—哟—哟——"霍利举起一根手指，在空中摇了一摇，"我刚才怎么说来着？跟我撒谎会怎么样？"

威尔科姆定了定神，思考了好一阵子才开口："你到底来干吗？"

"我以为我们都很清楚了呢。你是个混蛋枪贩子。我专干混蛋枪贩子。我们是天生一对。"

"允许我换一种说法。如果你对我了如指掌——对我的生意这么了解——而且 ATF 已经在你提到的这些地方安插就位了，那我再问一句，你来干吗？干吗不索性弄来一屋子你的人，直接把我逮捕？你还在等什么？"

"你还真不笨嘛，是吧？但你笨了也不行啊，你得挣黑心钱，还不能引火烧身。但现在这一切都结束了。"

"我猜咱们能做个交易？"

"看看你。真是一个思想家，对吧？"

"你想要什么，霍利调查员？"

霍利的笑容消失了。他从裤袋里掏出钱包打开，拿出一张破破烂烂的照片，上面是一个半边脸被遮住的年轻女人，和一个黑发小男孩儿一起坐在草地上。他匆匆看了照片一眼，然后把它放在桌上自己的证件旁边。

威尔科姆看着照片。"这是什么？"他问。

"一张照片。"

威尔科姆皱起了脸："这我明白。你认为我应该知道一下照片里的人是谁？"

"你是该知道，但我确定你并不知道。像你这样的人，对很多人的性命都视如草芥，忘记他们可比记住简单多了。"

威尔科姆脸上一僵，仿佛被扇了一个耳光。他还不太习惯处于如此被动的局面。他没再看这张照片。

"你问我想要什么，"霍利说，"这就是我想要的。"他轻点着照片。"但我再也无法找回它了，因为你，和跟你勾搭在一起的那些桃州的畜生。"

威尔科姆又眯起了眼睛，然后取下眼镜放在桌上，等着霍利说下去。

"我想知道你所知道的关于伯勒斯家族的一切。我了解的已经不少了，但是我需要跟你交换一下意见。我想知道你跟他们生意往来的全部细节。时间、日期、金额。全部的全部。我想知道你跟他们哪个兄弟有最直接的联系，是'灰熊亚当斯①'还是那个坏警察。我还想让你把过去 40 年里跟他们做的每一笔肮脏的交易都给我倒出来，如果有一笔没听到，我就绝对不离开。"

"然后你准备拿这些信息干什么？"

"说真的，我该回答你的问题吗？你还是先回答我的吧。"

威尔科姆拿起照片，凑近了仔细端详。他的脸色柔和了下来："原来是你的私事。"

"是的。"

---

① "灰熊亚当斯"（Grizzly Adams），19 世纪美国加利福尼亚州一位著名的山民，以捕捉和训练灰熊得名。

"照片里的孩子是你，对吧？"

"我很可爱吧？"

"还有这个坐在你旁边的女人。她是你的母亲？"

"曾经是。但她已经过世了。"

"我很抱歉你失去了至亲。我很理解家人之间的感情，霍利调查员。"

"哦，是吗？就像你和你坐在外面的女儿之间的感情一样？"霍利大拇指往门厅方向指了指。威尔科姆看起来微微吃了一惊。"我跟你说了这么多，你还会对我知道外面坐着的那个大屁股辣妹是你女儿觉得吃惊？这只不过是个常识罢了。"

"我想你需要注意一下提到我女儿时的措辞，霍利调查员。"

"我想你需要去干你自己一炮。轮不到你教训我该干什么。也许我该出去告诉你的宝贝女儿比安卡，她最亲爱的老爸是个贩卖枪火的人渣。我猜她还很想知道，你是怎么为你的犯罪同伙拉皮条的。那样一来你们家人间的情感会变成什么样，我倒是很想知道。不，先等等，"霍利顿了一顿，挠了挠头，"她还给你管账对吧？我猜过了这么久，她不会不知道事情有蹊跷吧？是不是？她也罪责难逃。不知道那么火辣的屁股穿上囚服是什么样子。"

"她跟这一切没有半点关系。放她一马吧。"

"这得看你了。要是你乖乖照我说的做，她就可以继续被蒙在鼓里。她还会觉得她老爸是个慈祥的老头儿，喜欢摩托车，你也可以找个地方，平静地握住她的手老去。对此，我郑重声明，我的母亲并没有享受到此等福分。"

"我不认识她，你的母亲。"

"你们是没有直接关系。但你在和加雷思·伯勒斯会面的当晚，把她当作礼物送给了他。你给那个叫佩佩·拉米雷兹的墨西哥人渣打了个电话，结果他就把她送到了那个乡巴佬嘴边。他先是强奸了她，又打了她，最后，毁了她的容。"霍利站了起来，但是威尔科姆不敢直视他的眼睛。霍利眼中正义的愤怒让他无法直视。

"我……我并不知情。"

西蒙感到这个谎言灼痛了他的整张脸庞，但他并没有表露出来。他还没有做好出这张牌的准备。他继续跟威尔科姆装傻。"所以你才能活到现在。佩佩可就没有这么走运了。"

"加雷思·伯勒斯已经死了好几年了，这你知道吧？"威尔科姆说。

"对他是个解脱。我真希望是我的子弹取了他的性命，但父债子还也未尝不可。家族纽带，对吧？他们一个都逃不掉。"

"如果我跟你说了你想知道的一切，我会怎样？"

"你可以回家，而不是去联邦监狱。然后退休，就此罢手。你必须切断和伯勒斯家族的全部联系。进出全免。枪支、毒品、钱，通通免谈。连圣诞卡也不许寄。然后你可以去玩推圆盘游戏，这我就不管了。"

"就这么简单？"威尔科姆湿冷苍白的皮肤上，又重现了一点血色。

"是的，还有一件事。"

"什么事？"

"你下一次去佐治亚收货款是什么时候？我需要知道每一个细节。我来替你收这笔钱。"

第二十一章

哈尔福德·伯勒斯
2015

1

"头儿，疤癞迈克刚来通报，5分钟前两辆摩托车从东面上来了。"

"好。"哈尔福德说。他坐在院子主宅大房间里巨大的橡木桌旁，做这张桌子的树是他亲手砍倒的。在以前家族生意主要依靠大麻的时候，这间屋子曾被用作干燥室。但现在的冰毒产业需要的空间就小得多了。这些日子，哈尔福德多把它用作军械库。屋子里靠墙摆满了成架的枪械和金属柜子，里面装着步枪和长枪。地板上叠放着军用提箱，里面装满了手枪和弹药。桌子上铺着一张黄色的薄毯子，上面摊着霰弹枪的零件。屋子里有一股浓浓的枪油味儿。

"你干吗不进来一会儿？"哈尔福德招呼邋里邋遢的信使。他一直在门外徘徊。

"哦，好的，先生。"那小伙子一个激灵，走了进来，来复枪在肩上晃着。纱门在他身后哐的一声关上。

"坐下。"哈尔福德说。

小伙子照做了。

"你是'兔子'，对吧？霍兰德的儿子？"

"是的，先生。"

"你在我手下干了多久了，孩子？"哈尔福德拿起12号霰弹枪蓝幽幽的金属枪管，往里面看了一眼，又吹了口气。

"快到一年了，我想。"

"你想，还是你知道？"

小伙子很紧张。他感觉到自己的双手在发抖，于是藏了起来不让别人看到，但他的膝盖却止不住地在桌子下面乱抽抽。"我知道，先生。下个月就满一年了。"

"你沾上那玩意儿有多久了？"

小伙子没有回答。嗓子像是突然被冻住了。

"听见我问你的话了吗，'兔子'？"哈尔福德从桌上拿起一根长长的钩状铁丝，在顶上穿上一小块蘸了油的布，伸进枪管里。

"听见了，先生。"

"回答我。"

"我……我……"

"你知道这儿的规矩，对吧，小子？"

"是的，先生……我……"

"任何人在为我工作的时候嗑我的药，我都视为偷窃。你知道我对偷窃怎么看，对吧，'兔子'？"

小伙子终于开了口："我发誓我没偷您东西，伯勒斯先生，长官。我没有。我和另外几个哥们儿只是有时候喜欢聚在一起找点儿乐子，但都是嗑我们自己的药。我不会拿您的东西的，先生。每个人都知道这是……"

哈尔福德从枪支零件上抬起头来。他的眼睛在被帆布盖住的窗户外透进来的微光映照下，几乎是黑色的。"这是什么，确切来说？"

年轻人像是快要窒息一般说出了剩下的话："是……发疯。"空中传来好几辆哈雷机车停在门外的轰鸣声。哈尔福德往窗外看了一眼，邋遢孩子这才喘过气来。哈尔福德飞快地把枪组装好，用一张纸巾擦去了手上的油渍。"我会找你老爸谈谈，看他想怎么处理这个问题。霍兰德是疤痢迈克的二表哥，我说的没错吧？"

"是的，先生。"

"那你也算是家人了。这也是你能活到现在的唯一原因。明白了吗？"

“是的，先生。谢谢你，先生。”

“先别急着谢我。等你老爸知道了，可能还是会要了你的小命。”

“兔子”低下头，看着自己还在抽抽的膝盖。

“但是从今天起，你只要还在这儿干，就不许再碰那玩意儿。要是被我发现你来上班前烟屁股蘸了那东西，要怎么处置你就由不得你老爸说了算了。你明白了吗，‘兔子’？”

“是的，先生。”

“好。也捎句话给你的哥们儿。”

“好的，先生，我会的。我保证。”

“现在滚吧。”

小伙子起身离开座位出去的时候，差点儿摔了一大跤，跌断了脖子。他勉力走到门口，控制着不让自己心脏病发作。“兔子”刚一出门，哈尔福德就忍不住轻笑了一声。他也从桌子旁站了起来，伸了伸筋骨，跟着“兔子”走出了纱门，肩上扛着刚刚清洁一新的莫斯伯格霰弹枪。

2

“该死的，布拉肯，你丫儿这是怎么了？”哈尔福德伸手摸着布拉肯伤痕累累的摩托车。

“我们在布罗德沃特营地外面被打劫了。”

“谁干的？”

“不清楚。我还指望你告诉我呢。”布拉肯摘下头盔，挂在他浑身是伤的继承者机车车把上。坐在他车子后面的莫伊跳了下来，布拉肯跟着下了车，从他小心翼翼的架势可以看出，从时速 40 英里的摩托上摔下来可真让他有点儿吃不消。罗密欧和蒂尔蒙从第二辆摩托上跳了下来，聚在布拉肯身后。

"你觉得是不是山上的人？"哈尔福德问。

"不，我觉得不是。我猜可能是退伍或者现役的军人。"

"何出此言？"

"他们之间说话的方式。用的是切口，感觉非常职业。他们的设备也很专业，但是和我们的家伙不一样。掩护也做得很好。情报也很充足，所以根本不在乎我们就在公共高速公路旁边。他们知道路上只有我们这几个人。"

"卡车呢？"

"我们不得已，只能抹去证据弃车逃跑。放心吧，车子很干净。"

哈尔福德看了看三货盘罐子，被油布盖着，可现在没有卡车装了。他搔了搔自己的络腮胡子："他们劫走了点儿啥？"

布拉肯拉开自己的皮衣："全部。"

"全部什么？"

"全部的钱，哈尔。都被他们抢走了。我们进屋去好好说。"

从哈尔福德满脸胡子后面露出来的一小块儿皮肤变得通红："你他妈搞什么飞机？你把我的钱整没了。你得去给我找回来。"

布拉肯扫了一眼自己的人，又转回头看着哈尔福德。"不是我们整没的。我们是遇上劫匪了。我们现在需要做的是坐下来看看能不能理出点头绪。那些人有备而来，掌握了信息。知道我们的行动而且又不用顾忌警察的，本来就没几个人。"

"不是我的问题，"哈尔福德说，"你们的人。你们自己的问题。"

布拉肯脑袋一歪看着哈尔福德，像是不认识眼前这个人："我们认识多久了，哈尔？"

"不管多久，反正还不足以让我包容 20 万的损失。山上好些人从刚长出蛋蛋就彼此认识了，还不是为了钱拼得你死我活——比 20 万少得多的钱。你需要给威尔科姆打电话，把事情摆平。"

"我已经试过了。"

"那个老鸟儿怎么说？"

"电话打不通。"

哈尔福德顿了一顿。

"你找不到他？"

"出事以后我给他打了 6 次电话，但是他都没接。"

"他都没接？"

"我不刚刚才说过嘛。他都没接。"

"以前发生过这种事儿吗？"

布拉肯看了看莫伊、蒂尔蒙和罗密欧。没人答得上来。

"没有，"布拉肯，"从来没有。这就是为什么我说，我们得坐下来把这事儿捋一捋。"

哈尔福德把肩上的霰弹枪抖了下来，端在手里。布拉肯和罗密欧也想伸手拿枪，但四周纷纷响起的子弹上膛声，让他们停下了动作。

"你丫儿也太一惊一乍了吧，布拉肯，要是真没你什么事儿你怕什么？"

"哈尔，"布拉肯摊开戴着手套的双手，"大家都需要冷静下来想一想。如果我想劫你的财，我难不成先昧了你的钱藏起来，第二天再骑上山来自投罗网？说真的，难道我会先敲你一笔竹杠，再跑来你门前拉屎？我说，见鬼了，哈尔，要是我想劫你的财，我只管骑着车远走高飞便是。我知道跟你叫板是什么结果，所以我来你门前绝不是为了这么做。把枪放下吧。"

哈尔福德扫了布拉肯和其他骑手一眼。他们身后至少站着 10 个荷枪实弹的家伙，只待他一声令下，就能把他们放倒。对这些人来说，干掉他们就跟杀死几只火鸡没什么区别。布拉肯还举着双手，掌心向外，亮出撕裂的手套皮革："哈尔，我不会故意弄坏自己的摩托的。"

"有那么多钱，你可以买辆新的。"

"我们真遇上打劫的了，哈尔。"

"是啊，遇上来无影去无踪的幽灵大兵乔打你们的劫了。"

"并不是所有人都逃了。"莫伊说。

哈尔福德拿霰弹枪指着他："说下去。"

"罗密欧干掉了他们中间的一个。把那个混蛋打死在路上。"

"是吗？"

罗密欧点了点头，表示同意。

"尸体在哪儿？"

"很可能在高速公路巡警手里，"布拉肯小心翼翼地插了进来，"我们把尸体留在路上了。我不认识那个人，而且我们当时只想着要找个地儿包扎伤口，再尽快赶过来。"

哈尔福德放低了手里的枪。他点了点头，手下们也都放低了枪。"进来吧，我们给你老板打个电话。"

3

哈尔福德迈着重重的脚步走上院子前面的台阶，从瑟瑟发抖的小伙子"兔子"身边经过，径直走进了厨房。他猛地拉开一个抽屉，一通乱翻后找出了一部银白色的手机。这是一部生成一次性号码的专用手机，可以直线连通奥斯卡·威尔科姆。他很少用。他很少需要再直接联系那个人了，但只要他拨了电话，就不会没有人接。他又在抽屉里摸了半天电池，扣在手机上，长按着电源键，直到一串哔音响起，显示接通了电源。他在厨房里转来转去，搜索着信号，小声地嘟嘟囔囔、骂骂咧咧。布拉肯和其他几个"杰克逊维尔豺狼"——还有疤瘌迈克和另外两个哈尔福德的助手富兰克林和瑞瑞——都走进了大房间，散布在军火库的各个角落。大家鱼贯而入，一声不响，很清楚自己走进的是一间纸牌屋，只要拿着手机的那个男人一个点头，就会瞬间崩塌。

哈尔福德把手机凑近耳边。只响了一声，就被接了起来。

"你好，哈尔福德。"

"你他妈的在搞什么，奥斯卡？布拉肯和你其他三个手下在我这儿，他们被劫了。损失了差不多 20 万。"

威尔科姆一开始没有吭声，但开口答话时，声音显得很克制。说谎的人就是这副腔调。

"真不幸。"

哈尔福德脑袋向肩膀一歪，飞快地扫了布拉肯一眼，显得很疑惑。布拉肯抬起一边的眉毛作为回应，哈尔福德把注意力转回了威尔科姆这边。"是啊，我也觉得，"他缓声道，像是突然加入了一场规则不明的游戏，"现在告诉我，你打算怎么办。"

"我真希望自己能帮得上你，哈尔福德，但我实在无能为力。我相信你对自己惹上的麻烦还毫不知情。"

"我才不管你相信个什么鬼，奥斯卡。我只想知道，你准备怎么还我钱。"

"我不准备。"

"你不准备什么？"

"我什么都不准备做。"

哈尔福德咬了下嘴唇，捏紧了手机："你脑子放清楚点，奥斯卡。"

"听好了，哈尔福德。你那边遇到的伤心事儿，我也觉得很抱歉。我想我们都很清楚，我的俱乐部主席和他的副手们不应该为你的损失承担任何责任。事实上，我对你的商业能力很有信心，你一定能把在自己地盘上失窃的东西找回来。这只是一个小小的挫折罢了，我相信你绝对能搞定。但既然你给我打电话来了，恐怕我还有些坏消息要告诉你。"

哈尔福德变得出奇地冷静，屋子里其他人也默不作声。

"你还在吗，哈尔福德？"

"你说吧，老家伙。"

"恐怕有些情况已经超过了你我的控制范围，我们的生意也得被迫终结了。从今往后，我们两个机构之间不会再有贸易往来了。"

"说人话，你个死英国佬。"

"我不干了，哈尔福德。我退休了。打完这个电话，我俩就别再联系了。"

"就这样？你和我们家族做了 40 年的搭档，现在就这么拍拍屁股一走了之？"哈尔福德的声音平静得有些奇怪。疤瘌迈克和其他人都知道，这是坏事来临的前兆，就像远处传来的平静的雷声。

"我觉得不能称之为搭档吧，哈尔福德。只不过是某种生意关系，现在要结束了。"

"你称呼我的父亲为'家人'。"

"是的，你的父亲就像家人。但我从来没有把这种情感延续到你和你的兄弟身上。这对我们所有人都是最好的选择。还有，哈尔福德，务必请你不要对目前代表我利益的几位采取任何不理智行为。否则只会引发和'豺狼'之间毫无意义的血战，最后两边都会吃大苦头。我相信那样一来我们没人受得了。"

"说完了？"哈尔福德问。

"是的，伯勒斯先生，我说完了。"

哈尔福德合上了手机，盯着它看了一会儿，抬手向房间另一头砸了过去。手机在石头壁炉上撞了个粉碎。他身边所有人都站着没动，但哈尔福德·伯勒斯的一声怒吼撼动了整个房子，每个人的脖颈后面都感受到了恐惧带来的刺痛。"狗娘养的！"他抓住橡木台子的一边，毫不费力地掀了个底朝天，枪械零件和油罐四下乱飞。"老子要了他的狗命！"

他转身从桌子后面巨大的枪架上拿下一支锯短了的双筒霰弹枪，一分为二确定满膛，又啪地合上。"狗娘养的！"他又大喊一声。这回就连疤瘌迈克也心里一紧，吃不准哈尔福德是不是真要开枪了。只有布拉肯还有胆量开口说话。

"怎么了，哈尔？他说什么了？"

哈尔福德暂压住狂怒，看了一眼布拉肯，像是刚刚注意到屋里还有其他人。他的表情看起来已经不太像人了，更像是发狂的野兽。"我要去取了他的狗命。"

"奥斯卡？为什么？他说什么了？"

哈尔福德转了转脑袋，活动了一下脖子里的骨头。"不，"他说，"不是那个英国佬。他只是个死不承认自己快入土了的糟老头子。条子揪住他了，他乖乖从了。反正我本来也已经打算让你接他的班了。"

布拉肯看起来一脸不解。

"如果我是你，"哈尔说，"我会小心点。说不定这个老杂种背后已经把你卖了。你自己也说过知道你们行动的人本来就没几个。名单最上面的是谁？别挡着路，我有正事要办。"布拉肯往旁边一让，但是还没等哈尔福德走出门去，纱门边就出现了一个人影。

"你没事吧，伯勒斯先生？""兔子"问。

一声巨响差点震聋大家的耳朵。"兔子"裂成了两半。

"活见鬼了，哈尔福德，"疤瘌迈克说，"你他娘的干了什么？"

"把这个死嗑药的从我的门廊清理出去。我几个小时后回来。"

迈克跟着哈尔福德从原本是门的地方走了出去，现在只剩下一个满是铅弹孔的大洞。"兔子"已经成了一堆被破纱门包裹着的烂肉。

"哈尔福德，"迈克不解又愤怒地叫了起来，"你他娘的都在干些什么？"他蹲下身去，合上了死去的男孩的眼帘。

"我去见我的小弟。"哈尔福德叫喊着回答道。

"克莱顿？为什么？"迈克站起身来，"克莱顿跟这一切有什么关系？"

哈尔福德停下脚步，转过身来："他跟这一切关系大了。他莫名其妙地出现在这里，说什么警察对山上的事情了如指掌，还说头一个要遭受损失的就是我的钱。他甚至还提到了威尔科姆的名字。再一转眼，我就在高速公路上被持枪抢劫了。"

"你觉得打劫布拉肯的是条子？"迈克还是很困惑。

"条子办事不是那样的。只有亡命之徒才是。那个小鸡巴犊子要么自己弄走了我的钱，要么知道是谁干的。"

"让我跟你一起去吧。"迈克说。

"你只会拦着我，不让我做该做的事情。"

"他是你的兄弟，哈尔。"

"你才是我的兄弟，迈克。他只是个死人。"

第二十二章

克莱顿·伯勒斯
2015

1

克里克特不用问就知道发生了什么，因为她的上司比平时整整晚了 3 个小时才进门，进屋也不愿摘下墨镜。今天早上她还没打开前门就听见前台电话在疯响，都是拜前晚伯勒斯警长酗酒狂欢加上猛揍大块头乔·杜利的新闻所赐。但她还是对他客客气气的。"早上好，警长。"她半路迎了上去，在大堂中间递给他一杯咖啡，纯黑的。

"早上好，克里克特，"克莱顿答应着，接过暖暖的塑料杯子，但又放在了前台桌面上，"我猜你都听说了吧？"

"是的，长官，我听说了，但我想告诉你的是，那个乔·杜利之前也有好几次对我不规矩来着，所以我个人觉得维莫尔的每个单身女子都该对你说声谢谢。"

克莱顿微微一笑："大块头乔的确不是什么好鸟儿，但我那么对他也不应该。太出格了……但谢谢你这么说。"

克里克特拿起咖啡杯，又递到了他手里。这一次，她让自己的手在他的手上多停留了一会儿："你还好吗，长官？我能为你做些什么吗？"

克莱顿看着她的手停在自己的手上，想着这两双手有多么大的区别。他感觉到了她手上传来的温暖——真诚的关心。克里克特是个好人。这就是他雇用了她的原因。"我没事。"他说。

克里克特怀疑地挑起一边眉毛。

"真的，我没事。只是这几天压力有点儿大。一下到山谷里面，就容易忘记自己是打哪儿来的。但跟霍利调查员合作的这个案子让我把自己留在山上的那些罪孽全想起来了，那个现实让我懵了一会儿。但真的，我现在没事了。"

克里克特放开他的手回到自己办公桌前。她拿起一个黄色的文件夹递给克莱顿："大概 1 个小时前霍利调查员来过，留下了这个。他说你要看。"

克莱顿把文件往胳肢窝下面一夹，躲进了自己的办公室。他边关门边从门缝里又给了长着鼠褐色头发的前台姑娘一个微笑。他把文件丢在桌上，拉上百叶窗，这才取下墨镜。宿醉太厉害了。他觉得自己就像一只烤过了头彻底脱水的感恩节火鸡，肚子里塞满了冷汗和烟灰。最糟糕的是，直到现在，他还是很馋波本威士忌。一如既往。只要几指高的威士忌，就能让他缓过劲儿来。让他头脑清醒。他身体里唯一还有水分的部位就是嘴巴，想到威士忌就口舌生津。他坐了下来，喝着克里克特给他的咖啡。他必须开始工作——让工作占据他的头脑，才没工夫产生邪念。他打开了霍利的文件。

2

他取下夹在两年前的罪犯大头照上面的曲别针，把照片平摊在桌面上。很典型的军用拘留所大头照和档案。深色的头发剪得很短，留着符合军规的胡须，还有一副被车头灯吓呆了的小鹿的表情。克莱顿觉得这人看起来有些眼熟。也许以前见过。他翻阅着文件，寻找犯罪现场的照片，但是一张也没找到。艾伦·克利夫兰·班基是他的全名。一点儿印象也没有。克莱顿打开办公室抽屉找出他的阿司匹林，抖出两片干嚼了下去。他浏览了一下前科档案，但都是霍利已经告诉过他的信息。班基是一名退伍士兵。曾两次出征伊拉克，两次出征阿富汗。中间没有间隔。他就像只沙漠老鼠。他的服役记录无懈可击。从档案上看来，除了那起刺眼的海外服役归来后的强奸妇女指控，这家伙甚至像个英雄。据档案记载，那个女孩只有 16 岁。他们是在一个酒吧里认识的，虽然她还不到可以进入酒吧的年纪，而且发生性关系也是自愿的。女孩的父母同意放弃指控，但是田纳西州揪住不放，班基服了 18 个月的刑。后来因为表现良好释放。真是一场不公平的遭遇。但现在这个可怜的家伙戴着面具拿着来复枪参与摩托车劫持案，这可是板上钉钉的犯罪。晚节不保啊。有时这个世界就是如此不正常。克莱顿不禁嘀咕，真不知这世界几时正常过。这家伙看起来还是隐约有些眼熟。克莱顿抓了抓胡须，按响了内线对讲机。

"克里克特，弗雷泽副警长早上进来过吗？"

静电嗞啦声。

"没有，长官。我几个小时前给他打过电话，但是他没接。"

"嗯，再打给他试试。要是能找到他，告诉他我要尽快见他。"

嗞啦嗞啦。

"好的，长官……嗯，警长。能否当面和你说几句话？"

克莱顿往后一仰，看着办公室紧闭的大门："嗯……当然可以，克里克特。过来吧。"

克里克特轻轻地敲了几下门，然后打开门走了进来。她看来几乎有些窘迫——很紧张。她站在那儿扭动着双手，像是想要把手指上什么黏黏的东西给搓下来。

"怎么了，克里克特？"

"乔克托惹上这个麻烦了吗？"

"什么麻烦？这个？"克莱顿举起了文件夹。

"是的，长官。"

克莱顿显得疑惑不解："他怎么会呢？"

现在轮到克里克特显得有些困惑了。"因为他的朋友啊。"她指了指文件。克莱顿又低头看了看照片，然后望向了克里克特。

"你认识这个人？"

"当然，我和他见过几次，在我出去跟……"她的脸一下子涨红了，克莱顿终于搞清楚了状况。

"听着，克里克特。你和乔克托在私人时间里做些什么我不管。"

"但是标准作业流程里写着县警察局雇员之间不得恋爱。"

克莱顿茫然地盯着她。"啊？"他显得更迷惑了。

"我真的非常需要这份工作，警长。我不想再回去端盘子了——"

克莱顿摇了摇头，举起双手打断了她的话："克里克特，我真的不管那些，我向你保证，这儿没人会丢工作。但是我需要你现在就告诉我，你是怎么认识这个人的。"

"他是詹姆斯的……乔克托的朋友。是他当兵时候的哥们儿。你也见过他，我想。直到毁了警车那件事发生之前，我一直觉得这人不错。"

克莱顿往椅子里一沉。他又拿起照片，想象着这个人把胡子留全了、头发长长了的样子。"好吧，是我犯傻了，"他说，"切斯特？"

"他的名字叫艾伦，但是詹姆斯叫他切斯特，因为以前那起性侵案。我本来不应该告诉你这些的。乔克托不想让你看不起他的朋友。"

克莱顿差点儿笑出声来。"性侵者切斯特①。"他自语道，像是在解答什么谜语。

"对，"克里克特说，"艾伦说他讨厌别人这么叫他，但如果让他那些哥们儿知道了，他们就会叫个不停。那些人就是这样。总是难为对方。我真不敢相信他现在已经死了。两天前我还见过他来着。"

"你最后一次见到他是什么时候？"

"星期天晚上，在詹姆斯家里。下个周末他们以前部队小分队的哥

---

① 《性侵者切斯特》(*Chester the molester*)，美国一部连载了 13 年的卡通作品，作者为德韦恩·B·汀斯利（Dwaine B. Tinsley）。

们儿都要过来聚会，詹姆斯请我帮忙筹备一下。"

"那也是你最后一次见到乔克托吧？"

"是的，长官，打那之后我就没再见过他。不告诉我一声就放我鸽子，这不是他的风格啊。这就是为什么我昨天那么不开心。"

"星期天还有谁去了乔克家吗？"

"还有他的两个刚刚进城的老战友。"

"所以，乔克、切斯特还有其他两个人？"

"是的，长官。"

"克里克特，听好了。我需要你尽快找到乔克托，让他马上给我打电话。明白吗？"

"你觉得他和这事儿有关系吗？"她看起来快哭了。

"我不知道。希望没有。赶紧帮我找到他，好吗？"

"好的，"她说着，快步向门口走去。克莱顿呆呆地坐了一会儿，消化了一下信息，然后拿起了电话。

3

"霍利。"

"西蒙，我是克莱顿。"

"哎哟，你怎么样啊，警长？"

"像热过的大便。但是听好了，你那个死掉的劫匪，我有消息了。"

"请讲……"

"艾伦·班基这个人我以前见过一次，别人叫他切斯特。结果切斯特只是一个绰号。这就是为什么我没认出来你给我的这个名字。他是我副手以前的战友。我想他可能在我副手家借宿来着。"

"你开什么玩笑。"

"并没有。"

"你现在盯着你的副手吗？"

"没有。他目前失联了。但是我正在找他。"

"你觉得这事儿他也有份？"

"我不知道。我想说他没本事干这种事情，但不管怎样，他是我的副手，也是我的朋友，所以我想在你动手下达高层指令之前先找到他。"

"当然，警长。现在我们可以称他为'关系人'。在我召唤我的寻血猎犬之前，先等你的消息。"

"西蒙，他是我的朋友。"

"我明白。这是关键。我会尽量拖时间。"

"谢谢。"

霍利挂断了电话。

克莱顿的脑袋一阵抽痛。脱水状态下接收了过量信息，简直要把他的脑袋撕成碎片。他又嚼了两片阿司匹林，试图压制脑袋里响起的声音。那个声音告诉他，快去把藏在柜子里遗忘已久的威士忌找出来。他差一点儿就听从了那个声音，不过内线里克里克特狂乱的声音压过了它。

4

"警长？"

"怎么？"

"我想我们有麻烦了。"

"又怎么了？"

嗞啦嗞啦。

"克里克特？"

嗞啦嗞啦。

大厅里传来一阵喧哗的人声，伴随着一声巨响，克里克特尖叫了起来。

5

克莱顿猛地站起身来冲出门去，差点儿把写字台撞翻。他暗自祈祷事情不是他想的那样，但是门还没开他就已经知道外面到底发生了什么。他的哥哥，哈尔福德，站在朝街的双层玻璃门口，抓着克里克特的头发摇晃着，就像抓着一条刚上钩的鱼。哈尔福德拽着她一路提溜过来，把她桌上的电脑、电话和相框都撞下来摔了个粉碎，撒得遍地都是。她一边尖叫一边号哭，挠着哈尔福德的手，但是他却把她的头发抓得更紧了。见此情景克莱顿吓坏了，但注意力并没有放在那个踮脚挣扎、站立不稳的小个子年轻女人身上，而是盯住了哈尔福德顶在她下巴上的那把双管霰弹枪。克莱顿也本能地拔出了枪，两手握紧，瞄准了自己的大哥。

6

"放开她，哈尔。马上！"

哈尔福德把克里克特拎得更高了，只有脚尖点地。她叫得愈发响了。"让这个婊子闭嘴，克莱顿，然后我们再来了断。否则我一枪崩了她。"

"放开她，哈尔，不然我对天发誓把你就地撂倒。"

"让她闭嘴，克莱顿。赶紧跟她说。"

"你不会有事的，克里克特。我保证。"克里克特看着克莱顿，眼睛瞪得大大的，惊恐万状。"你不会有事的。他不会开枪的。"她的尖叫声低了下来，变成哽咽的啜泣。"马上放开她，哈尔福德。有什么冲我来。想跟我说什么就尽管说吧，不关她事。"

哈尔福德大笑起来："你觉得我来是想跟你说话的吗？我们已经没什么好说的了。你能留在这个山谷里，装模作样当你的警长，是因为我的允许。你能活到今天，也是因为我的允许。你觉得自己有权有势？可以跟我作对？你根本不知道你在跟什么作对，小弟。"

"我不知道你在说什么，哈尔福德，但如果你还不放下她，你说什么都无所谓了。"

"你以为我不知道是你捣的鬼？你上山来跟我说条子要拿走我的钱，还提到威尔科姆，搞得好像你们很熟一样，然后你又派你的狗腿子抢了我。你觉得我是白痴吗？把我的钱交出来。"

"什么钱？"

"你不会真的以为我会眼睁睁地让你把我的血汗钱抢走吧？"

"我不知道你在说什么，哈尔福德，但是我没开玩笑。我不会再说第二次了。赶紧放了这个姑娘，放下你的霰弹枪，否则我要开枪了。"

哈尔福德这次没有再笑。他的双眼变得又黑又冷，克莱顿从没见过他这副样子。"你他妈太令人失望了，克莱顿，你总是这样。老爸说你就是烂泥扶不上墙，果然没错。"

"老爸已经死了。因为你。就像你的命会由我来收一样，如果你不放……开……她。"

克里克特安静了下来。手不乱挠了，甚至不再挣扎。她双眼紧闭，嘴唇微嚅，却并没有发出声音。克莱顿觉得她可能在祈祷。

好姑娘，他想，待着别动。

"最后警告，哈尔福德。如果你想谈和，我会听你说。没人需要付出性命。但如果你还拿枪指着克里克特，有人会为此送命，而且那个人不会是她。"克莱顿打开了柯尔特手枪的保险，稳稳地举在手里。

"这话我信。"说话间，哈尔福德的霰弹枪枪口一转，指向了克莱顿。哈尔福德开火的时候，小小的办公室如同响起了惊天巨雷。大号铅弹散布在克莱顿左边的屋顶和墙壁上，但警长却弹无虚发，三枪射穿了哈尔福德的胸口。他庞大的身躯猛地一弹，跌出了身后的平板玻璃窗，软绵绵地落在了街上。

7

克莱顿僵在原地，还举枪对着他的兄弟刚才站立的地方。现在他不用再忍住双手的颤抖了。他一把把枪扔在地上，像是这枪突然变成了一条毒蛇。克里克特在墙边瑟缩成一团，抱住双膝贴在胸前。狭小空间里震耳的枪声让她暂时失去了听觉，除此之外并无大碍——至少身体上如此。哈尔福德的尸体躺在人行道上，黏稠的鲜血渐渐汪成了一个小潭，周围都是厚厚的碎玻璃，在午后的烈日下闪闪发光。克莱顿双膝一软跪在地上。让他站着的意志力如烟消散。

8

"警长？"声音就在他的身边，但听起来像是远隔万里。

霍利调查员跪在克莱顿身旁。屋里站满了人，救护人员、州警。达比也在，穿着制服，副验尸官正在查看哈尔福德的尸体。克莱顿的眼角有些模糊，但他还是能看见哥哥沾满泥土的工装靴，从救护人员刚刚盖到他身上的白布单子下面伸了出来。一个结实的女救护人员举起小手电筒对着克莱顿的一只眼睛照了照，又照了照另外一只。"警长？你能听见我说话吗？他的瞳孔反应正常，我也没看见任何外伤。我觉得他应该

公牛山　279

没事，但很有可能惊吓过度。"

"跟我说句话，克莱顿。"霍利说。现在他的声音听起来清楚些了。

"我……"克莱顿想开口，但感觉嘴里像是塞满了锯末。

"没事了，警长。你干得好，"霍利支开了医护人员，对着克莱顿的脸说，"他来是为了取你的性命，克莱顿。你必须明白，你别无选择。"

"不，他……"

"是的，他是这么想的，"霍利说，"他本可以先把你干掉，再顺手解决了替你工作的那个小姑娘。事实就是这样，你心知肚明。他本想把你们都杀了，留下你们的尸首慢慢腐烂，再吹着口哨回到山上。你救了你自己的命，还有她的。"霍利抬起克莱顿的下巴，让他转过头去，透过粉碎的窗户看着克里克特。她被另一张医用床单裹着，坐在麦克弗斯县救护车的保险杠上。睫毛膏在她脸上留下一条条黑道，虽然午后艳阳高照，她还是全身发抖。她今天可以平安回家。这是好事。

霍利起身伸出一只手。克莱顿觉得身上又有了一点儿力气，抓住霍利的手，让他扶自己站了起来。一站起身来，克莱顿就弯腰拣起了自己的帽子和枪，重新披挂妥当。

9

霍利跨过变形的金属和破碎的玻璃，来到了街上。克莱顿紧随其后。两人都在哈尔福德盖着白布的尸首前蹲了下来，看着他四仰八叉、了无生气地躺在人行道上。霍利抓住白布单子的边缘准备掀开，但他等着警长同意。克莱顿点了点头。死去的哈尔福德的眼睛和活着的时候并没有什么两样。并不比活着的时候更冰冷、更黑暗，也并不比那个可以坐看别人被活活烧死或是用锯短的霰弹枪抵住无辜女孩脑袋的家伙更加无情。克莱顿仿佛听见了马蜂的嗡鸣。他强忍住突如其来让他眼前金星直冒的一阵焦虑，闭紧双眼直到恶心的感觉开始消退。他伸出拇指合上了他大哥的眼帘，把握枪的那只手按在逝者的胸口——就在他衬衫 3 个枪洞上面一点的位置——致以无声的道别。霍利一言未发，而是站起身来，第二次伸出手扶克莱顿站了起来。

克里克特以为自己已经把这辈子的眼泪都流干了，直到克莱顿和霍利走近了救护车。医护人员看两人走了过来，纷纷后退，开始把没用过的医护用品收回单肩挎包里。警长在保险杠上克里克特的身边坐了下来。她隔着床单抓住了他的手臂，靠在他的肩头上轻声啜泣起来："真是太抱歉了，警长。我不知道该怎么办。他一下子就冲进来了。我不知道他是……他是……"

"没事的，克里克特，你没做错什么。要抱歉的人是我，是我把你拖进了我们这场家族闹剧中。是我的错。我差点儿让你送了命。"

克里克特从他的肩头抬起脸来，看着他的双眼："你救了我，警长。"

"一点儿不错，他的确救了你。"霍利应和道。他把手机贴近耳朵，举起一根手指，示意克莱顿他马上回来，然后走到救护车边上专心打电话去了。

"你救了我，"克里克特接着说道，"我知道对你而言那么做一定非常艰难。也许是你这辈子最艰难的一次，但你还是出手了，我能活下来全因为你。我欠你一条命。"

"你什么都不欠我的。"

克里克特还在说着什么，但是克莱顿已经听不见了。他从人头攒动的街道上捕捉到了一个熟悉的声音，注意力都被吸引了过去。这个声音来自他此刻唯一想见的人。

"凯特。"他起身招手示意她过来。她站在黄色警示线后面，脸色煞白，像鬼一样。几个州警拦着不想让她进入案发现场，但她跟丈夫四目相对的一瞬间就冲了过来，像碾过那些人的一列货车。

"让她进来，她是我的——"

凯特打断了下面的话，风一般地扑进了他的怀里，把他撞到了救护车上，力气大得差点儿把车掀翻。一个医护人员转过身来，刚想开口，但一看凯特的脸，就知趣地闭上了嘴。克莱顿被撞得龇牙咧嘴，但还是抱住了她。她把他推开，从头到脚又从脚到头地仔细打量着。"我的天哪，克莱顿。你没事吧？发生了什么？"

"我没事。谁给你打的电话？"

"没人给我打电话。我只是来找你一起去看医生，然后我就看见了这些。见鬼，到底发生了什么？"

"哈尔福德死了。"他指了指他兄弟庞大的尸体。达比、两名医护人员还有副验尸官正合力想把他抬起来，塞进第二辆救护车。她看了看尸体，又看了看她的丈夫，突然意识到了什么，脸上最后一丝血色也褪去了："你……干的？"

"是的。"

"哦，宝贝儿。哦，宝贝儿，真的很遗憾。"

"他救了我的命。"克里克特说。

"他救了他们两个的命。"霍利绕过救护车走了过来，把手机塞回裤袋里。凯特原本苍白同情的脸色立刻转变为怒气冲冲的通红。

"这都是你的错，"她举起食指戳着霍利的胸口指责道，"是你带来了这一切。"

"是的，女士，我知道你会这么想。"

"你现在开心了吧？啊？"

"并没有，女士。"霍利说。

"去你妈的，还有你的'是的，女士/不是，女士'那堆狗屁。"

"凯特，冷静一点。"克莱顿抓住了妻子的手臂，但被她挣脱开来。

"不，我没办法冷静。3 天前我们还住在宁静的小山谷里，远离这一切，现在看看周围成什么样了，"凯特举起双臂对着霍利一挥，"我们这些山上的人死的死、闹的闹，而这个混蛋却可以买张机票拍拍屁股回家。对吧，混蛋？"

"是的，女士。"霍利说。

凯特后退一步，准备伸手给他一记，但胳膊又被克莱顿抓住了，没能再挣脱。"西蒙并没有让哈尔福德端着枪到我办公室来，凯特，而且他也绝对没有让他拿枪抵着克里克特的脑袋。都是哈尔福德自己干的。要怪就怪我吧，是我把他惹毛了，所以应该由我承受这里发生的一切。"

"并不全是这样的，克莱顿。应该由我俩共同承受。我们都得承受。"她说着，抬手将克里克特的一缕头发拨到了她的耳后。

克莱顿把她揽进了怀里："你这是在添乱，老婆。让我过去跟州警说几句话，录个口供。越早完事儿，我们就能越早回家。"

她很想尖声大叫。但她强压住冲动，只隐忍地吐出了一个字："好。"

克莱顿冲克里克特压了压帽檐，然后转身对霍利说："我猜这样一来，你的计划要有变。"

"我想是的，对。"

"无论我妻子怎么说，这种事情总有一天会发生。我心里很清楚。我不会责备你什么。"

"你这么想就好，警长。不管怎么说，事已至此，我很遗憾。"

"我也是。那么后会有期了。"

"希望如此。"

克莱顿搂住妻子，两人转身准备离开。

"警长，"霍利说，"我差点儿忘了。"

"怎么？"

"几分钟之前我的那个电话。我调查了你给我的信息。我知道你想亲自管这件事儿，但我也想给你搭把手。佐治亚州局里我的一个手下已经发现了你失踪副手的踪迹。"

克莱顿停下了脚步，头也没回地问："在哪儿？"

"你一定是在跟我开玩笑。"凯特说着，拉住了克莱顿的胳膊。他转过身来看着霍利。"在哪儿？"他又问了一遍。

"一架山地常规巡逻直升机在西岭的一个小木屋边上发现了一辆蓝色科迈罗车，登记在他的名下，旁边还有另外一辆车。你知道那个地方吗？"

"我知道，约翰逊峡谷。那是个狩猎小屋，多年来一直归我们家族所有。乔克托有时去熊溪钓鱼的时候会过去。"

"嗯，好吧，我猜他今天去可不是为了钓鱼。"

"别杀他，西蒙。"

"我也不想啊，警长，但我可不敢担保。面对那么一大笔钱，人是会变得疯狂的。如果线报准确，那儿就是他藏钱的地方。我现在有一支小分队已经赶过去了。"

"你……什么？"克莱顿发火了。

"哎呀，你刚才不正忙着吗，警长。那电话我必须得打。现在情况如何，就看他的造化了。我只是跟你先知会一声。"

克里克特从救护车保险杠上下来了："警长，别让他们杀了他。不管他做了什么，我相信他只是一时糊涂。詹姆斯是个好人。求你了，警长，你知道他是个好人。求你别让他们杀了他。"克里克特又放声哭了起来，把脸埋进了克莱顿的胸口。凯特像块冰冰冷的花岗岩站在他身边，目光如炬，狠狠地盯着霍利。她现在就像是处于某种假死状态，等着亲耳听见丈夫说出她早就知道他会说出的话。他就是这样的人。他别无选择。这是他父亲的傲气。这是她爱上他的原因，纵然明知这会将她的心伤得粉碎。她拉住了克莱顿的胳膊，又被他摇开。

"让我去收拾这小子。"他说道。终于来了。凯特觉得像是肚子上挨了一拳。

"克莱顿，你受伤了，"霍利说，"更不用说你还没从精神冲击中恢复过来。照顾好你自己还有你的家人。让我来处理这事儿。"

"不，"克莱顿说，"你是对的。在这种情况下，人们会反应过度。有太多的枪，太多的问题。我不想今天再有任何人送命了。我们甚至还不知道乔克托是不是涉案人员。"

"胜算不大，警长。你的直觉怎么说？"

"我的直觉告诉我，如果我还想看见我的副手能站起来、能喘气儿，那就必须由我出马把他抓回来。让你的狗腿子们先撤，我来处理。"

"你确定？"霍利指了指警长的身后。这个时候克莱顿才注意到，凯特已经不再挽着他的手臂了。她已经走出了黄色警示线外。他看着她在人群中渐行渐远，一会儿就不见了踪影。

克莱顿抓了抓胡子，往柏油路上啐了一口："我来开车。"

第二十三章

克莱顿·伯勒斯
2015

"你确定要亲自去吗，克莱顿？我的人1个小时之内就能赶过来。全战术小队——专业人士。他们会竭尽全力生擒这个白痴孩子。你可以放心。"

克莱顿狠狠地踩下油门，算是作出回应，野马车又往泥泞的山路上蹿了一截。"你并不能对我做出那样的承诺，西蒙。我知道你是好心，但你们的人可不会把乔克托当成一个倒霉的蠢孩子。他们只会视他为目标。只要我可以，就决不会允许山上再有人送命。至少不是今天。把你的手机给我。"

"啊？"

"你的手机。你带着呢，对吧？"

"哦，对。"霍利伸手从裤袋里掏出一部银色的翻盖手机，递给克莱顿。"喏，"他说，"拨完号码记得按一下发送键。"

克莱顿接过手机，冲霍利一咧嘴："乡巴佬警长还是知道怎么用手机的。"

"好吧。我只是提个醒儿。"

克莱顿并没有翻开手机。他把车窗全部摇下来，一把把手机丢进了疾驶而过的林子里。

"你搞什么飞机，克莱顿？"

"我不希望你给任何人打电话。"

"你就不能信任我吗？"

克莱顿将野马车减速停在路边："下车，西蒙。"

霍利一脸惊讶："开玩笑吧你？"

"不。下车。"

"我不会下车的，克莱顿。"

警长挂了 N 挡，松开了离合器，一条胳膊架在座位上，把脸转向霍利调查员："你看，我们要去的地方就在这条路上去不到两英里的左手边。走路大概只需要 15 分钟。等你到了那儿，很有可能我已经坐在前廊上等着你了，乔克托坐在我旁边，喝着冰茶。"

"我不会允许那样的事情发生的，警长。要是我按照你说的做，不知道要破坏多少条规章制度。"

"我觉得像你这样的人，压根儿就不会把规章制度放在眼里。再说了，要是有人问你，大不了你就说是我拿枪逼你的。"

现在轮到西蒙咧嘴一笑了："你觉得会有人相信吗？"

"要是他们知道我在过去两天里犯的两次事儿，他们会相信的。"

"要是在上面等着你的不止你的副手一个人呢？"

"至少不会是我不认识的人。"

"你认识他所有变身劫匪的老战友？"霍利看着警长的脸，看出他没有想过这个问题，但是克莱顿满不在乎地摇了摇头。

"如果我到了那儿发觉情况不妙，我会撤下来等你的。"

霍利还是没有动手开门。他坐着不动，两手抱胸，像个任性的孩子。

"听着，西蒙，我只能想出这么一个办法，争取让这个孩子别像他的哥们儿班基那样送命。我可以告诉他我是一个人来的，而且我也没撒谎。如果他知道有个联邦调查员躲在附近，那一定会吓着他，指不定做出什么蠢事。只是 15 分钟的路而已。我需要你这么做。该死，我又不是要收了你的枪。赶紧下车，在上面和我碰头。"

霍利解开安全带，打开了野马车的车门。下车之前，他转身对着克莱顿说："你知道，自从我成年以后，一直在练习马拉松。两英里我不到 15 分钟就能跑完。"

克莱顿压了压自己的帽檐："好吧，那我最好抓紧赶路。"他挂上挡，刚等霍利两脚着地，就猛踩了一记油门。车子一晃，砰地把门带上了。霍利赶忙遮住脸，挡住扬起的灰尘和红土。等到野马车驶离了视线，他从深蓝色的西装上掸去尘土，干嚼了几片扑热息痛，掏出了自己的手机。不是刚才被克莱顿扔出窗外的那部一次性号码手机，而是美国政府发给他的那一部。他把药片嚼成浆糊，按了一个号码，把黑亮的智能手机贴近了耳朵。电话接通了，霍利露出鲨鱼般的笑容，一溜小跑往约翰逊峡谷进发。

第二十四章

克莱顿·伯勒斯
西岭，约翰逊峡谷
2015

1

　　克莱顿把野马车靠边停下，熄了火。前面就是小木屋所在的林中空地。小屋是他曾祖父建的，静静地坐落于此，显得那么安详。在他小的时候，老爸曾经带他来过几次，但好像这个地方和加雷思不太对路。在克莱顿的印象里，父亲总是一来就全身不自在。乔克托倒是经常来。他发誓说熊溪是整个北佐治亚州最好的鳟鱼垂钓点。这话克莱顿相信。

　　乔克托的午夜蓝科迈罗车停在小屋门口。过去差不多 5 年里，他多数外快都花在修这辆车上了。并没有其他车辆。如果之前有人和他一起藏在这儿，现在准是走了。克莱顿松了一口气。驾驶员那一侧的门开得大大的，随着微风轻轻摇动。小屋掩映在周边林木浓重的树荫里。克莱顿本可以从后门悄悄进去，给屋里的人一个"惊喜"，但是他决定还是不玩儿阴的。尽管他意识到自己下一步动作有多么愚蠢，但他还是不愿冒险看山上再多死一个人，也许除了他自己。他小心翼翼地从枪带上抽出柯尔特手枪，高举过头，挂在一根手指上晃荡着。"乔克托，"他喊了一嗓子，"你在里面吗？是我，克莱顿。"他沿着砂石车道走到了前廊，经过科迈罗车的时候，往敞开的车门里瞄了一眼。前排座位上有一大片咖啡底子一样干掉的血迹。看起来有好几天了，十有八九是劫车那次留下的。并没有任何新鲜的血迹。座位上放着一把20 号霰弹枪。"乔克托。"他又喊了一声。这一次，门边窗户上的窗帘轻微掀动了一下。

　　"就我一个，詹姆斯。我只想和你谈谈。不管你遇到了什么麻烦，我是来帮你的。"

"就你一个人吗，警长？"乔克托回了一嗓子。

"对，就我一个，詹姆斯。你也就一个人吧？"

"你确定吗？"乔克托又问了一遍，还躲在木屋里不出来。

"我什么时候骗过你啊，副警长？"

大概半分钟过去了，乔克托像是在琢磨着什么。终于他开了口。

"从来没有，长官。"

"就是咯，那就让我进去，咱们把问题将一将。在别人上来之前，我们没有多少时间了，而且我的胳膊实在太酸了。"

又是半分钟过去了。

"好吧，老大。"弗雷泽副警长出现在门口，消瘦苍白，像是在嗑药派对上熬了整整三天三夜的稻草人。他手里的转轮手枪看起来比实际上要重得多，此刻正枪口向下对着地面，像是终于可以放下来松一口气了。"进来吧。"他说，然后又转身消失在屋里。

克莱顿把武器放回枪带中，跟着乔克托进了小木屋。

2

克莱顿长大以后，就没再进过这间小木屋。四面墙壁上什么也没挂，烧木柴的炉子已经锈得不像样子了。空荡荡的屋里只有灰尘、几个踩扁的空啤酒罐和贴墙摆着的一张没有床单的折叠床，还有两个鼓鼓囊囊的黑色塑料垃圾袋，靠在后面的纱门旁边。其中一个袋子顶上被撕开了，看得出里面装的都是现金。克莱顿长长地呼了口气，吐出一声失望的"见鬼"。

乔克托往床上一坐，把来复枪摆在身边，像是变魔术一样从床脚掏出一瓶 1 夸脱的私酿酒，痛痛快快地猛灌了一口。他抹了抹嘴，把瓶子递给克莱顿："我知道你戒了好久了，但我不招呼你一下就太没有礼貌了。"

克莱顿在他身边的床上坐下，接过了瓶子。他拿了好半天，终于还是拧上盖子放在了地板上。

"你是怎么惹上这个烂摊子的，乔克？是你哥们儿切斯特的点子？"

副警长仰天大笑起来，转而又变为干涩的咳嗽，紧接着哭了起来。这让克莱顿始料未及。他认识乔克托11年了，从没见他掉过一滴眼泪。他还以为他压根儿不会哭呢。他伸手想揽住副警长的肩膀，但乔克托猛地站了起来，抓起地上的瓶子，走到了房间另一头："切斯特从来没有坑过我。他是个好朋友——真正的铁哥们儿。他在那个娘蛋沙漠里救过我的命，不止一次。那个田纳西婊子还让他受了那么不公平的待遇。他找不到任何正经工作。他需要这钱。我告诉过他这主意糟透了，但我能怎么办？他是我的朋友，老大。我们是过命的交情。你不知道沙漠是怎么个鬼样子。"

克莱顿等着他继续说下去。

"那天本来应该是个速战速决的'付款日'。不会有人受伤。被劫的人也不会来讨回赃物。没人应该受伤的，老大。切斯特——艾伦——不应该送命。这不对。"

克莱顿站了起来："所以告诉我到底发生了什么。只有你实话实说，我才能保护你。你们最开始是怎么知道这笔钱的？"

乔克托擦了擦自己红肿干裂的眼角，又仰头从瓶子里灌了一口。"我们赶紧拿了钱逃出去吧，"他说，"弗兰基和雷尼已经拿了他们那份儿，这里大概还剩下125 000多一点。"副警长伸手从开口的那个垃圾袋里抓出一把皱皱巴巴的钞票："我们每人拎上一袋开溜吧，老大。"

"你疯了吗，副警长？联邦调查员正往山上来缴获这笔钱，把你缉拿归案。我跟他们好说歹说，才同意让我来带你回去，免得把你一枪毙了。我需要知道你和切斯特是怎么知道去抢劫这些人的。为什么失主不会来找你们？谁来补偿这么大的一笔损失？你们是从哪里知道这些信息的？"

乔克托又大笑了起来，像是失心疯。克莱顿抓住他的肩膀拼命摇晃："这不是玩笑，副警长。我做了半天工作，他们才同意让我过来亲自带你回去。现在我还是可以帮助你的，只要——"

"你做谁的工作了？"乔克托突然之间眼神变得凌厉起来。

"什么？"

"你究竟去做谁的工作了？"

"联邦调查员的啊。"

乔克托又爆发出一阵大笑。这一次是从腹腔深处传来的笑声，听起来更显疯癫。克莱顿当胸一把抓住乔克托松松垮垮的红色法兰绒衬衣，把他拉过来面对着自己："娘的，到底怎么了？"

"你上当了，老大。事到如今，就是因为那些联邦调查员。"

"你在说什么呢？"

"我的意思是不管你怎么保护我都无所谓了。反正我是蹚进浑水出不来了。"

"你干吗不告诉我，詹姆斯？"克莱顿几乎咆哮了起来。

"切斯特说，让他去劫车的，就是一个联邦调查员。他说这人对伏击那些摩托车手的时间和地点知道得一清二楚。他还说没人会来找这笔钱。他说等到那天傍晚，被我们劫财的人就应该已经不在人世了。"

"一派胡言。不可理喻。为什么一个坏蛋联邦调查员会平白无故这么干？他自己又不拿份子钱。他白白便宜你们能有什么好处？他为什么不索性自己去劫了这笔钱？"

"我不知道，老大。我只是帮切斯特一个忙。弗兰基和雷尼加入了，所以我也不好意思拒绝。切斯特觉得那人特别靠谱，所以被说服了。"

"那人的名字你知道吗？"

"不知道。切斯特从来没有告诉过我们任何人，但我觉得很奇怪的就是，切斯特头一天来跟我说了这事儿，第二天那个叫霍利的家伙就凭空冒了出来，说他知道关于哈尔福德和你的一切。"

"霍利？你觉得他就是联系切斯特的坏调查员？这太疯狂了。他是被派来办这个案子的啊。"

"我也不知道，老大。我只明白自己惹了一大堆麻烦，不管那人是谁，肯定不会留我活口的。我不知道该怎么办，所以就来了这儿。"

克莱顿放开乔克托的衬衫，把他向那两袋钱推了过去。他脑子已经快转不过弯来了。真是不可理喻。

"从头开始，跟我说一遍你知道的一切。"

"就这些了，头儿。我只知道这么多。"

"你知不知道这些钱是要运去给我哥的？"

"哈尔福德？哦，天呐。现在我知道我死定了。我该怎么办啊？"

"这你不用再担心了。"克莱顿从他手里拿过那罐私酒，瓶底朝天喝了一口。乔克托看起来一脸困惑，但并没有开口询问。克莱顿也没有解释。副警长看着脚边那两袋钱："这可是一大笔钱啊，头儿。我的意思是，为什么我们现在不索性一走了之呢？我可以玩消失。你就说上来的时候没找到我，而且——"

"不可能。我们就乖乖坐在这儿等着。如果霍利的确涉嫌其中，几分钟后我们就知道了。"

"他要过来？"

"一会儿就到。"

副警长一把从床上抓起来复枪，指着克莱顿。

克莱顿把罐子放回地上："你要干什么，副警长？"

"他们会杀了我的，头儿。我不能待在这儿。你不能把我困在这儿。"

"你已经疯了。赶紧把枪放下。我不会让你出事的。"

话音刚落，乔克托的脑袋就开了花。

3

克莱顿看着乔克托的无头尸体瘫软在地，转过身来对着后门。只见霍利一拉霰弹枪栓，把枪放了下来。

"你没事吧，警长？"

克莱顿举起了自己的柯尔特手枪。

"嘿，先等等，警长。"

克莱顿举枪对着霍利，拭去了飞溅到胡须上的鲜血："你这个冷血的家伙，你杀了这个孩子。"

"苍天啊，是我干的，不错，"霍利说，"但我是因为看见他拿枪对着你，怕你有危险才这么做的。我救了你的小命，你对我说句谢谢才对啊。"

克莱顿拨开了枪的保险："放屁。我心里有数的很。你杀了他是怕他把你供出来。"

"把我供出来？怎么啦？你听起来像是脑子不太正常啊。"

"是吗？他告诉我这次劫案里跟班基报信儿的就是一个联邦调查员。他说这个调查员对于那些钱的运输路线知道得一清二楚。"

霍利看着那两袋钱："你觉得那个调查员就是我？"

"我只知道，你刚刚一枪打死了唯一能帮我指认他的那个人。"

霍利缓缓地把霰弹枪双手递了出去，蹲下身子，沿着地板把枪滑向了克莱顿："哈，真是疯了，但如果你想演完这出小小的童话剧，我就奉陪到底。接着……"他又解下了自己的佩枪，也滑向了克莱顿。警长用靴子把佩枪一挡，踢出了后门。他把自己的柯尔特手枪插回枪带，捡起了霰弹枪："跟我走一趟。"

"我是你的朋友，克莱顿。你一定是搞错了。"

"如果我真的疯了，那我很抱歉，但是现在你要跟我开车去维莫尔找局里谈一谈，事情就清楚了。"他用枪管对着前门指了指。霍利迈开了步子。

"你的钱怎么办？"他说。

"那不是我的钱。"

"所以你打算把钱留在这儿，泡在你手下的血泊里？"

"你会为谋杀这个孩子付出代价的。"克莱顿说。

霍利叹了口气，转身面对着警长。他的眼神发生了变化。鲨鱼般的笑容又回来了，紧张感随之离去。克莱顿觉得他此刻看起来有点儿失望。

"为什么付出代价的人是我？"霍利说，"杀了他的人是你。你来到这间小木屋，觉得独吞全部的钱比只分得一半要强，所以你用这个可怜浑小子的霰弹枪结果了他自己的性命。真是太残忍了，老兄。"

"没人会相信这种鬼话。"

"他们当然会相信。我的意思是，你看呀。哈尔福德知道是你抢了他的钱，气得挪着肥屁股从山上滚下来，要亲手杀了你。他多少年都没下过山了。住在你那个破烂农场里的每个人都看见了。他们也都看见是你杀了他。"

"这就是你想要的结果，对吧？"

"哪种结果对我而言都还不赖。不管是你杀了他，还是他杀了你。如果你没把他干掉，我会给那个大个子狗杂种打个电话，告诉他他的钱都在这儿，那个偷了他钱的脑残印第安人也在。无论是哪种结果，站在这儿的人都会是我，对面站着的，会是你们两兄弟人渣中的一个。"

"所以你说的那些无情的清剿都是放屁。"

"没有一个人流血不是因为自作孽，"霍利瞟了一眼弗雷泽副警长的无头尸身，"也许除了他。"

"只是为了这几十万美元？"

霍利笑了起来："你真的比看起来要蠢得多，克莱顿。"

克莱顿感到眼睑上的一条神经抽动了一下，不由得用力攥住霰弹枪："原来都是你在胡编乱造。你和哈尔福德根本无冤无仇。也不会派突击队过来。你对他的生意也一无所知。"

"不，并不都是这样。虽然我并无意对你哥哥施以打击，但我的确对他的整个帝国了如指掌，"霍利脸上的笑意更深了，但眸子却黑了下来，"你想知道我是怎么了解的吗？"

克莱顿快把牙齿咬碎了。

"是你二哥巴克利告诉我的，在我取了他的狗命之前。"

"你他妈的在说谎。"

"在我派小分队用几百发子弹把他打成筛子之前，我跟他单独见了一面，说服他跟我谈谈。刚从你家族的蜜罐里被捞出来 3 天，他就把关于哈尔福德、你、这个地方、这个小屋、时间、地点……一切的一切，都交代了个干净。这个白痴什么都知道，而且为了能有足够的毒品注入静脉，把一切全抖了出来。出了这么个瘾君子，真是家门不幸啊。只要能让自己嗨着，什么都做得出来。相信我，我知道。我打赌，就算让这个白痴给我嘴炮他也乐意。"

"我真该就地一枪崩了你。"

"好啊，来啊，请便吧，伯勒斯警长，"霍利拉长了声调，拿警长这个称呼寻着开心，"还是别装了吧，你丫儿就不是这号人。你跟你死了的老爹和你两个丢了狗命的兄弟一样，就是个狗屁不如的乡巴佬土匪。不过你猜怎么着？你是你们几个里面最恶心的一个，因为你躲在那颗星徽后面，觉得能靠它掩盖你的本性。巴克利也把你扒了个干净。他告诉我他的小弟身为警长却对山上发生的一切装聋作哑。至少他们几个承认自己就是坏人，可你却是一个自以为可以披着好人外皮的罪犯，觉得这样就能洗刷你的罪孽。"

克莱顿对霍利怒目而视："不像你，对吧？"

"我们比你想象得要更加相似，克莱顿。"霍利伸手往后腰摸去。

克莱顿叩响了扳机。

咔哒。

"你们这些使长枪的红脖子。我就知道你会选霰弹枪而不是柯尔特手枪。"

克莱顿把没装子弹的霰弹枪向霍利扔了过去，但他早有防备，一闪躲开了。他掏出了自己备用的 9 毫米口径小手枪，但克莱顿抢先一步抓住了他的手。霍利开了火，但头两枪只打中了天花板——第三枪穿透了纱门。克莱顿狠狠地把霍利按到墙上，用力在木头上撞着他的手，直到手枪砰然落地。霍利又去抓克莱顿的柯尔特手枪，但警长用前臂一记锁喉，照着霍利的肚子就是一拳。霍利几乎喘不上气来，双膝瘫软靠着墙跪在地上。克莱顿拔出柯尔特手枪，用枪管抵住调查员的脑门。

"哈，你倒是开枪啊，警长。反正你是加雷思·伯勒斯的儿子。干这事儿你最擅长了。"

"我应该开枪。我应该像你杀了那个孩子一样，一枪崩了你，然后像我老爸一样，把你的尸体往林子里一埋，"克莱顿后退了两步，"但我不是我老爸。现在给我起来。"

霍利缓缓地站起身来："你最好还是杀了我，警长。"

"你有权保持沉默。"

霍利大笑起来："你他妈的跟我开什么玩笑？"

"你所说的一切将在法庭上成为指控你的证据。"

"你就是一个笑话，克莱顿。你是对法律的歪曲。"

克莱顿把他转了个个儿，押解着往前门走去："把你的双手放在头上。"

"这事儿不算完，克莱顿。"

克莱顿又推了他一把，这一次用枪抵在了霍利肩胛骨之间，逼着他往门廊走去。"我是伯勒斯警长，"他说，"现在把你的双手放在头上，否则我就不客气了。你自己选吧。"

霍利照办了。两人走下台阶，来到了砂石路上。

"你有权请律师。如果请不起，我们将免费为你提供一位律师。你理解我刚才向你宣读的这些权利了吗？"

霍利往砂石地上啐了一口鲜血，继续往前走着。克莱顿一瘸一拐地跟在后面，每走一步就要用枪管杵一下他。当他们走到林间空地中间时，霍利停下了脚步："我能请你为我做一件事情吗，克莱顿？"

"快走。"

"真的，我只想知道，等你下了地狱，能不能代我向我们的老爸问声好？"

"什么？"

"有枪！"霍利大喊一声，肚皮贴地伏在了地上。

"你搞什么……"盘旋在克莱顿胸口的半打红色瞄准光，让他生生咽下了后半句话。

他闭上双眼，眼前浮现出凯特的样子。

强力来复枪射出的第一发子弹击中了他的胸膛。他后退了几步，却并没有倒下。也许是这一刻太过令人不解，又或是乔克托的威士忌让他反应有些迟钝，但克莱顿并没有放下自己的枪。他举起柯尔特手枪，向左转了半圈，紧接着第二枪又击中了他。这一枪像是一记重锤，克莱顿两腿一软。顷刻间胜负已分。他毫无机会翻盘。几十个特工身着防弹背心和蓝色防风夹克，从林子里钻了出来。克莱顿的身体轰然倒在了砂石地上。霍利松开捂住脸的双手，睁开眼睛，爬向浑身颤抖的克莱顿。他还没断气，但嘴里都是鲜血，顺着胡须蜿蜒流下。他的双眼瞪得大大的。

"你一定得告诉他，这座山现在归我了，哥哥。你告诉他这座山归玛丽恩的儿子了。"

克莱顿本想笑，但只呛声咳嗽了一下，望着天空。

"你告诉他，哥哥，"霍利翻了个身，躺在地上，"你告诉他……"

克莱顿挣扎着想要呼吸，鲜血染红了土地。就在不到 1/4 英里外的地下，埋着他叔公赖利的骸骨。他听见霍利还在说着什么，但眼前只有凯特抬起黄色警示线远走的背影。

霍利一把揪住了自己胸前的口袋——口袋里装着那张破破烂烂的照片。照片上的他还是个孩子，和妈妈一起坐在草地上。那时他们还在莫比尔，去参加一场小小的嘉年华。他合上双眼，耳边传来游乐园旋转木马的音乐声。是管风琴。他仿佛闻见空气中传来油炸甜面圈浓浓的香气，混合着妈妈的薰衣草香水味儿。关于那天，他已经不太记得了，但照片上的点点滴滴，将永刻心头。"都结束了，妈妈，"他自语道，"我干掉了他们所有人。"

4

"你没事吧，西蒙？"杰瑟普调查员询问道，搀扶着霍利站了起来。

"没事，终于没了。这儿的血不是我的。是里面那个倒霉小混蛋的。这个好警长一枪崩掉了他的脑袋，霰弹枪还在屋里，你们进去就能看见。"

杰瑟普低头看着正在给克莱顿验伤的战地医生。"没什么比坏警察更糟的了。"他说。

霍利表示同意。

第二十五章

奥斯卡·威尔科姆
杰克逊维尔，佛罗里达
2015

奥斯卡·威尔科姆眼前的一片黑暗渐渐化作了星星点点、一闪一闪的亮光。他的脑袋通通乱跳，阵阵强烈的抽痛伴随着急促的心跳。血液黏稠，全身脱水——感觉像是大醉一夜刚刚醒来。他想抬手擦去糊在眼上的眼屎，但双手就像用湿沙子做成一般不停使唤。费了半天力气，只是肩膀轻轻耸动了一下。他能听见周围有人叽叽喳喳说个不停，就像潮水一般，撞碎在尚未恢复的神志上。他试图去想——去记起些什么。他当时正坐在书桌前，查看着比安卡的账簿。他记得她离开了，然后脖子上传来一阵剧痛——是针，也许——然后一片空白。有人给他下药了。一定是这样。他的意识慢慢回流，他又努力尝试着抬手查看一下自己的脖子。但还是动弹不得。好像不光是被注射了药物。他的两只胳膊也都困在了什么东西上面——困在了什么东西里面。有人从办公室里把他劫持了，下了药，然后塞进了什么东西里面。

"快醒醒。"眼前模模糊糊地出现了一个人影。脸上传来一阵灼烧刺痛感，他的视线顿时清楚起来。脸并没有被烧伤。那也不是灼烧感。是水。冰水。他甩了甩脑袋，猛地闭紧双眼，又睁开。

"布拉肯？布拉肯，是你吗？这是在干什么啊？我在哪儿？"

"欢迎回家，奥斯卡。"布拉肯站在他的囚犯面前，一手夹着根点燃的香烟，一手端着个已经空了的 7-11 大号饮料杯。就在威尔科姆打量周遭的当儿，他狠狠地吸了一口香烟。

"布拉肯，怎么了这是？"他来回转动着脑袋，从暂时失明的状态恢复过来，看见了一号仓库巨大的包锡立面。这地方他太熟悉了。就是他建的。以前要是俱乐部需要找个清净的地方干活儿，他们就会来这儿。那些活儿，威尔科姆从不亲自动手。各种年久失修、只剩下灰色底漆的哈雷机车骨架和一摞摞各色各样的废旧轮胎散落在院子里。所有的东西都锈蚀不堪，被丛生的杂草吞噬。这个地方已经很久没有人用了。在布拉肯和其他"杰克逊维尔豺狼"围成的内圈外面，赫然可见偌大的俱乐部标志，用喷枪画在这座建筑物的侧面：一头 8 英尺高的卡通豺狼，身披十字交叉的弹夹，手持点 45 口径双枪，头上的卷轴横幅用古体英文写着摩托车俱乐部的名字。

"我们得谈谈。"布拉肯说。

"不管这是因为什么，布拉肯，我命令你赶紧替我松绑，把我从你这个不知道是什么的鬼玩意儿里放出来。"

布拉肯在威尔科姆的脸上按灭了烟头。穿心的疼痛就像利刃划过。他失声尖叫起来。现在算是彻底清醒了。

"你不能再对我下达指令了，奥斯卡。再也不能了。"

"天啊，布拉肯。"老头子放声大喊，疯狂地摇晃着身体，想要挣脱束缚。"马上放我出去。"他说。

"几年前我们这儿来了几个想入伙的小弟，帮我们把好几摞卡车轮胎用螺栓固定在了一起，专门为了应付类似现在这样的局面。当然了，我们得拿掉两个，不然我没办法跟你面对面地说话。"

威尔科姆浑身一颤，半钢子午线轮胎织成的茧前后轻轻晃动了一下。

"莫伊花了差不多 1 个小时才把生锈的螺栓拧开，调整到适合你这种小个子的尺寸，"布拉肯回头喊了一嗓子，"对吧，莫伊？差不多 1 个小时？"

坐在混凝土野餐台旁边的莫伊抬起眼睛，点了点头："对，差不多。"

"所以你看呀，我们费了这么大劲儿，就是为了让你宾至如归，所以我希望咱们的讨论也是开诚布公的。你能做到吗，奥斯卡？"

此情此景给威尔科姆带来的打击如此之沉重，不啻他身处的这座干裂的橡胶牢房。他只有打出手头仅存的那张牌了。

"我们当然可以，布拉肯，我们是一家人。我们什么都好说。不管是什么，我相信我们都能摆平。"

"家人。"布拉肯拉长了声调重复着。

"我们当然是啦。我们的父亲——"

"我们的父亲都已经归西了，"布拉肯替威尔科姆说完了剩下的话，"而且今晚我觉得老人不在了我很高兴。因为如果他们还活着，看到你变成了这么个狗屁不如的孬种，一定会失望透顶，气也要被你气死了。"

"布拉肯，你听我说。"威尔科姆光秃秃的头皮上渗出了汗珠，盐分刺进了他的双眼和脸上新添的烟头烫伤里。他甚至流下了眼泪，上演着博取同情的戏码："不管你觉得自己知道什么，都是一个错误。别人跟你说的都不是实话。我不可能背叛你，或是背叛俱乐部。这个俱乐部可是我父亲帮着建立起来的啊。"

"你把我出卖给了那些佐治亚州的乡巴佬，奥斯卡。你跟联邦调查员招认了路线。我猜你觉得我们肯定都会被干掉或是关起来，但老天待我不薄，所以我们现在才能在这儿见面。"

威尔科姆扫了一眼那群摩托车手。"布拉肯，你错了，全错了，"他尽其所能显得惊讶莫名，"那起劫车案让我损失了一大笔钱，还失去了一个能帮我赚大钱的合作伙伴。"

布拉肯照着老头儿的下巴就是一记左勾拳。他觉得听见了自己骨头碎裂的声音。"是联邦调查员断了你的生意，你把我和我的哥们儿都供出来了，还搭上 20 万美元，为了保住你自己的狗命。"

"不，布拉肯，事情不是这样的。我发誓。"威尔科姆满嘴是血，顺着裂开的嘴唇直往下滴。布拉肯又磕出一支香烟，用一个银色的芝宝打火机点上。他用两根手指夹着万宝路香烟："我看你是想在另外一边脸上也来一下，才能记住别对我说谎。"

"不。等等，"威尔科姆戏剧化地顿了一顿，"我猜可能是你的手下，那个拉丁仔……"

"罗密欧？"野餐桌边的莫伊插了一句。

"对，就是他。罗密欧。我记得你们回来以后他就不见了？我觉得他才是条子的暗线。我可以帮你找到他。我能雇个人去找他。"

"你愿意这么做？"

"我当然愿意。我们是一家人嘛。"

"稍等啊，"布拉肯挠了挠头，"你说的是这家伙？"仓库的卷闸门打开了，豺狼帮的另外两个人把头破血流的罗密欧拖到了院子里。他们把这个几乎已经失去意识的车手丢到布拉肯脚边，然后站在了自己老大身旁。

布拉肯抬起穿着皮靴的脚，踩在罗密欧被打肿的脸上，手往下一指："你说的就是这个人渣？"

他们本不该找到他的啊，威尔科姆心想。他先是让罗密欧在劫案中保护布拉肯和其他手下的安全，然后给了他所需要的一切，让他远走高飞。新的名字、新的身份、钱，甚至还有得州南部的几英亩牧场。

"看见了吧，奥斯卡，这人我们已经找到了，"布拉肯踩住罗密欧的脑袋，他被打烂的那边脸上流下了更多的鲜血，"你想不想知道我们是怎么找到他的？"

威尔科姆没吭声。

"你的一个朋友给我打了个电话。是个联邦调查员，名叫霍利。结果他竟然对你恨之入骨。他把自己对你做的一切都一五一十地告诉了我，说你在两分钟之内就决定要背叛我们。他还告诉我去哪儿能找到这个墨西哥人渣，整个劫案基本上就是他一手组织的。所以你再跟我说说，就再说一次，我错在哪儿了。告诉我为什么你今晚不该死。"

威尔科姆声音变得很轻，不再抱有任何希望："因为我们是一家人。家人间应该互相原谅。"

"不，这才是我的家人应该做的。"他伸出戴着手套的手，指了指莫伊。莫伊起身走了过来，掏出一把小口径手枪，对着罗密欧的脑袋一侧就是一枪。然后他又坐了回去，继续用随身小刀清理着自己的指甲。

布拉肯又是一指，这次指向的是俱乐部里的一位长老。这人名叫平克顿·塞尔斯。这位骨瘦如柴的前酒保本已洗手多年，但为了今晚的狂欢，又再度出山。他伸手从砖头烧烤炉旁边拿出一个已经生锈了的金属汽油罐。

"求你了，布拉肯，"威尔科姆说，"别这样。你真的搞错了。我让罗密欧保住了你们的性命。你从来都没有遇到过真正的危险。求你了！"

"我的家族是这样保护自己的。"布拉肯说。

平基把汽油泼在了威尔科姆的脸上。辛辣的气味让他干呕了起来，几乎喘不过气。

"求你了……住手……呃。"

"你还记得我吧，狗杂种？"平基说。

哗啦。更多的汽油。

哗啦啦。

"好走不送，你个屁人。"平基把油罐放在橡胶棺材旁边，在野餐台边和莫伊与蒂尔蒙并肩坐下。

布拉肯又磕出了一支香烟："我曾经视你为父亲，奥斯卡。"

"我……还是……"

"不，不再是了。"

布拉肯伸手从口袋里掏出他的芝宝打火机。有一瞬间他露出了惊讶的神色，像是突然想起了什么，又从另外一个口袋里掏出一卷钞票。"哦，对了，"他说，"这是你那个特工朋友给你的礼物。他说2 500美元差不多够意思了。他说这钱归你了。"布拉肯把这卷钞票塞进橡胶圆桶里，点着了香烟，随手把打火机扔进了那叠被汽油浇透的轮胎里。大火足足烧了将近 9 个小时。

第二十六章

西蒙·霍利
科布郡，佐治亚州
3 个月后
2015

1

公寓里很冷。西蒙把自己裹在被子和床单中间，活像一个不愿起来上学的孩子。他的确不想起来。因为今天和以后的日子都一样。寒冷、漫长，又空虚。他的血液黏稠，关节疼痛。他知道他留在沙发旁边的那瓶奥施康定①可以让他好受些，但从床上到隔壁房间这段路简直像是不可逾越的旅程。他用被子蒙住头顶，挡住在脸上纵横交错的微弱的冬日阳光。他不知道几点了。自从来到亚特兰大，他就不再关心时间。反正不是白天就是夜晚。不是寒冷就是炎热。他的生命里充满了绝对。细节无关紧要。他需要冲个澡，去健身房活动一下筋骨。想到这里，他笑了起来。他连走到隔壁房间都不肯，生怕损耗一点力气。健身房只不过是他亲手葬送的往昔岁月里一段美好的回忆。

他想喝咖啡——滚烫的、冒着热气的一杯办公室黑咖啡。以前早上他浏览卷宗的时候秘书端过来的那种。这几个月他从来没有馋过那种黑不溜秋的泥汤。他根本没想过会馋那玩意儿，但今早——管它这会儿是早上还是下午呢——想到那东西，居然让他馋得直流口水。呃，至少是馋得嘴里黏黏糊糊的。他缺水的身体已经造不出什么口水了。他掀开被子，坐了起来。血液循环系统里缺少氢可酮，这让他骨头发疼，先是在背上爆发，又郁结在僵硬的颈椎里。原来，让他发馋的并不是因为想到了咖啡，而是因为闻到了咖啡的香味。他能闻得到。香味很浓。是他昨晚煮的？这个鬼地方到底有没有咖啡机？故意放轻的脚步声和隔壁房间传来的砰的一声至少回答了一部分问题。西蒙伸手摸枪。然后想起他把枪忘在沙发上了，就在他的药片旁边。傻透了。他的脑袋扑通乱跳，但还是强迫自己下床站了起来。他还穿着昨天的衣服——一周前的衣服。脏兮兮的蓝色棉布牛津衬衫，黄色卡其布裤子，皮带扣硌了他一夜，在新长出来的雪白的啤酒肚上留下了深深的印记。他抓了抓通红的印子，把衬衣半塞进裤子里，慢慢地向门口移动，强迫自己不去想抽痛的关节。厨房里看见的那一幕让他一阵恍惚，觉得自己可能还没醒。

一个女人。

一个身材高挑、玲珑有致的女人，背对着他站在厨房的水槽边。她正在擦干碟子——定是她刚洗好的碟子。一头棕发遮住了她的大半张脸，但是有那么一瞬间，透过门缝盯着她的西蒙觉得自己仿佛能看见她脸颊上的伤疤。他轻轻甩了甩脑袋，抹去厚厚的眼痂。再往里看的时候，她居然还在。她从水槽边走开，拿起了咖啡壶，把浓黑的热气腾腾的咖啡倒进吧台上两只刚洗好的马克杯里。西蒙觉得自己瞬间缩小了，变成了莫比尔老房子里那个刚刚睡醒的 9 岁男孩。

"妈妈？"他用几不可闻的声音叫了一声。

凯特转过身来，把他的美梦击了个粉碎。"真可悲。"她说。她拿起自己的马克杯，把另一杯留在吧台上，穿过房间来到沙发旁。她带着嫌恶的表情往沙发上扫了一眼，但还是坐了下来，往马克杯里吹着气。

"你来干什么，凯特？"西蒙问道。9 岁的男孩儿消失了，又变回了那个 41 岁的瘾君子。

"我也不清楚，"她说，"我本来以为自己很清楚要来干吗，但现在又不是很确定了。"

"反正你不是来给我洗盘子和煮咖啡的。"

"这倒是。我来是为了要你的命。"

---

① 奥施康定（OxyContin），盐酸羟考酮缓释片，是一种带有麻醉性的可待因酮镇痛药，跟毒品一样可在人体神经系统中产生反应。

西蒙搜寻着他的枪。枪还在老地方，但不是老样子。很显然凯特已经把它拆开了，七零八落地摆在脏兮兮的沙发垫上。他还注意到凯特的胯部鼓起来一块，用毛衣遮着。他脑袋里血流激荡，像海浪拍碎在礁石上。

奥施康定也不见了。

"那你现在改变主意了吗？"他说。

"改变什么主意？"

"想要了我的命啊。"

"没。我还是这么想。我总是这么想。想要了你的命，"她顿了顿，呷了口咖啡，"但一见到你，再看看这个鬼地方，我就在想还需不需要我亲自动手。我的意思是，瞧瞧你这副熊样儿。我都不知道你该更担心我来要你的命呢，还是拿走你的毒品。你的药在那儿，顺便说一句。"她指了指水槽旁边的吧台。熟悉的忠心耿耿的橘黄色药瓶就在另外一杯咖啡边。西蒙脸上流露出如释重负的表情，藏都藏不住。凯特摇了摇头，就像个不满的家长："去吧。吃上几颗。舒服舒服。我知道你想的。"

西蒙挣扎着想等一等，来证明自己的立场，但只过了不到半分钟，就径直冲向了自己的宝贝。他一把掀开瓶子上面的塑料盖子，往手心里倒了4片椭圆形的药片，猛地往嘴里一拍，用滚烫的咖啡冲进了肚里。真是令人难以置信——一个药物依赖者只是走了一遍吃药的程序，甚至还没等药物起效，信心就如同潮水般涌了回来。他一个转身面对着凯特，焕然一新、意气风发，但转眼又泄了气——只见凯特把咖啡杯放到了地上，掏出一把装有自制消音器的9毫米鲁格自动手枪，手柄用强力胶布裹着。愤怒混合着咖啡的苦涩，涌上了西蒙的喉头。

"我站到了十字路口上，霍利调查员。"

"我已经不是调查员了。"

"对哦，你现在只是西蒙而已。你被局里开除了。我听说是因为有太多的问题得不到合理的解答。"

"差不多吧。"

"也没人来问问我。他们所有的问题我都能解答。只要他们想知道，我就能一字一句地告诉他们，你是个怎样的谋杀犯人渣。但是没人真的想知道什么。他们只想让你消失，不愿意再为你蒙受耻辱。这就是你现在的样子，西蒙。你就是个耻辱。我可以告诉他们你是怎么说谎的，怎么把跟你联系的每个人都玩弄于股掌之间，这样一来你就不用手刃自己的血亲了。"

"哼，那你怎么不去告发我啊？"

"两个原因。"凯特说着，站起身来。她松松地举着枪，但一直对着西蒙。"第一，"她说，"我告诉过你，如果你坑了克莱顿，我会亲手结果了你。我说话算话。迈克尔给了我这把枪。"她顿了顿，发现这个名字并没有唤起西蒙的记忆。"疤瘌迈克，"她说，"迈克尔·卡明斯是他的教名。他向我保证，我可以把这里面的 15 发子弹统统射进你的黑心，而没有一发子弹会让人追查到我这里。"

西蒙冷笑一声："你杀不了我的，凯特。我也许一时点儿背，但我上头还是有朋友可以——"

"朋友？"凯特打断了他的话，"什么样的朋友？就像你的老搭档，杰瑟普？那个被你骗了又被你拉上贼船的家伙？你以为我们是怎么找到你的，西蒙？你们自己人给了我们一串地址。你以为被你摆布着帮你的那些人想往自己脑袋上扣屎盆子、把自己送上法庭？你已经穷途末路了，你的朋友们才不愿意跟你一道落难呢。"

"放屁。"西蒙说。

"看着我，西蒙。我看起来像是在对你撒谎的样子吗？像你这样的说谎专家，应该一眼就看得出来吧。"

西蒙咬住了自己的嘴唇，凯特一语中的："是的，西蒙。每个跟你打过交道的人，都希望有人能让你从这个世界上消失。"

"不过，我还活着，"他说，"还站在这儿。我是唯一还站着的人。过了多久了？3个月？没人有胆量来取我的性命。"

"你是这么想的？没人有胆量？事情是这样的，西蒙。没人过来取你的性命，是出于对我的尊重。因为你干的好事，对我干的好事。山上没有一个人会抢了我的先机，不让我亲手结果了你。你并不是站到最后的人……我才是。"她举枪对准了他的脸。

"你觉得我该怕你吗，凯特？拿下公牛山的人是我。我。70年来没人能做成的事情，我单枪匹马就搞定了。所以如果你想取我的性命，尽管来吧，但你千万别指望我会怕了你这个可怜的乡下小妞儿，就因为你举着把枪。"

凯特笑了起来。

"该死的，你笑什么？"

"你说起话来跟他一模一样，"她说，"活见鬼了，看看你，你这副模样，真是跟他像神了。老天呐，我早该看出来了。"

"像谁，凯特？"药片开始发威了，西蒙开始觉得自己又是那个无往不利的家伙了。他舔了舔牙齿："我看起来像谁？你那个酗酒的老公？就是因为这个你才对我下不去手吗？"

凯特脸上的肌肉瞬间绷紧了，举枪直对着他两眼之间。这一次，西蒙后退了一步。

"不，你个狗娘养的。你根本不像克莱顿。你看起来和你的父亲一模一样。你总想把克莱顿歪曲成你想象的那个样子，其实他和那个疯子老混蛋没有半点相似。但是你呢？你就是他一直想要的那种继承人。你费了这么大的力气去惩罚他和其他所有人，就因为他对你和你可怜的母亲造的孽，但现在看看你自己。你却成了最像他的那一个。该为你骄傲的不是玛丽恩，而是他。"

听到自己母亲的名字，西蒙看起来吃了一惊。凯特注意到了这一点，微微一笑。"哦，你的手下杰瑟普？他给了我整整一箱可怜的玛丽恩的日记。它们现在归我了。我想也就是它们，让你开始了这一系列的仇杀，对吧？"她不依不饶地继续说了下去，"你就是个笑话。我猜这也是你和留了你这个种的男人之间唯一的区别。山上的人们尊重你的父亲，天知道为什么，但他们的确如此。直到现在他们还在谈论着他。可是你呢？没人会尊重你的所作所为。也没人会谈论你。你并不比哈尔福德或是你声称欠了你一笔孽债的那些人强。你和他们一模一样。而且看起来就算没有我的帮助，你也会落得和他们一样的下场。"

她放低了手中的枪，但西蒙还是一动不动地靠着吧台站着。两人默默无语，站了良久。

"你说你不对联邦告发我，有两个原因。"西蒙终于开了口。

凯特已经有些累了，疲劳挂在脸上，但还是伸出空着的那只手，探进宽大的毛衣下面，轻轻抚摸着自己微微隆起的腹部。她拽紧了毛衣，好让西蒙自己想清楚。这没花西蒙多少时间。

"你怀孕了。"他说。这句话听起来更像是陈述事实，而不是个问句。凯特又用两只手握住了枪。

"我想亲口告诉你，"她说，"我要看着你的脸。你花了这么多年苦心计划和准备，想断了伯勒斯家族的血脉，但都是白费力气。你失败了。克莱顿本该在你暗算他的那天发现自己有了儿子。但你把这个机会从他那里夺走了。从我这里夺走了。但你以后再也不能夺走任何东西了，西蒙。"她又举起了枪："所以，这就让我来到了之前提到的十字路口。我是杀了你呢，就在这儿，就是现在，一了百了？我到底是让自己染上你给我们家庭带来的病毒，还是甘心让你在联邦监狱里把牢底坐穿，又或是看着你在这样的老鼠洞里一次一片药、慢慢地自杀呢？"

西蒙什么都没说。奥施康定起了作用，他觉得自己酸痛的肌肉又有了力量。只等她再多说上几分钟。

"我需要看着你的脸，"她说，"我需要知道你还会不会纠缠我的儿子。我需要知道你是不是真的扭曲阴暗到了那种地步，会纠缠一个无辜的孩子。或者……你会就此收手。"

西蒙瞪着她。

"所以，告诉我，西蒙。你能不能就此收手？"

他隔了好一会儿才给出自己的答案。他低头看着还攥在手中的药瓶，在手心间转动着。他把药瓶放在吧台上，抬头直视着凯特的双眼。

"可以，女士。"他说。

也许是因为他牙齿上闪过的微光，或者是嘴角微微往上的一记抽动。或者是因为他说话间的一个眨眼。又或者，并没有也许。

"我不相信你。"她说道，一枪正中他的胸口。

2

瓦尔和疤瘌迈克从前门进来的时候，凯特还举着枪站在西蒙的尸体旁。迈克轻轻拢住了她的手，过了好一会儿她才把枪放开，迈克就手把枪插进了裤子后腰里。"伯勒斯太太，"他柔声道，"你没事吧？"

凯特点了点头："没事。"

"我想你最好还是赶快离开，凯蒂，"瓦尔边说边抖开一卷油布，铺在厨房地板上西蒙的尸体旁边。

"现在该做什么？"她说。

迈克轻轻把她往门边一推："我们来清理，你回家。"

"你们要把他怎么样？"

"这不重要，伯勒斯太太。我们会搞定的。你需要赶快动身离开。"

瓦尔用一只手按住迈克的肩膀，把他往边上一推。简直不费吹灰之力，因为瓦尔的身材差不多是迈克的两倍。"我们会把他带回山上，凯蒂。他属于那个地方。"

言之有理。西蒙也是伯勒斯家族的一员。但他们不会把他带回"焦核桃"池塘边绿荫丰饶的地方——那儿埋着他的父亲和哥哥，或是山上靠近库珀田地的园子里——那儿埋着他的祖父和曾祖父。他们会把他带回约翰逊峡谷外西岭旁的密林深处，那儿有许多无名坟墓，无人留意，被人遗忘。她相信他们已经挖好了坑。她用手轻轻拢住瓦尔一侧的面颊，凝视着他脸上的沟壑，这些沟壑是几十年间如同今天这般的事情刻下的，也来自事与事之间千丝万缕仿若静电的联系。两人共同分担着此刻排山倒海般的悲伤，这悲伤让她揪心，几乎不能呼吸。仿佛几个转角之后，便再也找不到回家的路。他们审视着自己的内心，发现每个人都有着无法抹平的丑恶一面。她以前在别人脸上看到过那样的表情，但现在她才真正明白个中缘由。因为现在她也有了那样的表情。

迈克已经把帆布铺到了油毡上面，把西蒙的尸体踢到了帆布中间。他正用厨房里的一卷餐巾纸擦拭着地上的血迹，看起来并没有多想，就像是在清理打翻的牛奶。他对着她微微一笑，她从他的脸上也认出了那种悲伤。

"凯蒂，"瓦尔说，"你得走了。你不应该再待在这儿了。"

凯特对着迈克点了点头，迈克又继续擦他的地板去了。然后她转身离开，没有再说一句话。

她刚把医院的道奇捷龙车开上 I–85 号公路，后座的乘客就醒了过来，发出第一声呻吟。她把低响的收音机关上，调整了一下后视镜，好把后座的情况看得更清楚。

"我们这是在哪儿？"克莱顿问道。因为吃了止疼药，他的声音显得有气无力，干涩粗哑。而且他直想把全身挠一个遍。一个盐水袋在窗户上方的特制挂钩上晃来荡去，他揉了揉左手手背上被胶带固定着的针管。

"我们在回家的路上，宝贝儿。你歇着好了。"

"我已经歇了3个月了。"他说。

"你已经治疗了3个月了。休息部分才刚刚开始。"

"我不想歇着。"他搔了搔下巴上的胡子茬。急救中心的医生把他的胡子给刮了。他二十几年没刮过胡子了。没了胡子让他很不开心。凯特倒并不介意。她喜欢他的脸。

"克莱顿，你中枪了。两枪。你差点儿没命。所以如果救了你命的人告诉我，我应该把你带回家，让你好好休息，那我肯定会照做不误。而且我可不希望你跟我犟嘴。"

克莱顿用吸管喝了几口大塑料杯中的冰水，躺回了凯特给他垒的枕头山上。"嗯，那我要听歌，可以吗？"他问。"你要听歌啊？"才听了3段折磨人的《在跛子河上》①，克莱顿就在吗啡滴剂的作用下又昏睡了过去。凯特调低了收音机的音量，好在高速公路的嗡鸣声中听得见他的呼吸声。不消一会儿她便确信，这是她听过的最美妙的声音。她知道，最终他们还是要说起刚才发生的一切，还有山上发生的那些事情。她也知道，克莱顿是不是有愧疚感，还悬而未决。她相信，还会有更多夹着笔记本、戴着墨镜的联邦调查员来到他们家门口，带来对他们的指控。她也相信，他们能处理好这一切。但，都不是今天。今天，她的丈夫还在呼吸。他还活着。他将成为一个父亲。合格的父亲。他们开始得有些晚，但他们会成为一个三口之家。对于自己所做的一切，她没有半点后悔。如果需要，她还会重来一遍。好几次她都想猛打方向盘，去一

---

① 《在跛子河上》（*Up on Cripple Creek*），20世纪中期加拿大摇滚乐队"乐队"（The Band）的代表作之一。

个全新的地方，开始全新的生活。她在奥古斯塔市有个表亲，在亨茨维尔还有个从未谋面的叔父。他们会接纳他俩的。他们必须这么做。因为他们是家人。但是她并没有猛打方向盘。她径直往公牛山驶去。那里才是她的家。是克莱顿的家。也会是她儿子的家。

没人能夺走这一切。

图书在版编目（CIP）数据

公牛山 /（美）布赖恩·帕诺威奇（Brian Panowich）著；
孙灿译.—上海：上海译文出版社，2017.3
ISBN 978-7-5327-7368-8

Ⅰ.①公… Ⅱ.①布… ②孙… Ⅲ.①侦探小说—美
国—现代 Ⅳ.①I712.45

中国版本图书馆CIP数据核字(2016)第231174号

Brian Panowich
BULL MOUNTAIN
Copyright © 2015 by Brian Panowich
This edition arranged with Sobel Weber Associates, Inc.
through Andrew Nurnberg Associates International Limited
Simplified Chinese edition copyright © 2016
by SHANGHAI TRANSLATION PUBLISHING HOUSE

图字：09-2016-536 号

公牛山
〔美〕布赖恩·帕诺威奇 著 孙 灿 译
责任编辑 / 宋 金 装帧设计 / 胡 枫

上海世纪出版股份有限公司
译文出版社出版
网址：www.yiwen.com.cn
上海世纪出版股份有限公司发行中心发行
200001 上海福建中路 193 号 www.ewen.co
上海市印刷四厂印刷

开本 890×1240 1/32 印张 10.5 插页 2 字数 154,000
2017 年 3 月第 1 版 2017 年 3 月第 1 次印刷
印数：0,001 — 8,000 册

ISBN 978-7-5327-7368-8/I·4487
定价：36.00 元